KB023710

사서재

읽고, 옮겨쓰고, 글쓰고, 공부하는 삶

읽고, 옮겨쓰고, 글쓰고, 공부하는 삶

사 서 재

四書齋

고봉진 지음

푸른영토

인생이라는 큰 책 읽기와
글쓰기를 실천하기 위하여

독일 유학을 마친 2007년부터 책을 읽으면 꼭 초서를 했습니다. 초서 습관이 붙어 제 블로그인 '고봉진의 초서재'에 정리해 두었죠. 언젠가 '인생론', '공부론', '책읽기', '책쓰기' 초서가 쌓이면서 언젠가 한 번 책으로 엮어야겠다고 생각이 들었습니다. 2014년 여름 유럽여행을 한 달 정도 다녀오면서 이 초서들을 가지고 갔습니다. 초서들과 제 생각을 연결시켜 글을 썼습니다. 그 가운데 한 가지 깨우침이 있었습니다. 삶과 글이 닿아있다는 점이었습니다. 글쓰기에 적용되는 것이 인생에도 적용되었습니다.

매일 글쓰기는 지난 몇 년간 계속 생각해 오던 것이었습니다. 실천에 옮기지 못해 마음 한 구석이 텅 비워 있었죠. 그런데 이제 실천하게 되었습니다. 제 인생에서 가장 큰 변화입니다. 이 변화가 나중에 큰 변화를 가져올 거라 믿습니다.

제 인생에 여러 번 침체기가 있었습니다. 침체기를 겪을 때마다 몸과 마음이 피폐해졌죠. 그런데 이상하게도 침체기를 겪었다는 사실에 감사하게 됩니다. 제 인생에 아픔이 있다는 것이 오히려 자양분이 되었습니다. 아픔을 겪고 나서 글쓰기를 할 수 있었습니다.

수불석권手不釋卷과 필일오必日五는 '인생살이'에도 적용됩니다. 인생이라는 책은 장편소설과도 같습니다. 그 책에는 인생의 굴곡이 있고 희노애락이 다 들어 있죠. '인생이라는 큰 책' 읽기와 쓰기를 게을리 하지 마세요. '인생이라는 큰 책'은 세상에서 유일한 책이고, 제일 중요한 책입니다.

자신의 인생을 흥미진진한 연작소설로 작성해 보세요. 인생을 읽고, 자신의 이야기를 쓰세요. 비상飛上의 날개를 펴고 날아보세요.

2018년 봄날에
미국 샌디에고에서
고봉진

II.

초 서
抄 書

III.

저 서
著 書

IV.

무 자 서
無 字 書

"책은 우리 내면의 얼어붙은 바다를 깨는 도끼가 되어야 한다."

— 카프카

I.   독서
讀 書

수 불 석 권 手不釋卷

책읽기를 즐긴다면 독서법은 필요 없습니다. 그냥 마음에 드는 책을 골라 읽으면 됩니다. 관심 가는 분야의 책을 여러 권 읽다 보면 독서 습관이 자연스럽게 몸에 배이죠. 독서법은 직접 터득하는 것이지 다른 누군가가 가르쳐 줄 수 있는 게 아닙니다. 마음에 드는 책을 찾아 계속 읽다보면 읽은 책이 지도가 되어 어떤 책을 읽어야 하는지 안내해 줍니다. 물론 한두 권의 책으로 되는 것은 아닙니다.

책을 읽는 시간과 장소도 따로 정해진 것이 없습니다. 어느 시간이든 책과 함께면 됩니다. 책읽는 시간만큼 우리 인생에서 소중한 시간은 없죠. 하루에 몇 시간씩 시간을 내어 책읽기에 전념한다면 더할 나위 없이 좋습니다. 하루 3-4시간 책읽기에 온전히 집중할 수 있다면 하루 한 권 읽는 것도 불가능하지 않습니다. 저도 잠깐이었지만 매일 한 권을 읽고 한 달에 30권을 읽은 적도 있었죠. 물론 매일 한 권을 제대로 읽는 것은 불가능하고, 매일 한 권 읽기에 치중하다 보면 2-3시간이면 읽을 수 있는 책 위주로 읽게 되는 단점이 있습니다. 고전 한 권을 제대로 읽으려면 한 달도 부족하죠. 매일 한 권 읽기는 양에 치중된 면이 분명 있습니다. 파스칼이 《팡세》에서 한 말이 생각나네요. 너무 빨리 읽거나 너무 천천히 읽으면 아무것도 이해하지 못한다고 했습니다.

하루 일정 시간을 덩어리 시간으로 떼어내어 책을 읽어보세요. 놀라운 일이 생깁니다. 책을 읽으세요! 그 시간이 언제든 상관없습니다. (나중에 다시 강조할 말이지만) 책읽기가 책쓰기로 연결될 수 있는 고리를 만들면 더더욱 좋습니다.

자투리 시간은 절대 무시할 수 없습니다. 자투리 시간을 잘 활용하는 것에 독서의 놀라운 비법이 있죠. 일상이 바빠 독서할 시간을 따로 낼 수 없어도 자투리 틈을 활용한다면 좋은 효과를 볼 수 있습니다. 버스를 기다리는 시간에, 지하철로 이동하는 시간에, 약속시간까지 친구를 기다리며 책을 펼치는 겁니다. 자투리 시간은 몰입해서 책에 다가가는 시간이 됩니다. 홀로 있는 공간보다 남을 의식하면서 읽는 독서는 그 맛이 달라요. 왠지 모르게 책에 집중하게 됩니다. 남들 앞에서 책 보는 것이 부끄러우세요? 남들 앞에서 스마트폰 보는 것은 전혀 어색하거나 부끄럽지 않으면서 말이죠. 스마트폰이 우리를 더 책과 멀어지게 만든 것 같아요. 그런 의미에서 스마트폰은 전혀 스마트하지 않습니다.

전 2001년부터 2006년까지 독일 프랑크푸르트에서 박사과정 유학을 했습니다. 유학 생활비 때문에 중고등학생 영어, 수학 과외선생을 하면서 전철S-Bahn, U-Bahn이나 버스를 탈 일이 많았죠. 전철, 버스에서 보내는 시간을 좀 더 잘 활용할 방법이 없을까 고민했죠. 과외를 받는 학생 집에서 책을 빌려 오가는 길에 읽고 다음 시간에 돌려주었습니다. 1시간이 넘는 길이 많아서 전철과 버스를 타는 시간을 잘 활용하면 책 한 권 그냥 뚝딱이었습니다. 5년 정도를 그렇게 했는데, 이때 읽은 책이 꽤 됩니다. 《서양문명의 역사》와 같은 좋은 책들을 이때 만났습니다.

제게는 8살난 아들이 하나 있습니다. 1년 전만 해도 '아들 정훈이를 보는 시간'이 제 독서 시간이었습니다. 정훈이가 TV 애니메이션을 볼 때 전 옆에서 책을 보려고 했죠. 정훈이가 밖에서 뛰어놀 때도 전 책을 들고 다니면서 보려고 했죠. 어딘가에 책이 내팽겨쳐 있는 경우가 많았지만요. 물론 육아에 지쳐 아무 것도 못한 시간도 있었죠.

몇 년 전에 독서에 온전히 집중할 수 있는 시간을 하나 발견했습니다. '시험 감독 시간'입니다. 예전엔 조교에게 시험 감독을 부탁하곤 했는데, 시험 감독 시간에 몰입해서 책을 읽을 수 있다는 점을 알고는 좀처럼 남에게 부탁하지 않게 되었습니다. 예전에 전혀 안 읽었던 책을 들고 들어갔다가 읽지 못한 전례가 있어 이제는 '검증된' 저의 추천도서 한 권을 들고 시험장에 갑니다. 학생들이 시험문제를 푸는 1시간 동안 전 책 한 권을 집중해서 읽습니다. 학생 수가 그리 많지 않아 한두 번 눈길 주면 시험 감독은 그만이죠.

어느 시간이든 어느 곳에서든 책을 펼치면 됩니다. 책읽기 가장 좋은 장소는 침상, 말 안장, 화장실이라는 중국 송나라 구양수의 말에 고개가 절로 끄덕여집니다. 책을 읽고자 하는 마음이 간절하다면 장소는 문제

될 게 없습니다.

제가 특히 좋아하는 독서 공간은 '비행기 안'입니다. 비행기를 타고 어디로 가면서 한 권의 책에 전적으로 몰입합니다. 그때는 무슨 활자 중독증에 걸린 사람과도 같죠. 정말 한 권의 책에 온전히 집중합니다. 제게 비행기 안은 책읽기에 이상적인 공간인 셈이죠(요즘은 비행기 탈 일이 그리 많지 않고, 잠을 청할 때가 많아졌어요. 아쉽네요). 반면에 제 연구실은 몰입의 공간이 못 됩니다(저는 현재 제주대 법학전문대학원 교수로, 법전원 324호실이 제 연구실입니다). 인터넷이 자유롭고 이것저것 할 수 있는 것이 많아서 그런지 좀처럼 몰입해서 연구하기가 쉽지 않습니다. 오히려 커피숍이나 확 터져 있는 공간이 책읽기에 좋죠. 독일 유학시절에는 전철이나 버스 안이 제 독서 공간이었습니다. 전철이나 버스가 그 당시 제게는 서재였고, 과외받는 친구의 책들이 제 도서관이었습니다. 독서밖에 딱히 할 수 있는 것이 없는 공간이 독서하기에 안성맞춤입니다.

손에서 책을 놓지 마세요! 항상 손에 책을 들고 틈나는 대로 부지런히 읽으세요! '수불석권手不釋卷'이란 사자성어를 아시나요?《삼국지》〈오지吳志여몽전呂蒙傳〉에 나옵니다. 여몽은 손권의 장수인데, 무술에는 능하나 학식은 부족했습니다. 어릴 적 가난해서 배울 기회가 없었고, 이후에도 독서의 중요성을 알지 못했죠. 전장에서 공을 세워 손권 휘하의 장군이 됩니다. 여몽의 군주인 손권은 독서할 겨를이 없다고 하는 여몽에게 자신의 독서 경험을 들려주면서, 광무제의 '수불석권'을 이야기합니다. "후한의 황제 광무제는 변방 일로 바쁜 가운데서도 손에서 책을 놓지 않았으며, 위나라의 조조는 늙어서도 배우기를 좋아하였다."
손권은 여몽에게 손에서 책을 놓지 말기를 권했죠. 여몽은 손권의 말을
귀담아 듣고 '수불석권'을 실천합니다. 이후 손권의 신하 노숙이 여몽을
만났는데, 이전의 여몽이 아님을 발견하고 놀랍니다. 헤어졌다가 다시
만났는데 눈을 비비고 다시 볼 정도로 학식과 인품이 달라졌습니다. '여
몽전'에 배송지裵松之가 붙인 주注에서 유래하는 '괄목상대刮目相對'란 사
자성어도 여기서 나와요.

　'수불석권'을 실천한 여몽은 '괄목상대'의 주인공이 되었습니다. '괄목
상대'는 여몽에게만 국한된 이야기가 아닙니다. 여러분의 이야기가 될
수 있습니다. 하지만 반드시 기억해야 할 것이 있죠. '괄목상대'의 전제
조건이 '수불석권'이라는 점입니다.

　2017년 2월부터 안식년研究年 연수를 미국 샌디에고 UCSD로 왔는
데, 요즘 제가 '수불석권'을 잊고 살았습니다. 미국에서는 우리말로 된
책을 구하기가 어렵고, 영어로 된 책은 그리 쉽게 읽히지 않았습니다.
미국에 와서도 한국어로 된 책을 읽어야 할까 하는 (지금 생각해보면
잘못된) 생각을 했고, 영어 책은 읽기가 편하지 않아 손에 잘 잡히지
가 않았죠. 대신 글쓰기에 천착했습니다. 평소 '수불석권'과 '필일오'를
늘 염두에 두고 있는데, '필일오'에 치중하여 '수불석권'을 못했죠(물론
'필일오'도 제대로 실천하는 것은 아니구요). 다시 생각해보면 핑계일
뿐이네요.

　다시 책을 잡기로 했습니다. 엊그제 한국어로 된 책을 한 권 읽고 초
서했는데, 그 기쁨이 꽤 컸습니다. 오랜만에 읽고 초서한 거라 그런 것

같아요. '수불석권'은 평생 가져가야 할 습관이기에, 한 순간 책을 잡았다고 되는 게 아닌 것 같습니다. 죽을 때까지 책을 가까이 해야지요. 물론 책을 읽는다고 지혜까지 반드시 함께 자라는 것은 아닌 것 같아요. 책을 전혀 읽지 않는 현자가 있는가 하면, 책만 아는 어리석은 자도 있죠. 제가 책만 아는 어리석은 자 같네요. 지혜로운 삶을 살려면 무엇이 필요할까요? 수불석권한 여몽이 괄목상대한 것은 독서를 통해 그의 생활과 인격이 변했기 때문이죠. 수불석권은 충분조건이지 필요조건은 아니라는 생각이 드네요. 지혜의 샘은 책 이외에도 여러 개가 있죠. 그래도 책이 여러 지혜의 샘 중 하나라는 사실은 변함이 없네요.

쉬운 책부터 시작하세요

제가 고등학교 3학년 대입입학고사를 치고 법학과에 들어가기 전이었습니다. 1990년 1월 어느 날이었죠. 법학을 공부해야 하니까 법학과 관련된 책을 읽고 싶었습니다. 부산 문우당 서점에서 눈에 띄는 책을 발견하고 샀죠. 몽테스키외Charles-Louis de Secondat의 《법의 정신》이었습니다. 근사해 보였습니다. 법에 대한 기본을 알 수 있을 것 같았죠. 하지만 대학교 1학년생에게는 어울리지 않는 책이었습니다. 당연히 몇 글자 못 봤죠. 이후 몇 번 읽어보려고 시도했지만 그때마다 포기했습니다. 그러다가 대학 교수가 되고 나서 '법사상사' 강의를 위해 읽었습니다. 이때도 겨우겨우 읽어나갔죠. 제대로 이해했다고는 생각하지 않습니다. 그만큼 어려운 책이니까요. 몇 번을 더 만져야 이해가 되겠죠.

제가 개인적으로 좋아하는 책에는 읽기 편한 책들이 꽤 많습니다.

(집중하지 않으면 이해할 수 없는 책도 있기는 하지만) 전 편하게 읽을 수 있는 책을 선호하는 편입니다. 편하게 쭉 읽을 수 있으면서도 내용이 꽉 찬 책을 좋아하죠. 예컨대 와타나베 쇼이치渡部昇一가 쓴 《지적생활의 발견》은 평이하게 읽히면서도 내용이 충실한 책입니다. 이 책을 좋아해서 10번 이상 읽었습니다. 와타나베 쇼이치가 《지적생활의 발견》을 쓰게 된 계기는 해머튼Philip Gibert Hamerton의 《지적 즐거움》에 지적 자극을 받기 때문입니다. 해머튼의 《지적 즐거움》도 사서 읽어봤지만, 쇼이치의 《지적생활의 발견》이 훨씬 좋았습니다. 헤머튼의 책이 더 두껍고 내용이 풍부할지 몰라도 쇼이치의 책은 간결하면서도 전달하는 바가 명확합니다. 10번 이상을 읽었지만 읽어도 질리지가 않았죠. 지금 다시 읽어도 감명깊게 읽을 것 같아요.

작고한 구본준 씨가 쓴 《한국의 글쟁이들》도 제가 좋아하는 책입니다. 이 책도 10번 이상 읽었습니다. 여러 글쟁이 작가들을 소개하면서 작가의 삶을 소개한 책인데, 재미가 솔솔합니다. 제게는 몇 번씩 읽은 제 도서가 있는데, 이 책들의 특징은 전부 내용이 어렵지 않다는 점입니다. 내용이 어렵지 않아 쭉 읽으면 이해됩니다. 그럼에도 그 책들이 전달하는 메시지는 결코 가볍지 않습니다. 무라카미 하루키村上春樹의 《직업으로서의 소설가》, 앙토냉 질베르 세르티양주Antonin-Gilbert Sertillanges의 《공부하는 삶》, 이지훈의 《혼창통魂創通》, 다윈의 자서전 《나의 삶은 서서히 진화해왔다》 등이 이런 책입니다. 물론 약간 더 어려운 책도 있습니다. 마틴 제이Martin Jay의 《변증법적 상상력》, 한스 벨첼Hans Welzel의 《자연법과 실질적 정의》, 스튜어트 휴즈Stuart Hughes의

《의식과 사회》같은 책은 좀 어렵긴 하죠. 그래서 몇 번을 반복해서 읽은 책입니다.

처음부터 무리해서 어려운 책을 읽을 필요는 없습니다. 그런데 문제는 대부분의 명저가 어렵다는 것이죠. 사전 지식이 없으면 무엇을 말하는지 파악하기 어렵습니다. 대학교 1학년 학생이 읽는 몽테스키외의 《법과 정신》과 같은 책이 그런 책이죠. 명저라고 알려진 고전은 읽기가 꽤 어렵습니다. 억지로 읽어도 이해가 되지 않죠. 그러다 제가 그랬던 것처럼 포기하게 됩니다. 고전의 가치를 알기가 쉽지 않습니다.

독서를 평소 즐기는 저도 고전 읽기는 꽤 주저됩니다. 쉽게 읽히지 않아서입니다. 몇 번을 반복해서 읽어야 그 대강을 파악하는 경우가 허다합니다. 전 한숨에 읽히는 책을 좋아하는 편입니다. 그때야말로 책읽기에 몰입하는 시간이죠. 고전은 어려워서 몰입해서 읽기가 쉽지 않죠. 전 여전히 독서 초짜인 듯합니다.

널리 알려진 명저는 구입을 해도 잘 읽지 않습니다. 대략 살펴보고 서재에 모셔놓죠. 그중에는 세계적인 베스트셀러 책도 있고, 고전 중의 고전도 있습니다. 책을 사자 마자 읽으려고 시도하는 것도 중요하지만, 뜸을 들이고 나중에 읽는 것도 필요합니다. 책을 샀기 때문에 언젠가는 보겠지 하는 심리가 작용합니다. 하지만 정말 어려운 책은 그대로 서재에 고이 모셔지게 되죠. 웬만해선 그 쪽으로 손이 잘 안 갑니다. 제 서재에 책이 가득하지만 이런 책이 의외로 많습니다. (하지만 이런 것도 필요하다고 생각되는데요. 지극히 개인적인 생각이긴 한데, 그런 책을 서재에 진열해두고 책제목을 보는 것만으로도 공부가 되기 때문이죠.)

자신에게 맞는 책을 선택해 읽으세요. 어려운 책을 보려면 쉬운 책을 먼저 이해해야죠. 독서를 많이 안 한 사람이 어려운 책을 먼저 접하면 독서에 대한 흥미를 잃어버릴 수 있습니다. 누군가 제게 이런 얘기를 했던 것이 생각납니다. "자신에게 맞는 책은 내가 이미 알고 있는 것과 알지 못하는 것이 적절하게 섞여 있는 책이다."

자신이 알고 있는 내용이 나오기에 자신있게 책을 대할 수 있습니다. 저도 이런 책이 좋습니다. 자신에게 적합한 책은 아는 내용이 적절히 섞여 있으면서도 새로운 지식을 주는 책입니다. 내가 아는 내용이 30-40% 정도 된다면 새로운 내용을 파악하는 것이 그리 어렵지 않죠. 하지만 전부 모르는 내용으로 구성된 책이라면 그 책이 말하는 바를 파악하기 어렵습니다. 이런 책은 한두 번 정도 대략 읽은 후 다시 정독해서 읽어야 그 내용을 파악할 수 있습니다. 고전은 정말 좋은 책이지만 쉽게 읽히는 책은 아닙니다. 그렇기에 고전을 소개하는 책들을 먼저 읽어두어 그 내용을 대략 파악하는 것도 필요합니다. 무턱대고 오늘부터 고전을 읽어야지 하고 도전했다가는 낭패를 당하게 됩니다. 어려운 책 한 권을 읽다가 책읽는 즐거움을 잃어버리면 그야말로 문제죠. 쉬운 책을 여러 권 읽으면서 차츰차츰 책이 주는 재미를 알아가는 것이 중요합니다.

쉬운 책 한 권에서 시작해 보세요! 그 책이 만화책이어도 괜찮습니다. 만화책을 책으로 보지 않고 불량식품처럼 여기는 사람들이 있는데 저는 그렇지 않다고 봅니다. 만화책을 통해 책을 가까이 할 수도 있고, 본격적인 독서로 나갈 수도 있습니다. 저는 이원복 교수의 《먼나라 이

UCSD 가이젤 도서관 가는 길

웃나라》시리즈나 홍은영 씨가 그린《그리스 로마 신화》를 즐겨 봤습니다. 아이들이 보는《Why?》시리즈물도 좋은 것 같아요. 도서관에 가서 이런 책 몇 권을 읽어 보세요. 그게 바로 독서의 세계로 들어가는 길입니다.

제가 미국 샌디에고에 와서 재미있게 본 책도 만화책입니다. UCSD 가이젤 도서관 4층 동양 컬렉션East Collection에서 이원복 교수(저자 소개란에 보니 덕성여대 총장님이시네요)의《먼나라 이웃나라》미국편 3권을 빌려 읽었습니다. '먼나라 이웃나라 미국편'을 통해 미국을 조금이나마 더 이해하게 되었죠.

요즘 전 동화책을 강제적으로 봅니다. 아들 정훈이 때문이죠. 정훈이가 저를 동화의 세계로 이끌고 있습니다. 정훈이가 아니면 제가 언제 동화책을 붙잡고 있을까요! 소리내어 읽으니 효과 만점입니다. 동화책은 중요한 내용을 가장 쉬운 언어로 표현하고 있습니다. 정훈이는 잘 때 동화책을 읽어달라고 하는데, 책을 잠자는 용도로 쓰는 것 같아요. 몇 권 읽어주면 스르륵 잠을 자죠. '토끼와 거북이'를 '봉진이와 정훈이'로 이름을 바꿔 읽어줍니다. 여러 번 반복해서 읽으니 동화책과 저자가 연결되네요. 새롭게 안 저자도 있습니다. 이솝Aesop, 그림형제Grimm, 안데르센Hans Christian Andersen, 보몽Harry Beaumont, 페로Charles Perrault, 오스카 와일드Oscar Wilde······. 보몽은 《미녀와 야수》의 저자이고, 페로는 《신데렐라》의 저자입니다. 미녀와 야수, 신데렐라는 익히 알고 있었지만 두 프랑스 저자 이름은 처음 알았습니다. 정훈이 덕분에 요즘 부족한 독서량이 채워집니다.

미국 연수를 와서 눈에 띄게 보이는 것이 독서량의 감소입니다. 이러면 안 되겠다 싶어 교회당에서 헌 책으로 판매하는 책을 몇 권 구입했습니다. 어려운 책도 있지만 그 책보다는 쉬운 에세이집을 골랐습니다. 어려운 책은 읽다가 포기할 수 있기 때문이죠. 독서를 다시 시작하는 입장에서 좀 편한 에세이집으로 시작했다가 이후 어려운 책도 읽으려 합니다. 물론 연구와 관련해서는 여전히 이해하기 힘든 어려운 책을 붙들고 끙끙댑니다.

책을 가까이 하는 길은 어려운 길이 아닙니다. 내용이 풍부하면서도 쭉 읽히는 책들이 그 길을 동행해 줄 것입니다.

당신의 추천도서

서울에 출장을 가면 늘 가는 곳이 있는데, 교보문고입니다. 지하철을 통해 교보문고를 들어가는 길에 늘 보이는 문구가 있죠. 교보문고 신용호 창립주가 한 말입니다. "우리는 책을 만들고, 책은 우리를 만든다."

《지적생활의 발견》의 저자 와타나베 쇼이치도 비슷한 얘기를 들려줍니다.

"당신은 지금 반복해서 읽고 있는 책을 몇 권이나 가지고 있는가? 그리고 그런 책이 있다면 어떤 책인가? 책을 보면 그 사람이 어떤 사람인지 알 수 있다. 책은 곧 나를 말해주는 것이다. 즉, 나만의 고전을 만드는 것은 곧 나를 만들어가는 과정이다."

저는 네이버 '지식인의 서재navercast.naver.com'를 꼼꼼하게 챙겨봤습니다. (아쉽게도 100회를 마지막으로 종영되었지만) 매달 초 한명의 인사

역사 에듀테이너 설민석 - 역사 에듀테이너에게 책은 거울이다 [닫기]

대한민국에 그보다 더 쉽고 재미있게 우리 역사를 읽어줄 수 있는 사람이 또 있을까. 수험생들이 꼽은 역사 분야 1등 강사를 넘어 이제는 대한민국의 모든 청중을 위한 역사 교육 콘텐츠를 개발하는 데 앞장서고 있다는 국내 최초 역사 에듀테이너 설민석. 역사 에듀테이너에게 있어 책은 현재와 미래를...

가수 양희은 - 가수에게 책은 이야기다 [닫기]

올해로 48년 차 가수이자 라디오 DJ가 된다는 양희은에게 있어 책은 이야기다. 삶도, 노래도, 책도 모두 발라드 즉 시대를 담은 이야기라고 말하는 그녀를 만나 가수의 길을 걷게 된 사연과 그 과정에서 도움이 된 책에 관한 이야기를 들었다.

외과의사 이국종 - 중증외상센터 외과의사에게 책은 난중일기다 [닫기]

김훈 작가가 쓴 《칼의 노래》가 좋아서 읽을 때마다 자신의 이야기처럼 가슴 깊이 와 닿고 깊은 경외감마저 드는 이국종 교수. 매 순간 생사(生死) 고비에 선 외상환자의 몸 속을 스스로 돌고 들어가 칼로 사투를 벌이는 그에게 있어 책은 마치 이순신 장군이 전쟁 중에 써 내려간 난중일기와 다를 바가 없...

패션디자이너 송지오 - 패션디자이너에게 책은 컬렉션 북이다 [닫기]

대한민국 남자 중 열에 하나는 송지오 옷으로 얽힌 추억이 있다. 첫 면접, 첫 출근과 같이 격식 있는 자

네이버 지식인의 서재 가이드

가 나와 책과 서재에 대해 소개하는데, 한명도 거르지 않고 다 보았죠. 그것도 최소 2-3번씩 돌려 보았고, 어느 것은 10번 이상도 보았습니다. 그들이 서재와 책에 대해 이야기하는 것을 듣고 대부분 공감하는 편입니다. 그들이 무슨 책을 읽었는지 어떤 책을 좋아하는지 살핍니다. 그 내용을 전부 프린트했고, 중요 부분은 체크해 두었죠. 나중에 '지식인의 서재'가 책으로 나오기를 바라는 골수팬입니다. 언젠가 '법철학자 고봉진의 서재'가 만들어졌으면 좋겠네요.

'영화감독 박찬욱의 서재'에서 '인문학자 김상근의 서재'까지 총 100명의 서재가 소개되었습니다. 인터뷰 마지막쯤에 서재 주인공은 추천도서 5권을 소개합니다. 예컨대 2016년 9월달에 방영된 수학자 박영주의 추천도서 5권은 《학문의 즐거움》히로나카 헤이스케, 《철학이란 무엇인가》버트런드 러셀, 《생활의 발견》린위탕, 《파인만 씨, 농담도 잘하시네!》리

처드 파인만, 《부분과 전체》베르너 하이젠베르크이었습니다. 그 외에도 《과학혁명의 구조》 등 다수의 책이 '박영주의 서재'를 구성하고 있네요. 수학자 박영주를 만드는데 (부모님, 훌륭한 분의 영향, 개인의 특수한 경험 등 다른 요인도 분명 있겠지만) 박영주의 책들도 한몫을 단단히 했을 겁니다.

2015년에 알라딘에서 '지난 16년간 알라딘과 함께한 기록'을 보았습니다. 독일 유학을 마치고 돌아온 2007년부터 알라딘에서 책을 구입했죠. 최근 8년간 알라딘에서 구입한 책을 보면 저의 관심사가 대략 보이네요.

1위 : 서양철학 분야 / 133권 / 15.11%

2위 : 사회사상/사회사상사 분야 / 90권 / 10.23%

3위 : 교양 인문학 분야 / 48권 / 5.45%

4위 : 법과 생활 분야 / 45권 / 5.11%

5위 : 사회학 분야 / 38권 / 4.32%

알라딘 기록에는 제가 다음 분야의 마니아로 나옵니다.

- 서양철학 / 29번째 마니아

- 사회사상 / 사회사상사 / 27번째 마니아

- 사회학 / 65번째 마니아

- 정치학 / 외교학 / 행정학 / 77번째 마니아

- 법과 생활 / 3번째 마니아

제 독서스크랩 블로그인 '고봉진의 초서재'에도 제 관심사가 드러나죠. 제가 읽은 책은 대부분 '초서재'에 초서됩니다. '초서'는 책의 중요 부분을 옮겨 쓰는 것입니다. 제 '초서재'에는 '연구'와 '독서'라는 2개의 큰 카테고리가 있죠. 전 '초서재'를 '연구'와 '독서'로 나누어 분류하고 있습니다.

　'연구'는 교수인 제가 연구하는 분야의 내용을 초서한 것으로, 16개의 하부 카테고리가 있습니다: 법학방법론, 헌법재판과 법철학, 자유주의와 공동체주의, 법의 근거와 한계, 인권의 지평, 인간존엄, 인정투쟁, 체계이론, 자본주의, 위험과 규범, 생명윤리와 규범, 법사상사, 현대 법사상사, 형법규범과 의무, (법)철학, (법)사회학. '독서'는 머리를 식히면서 가볍게 읽는 책들을 초서한 것으로, 8개의 하부 카테고리가 있습니다: 인생론, 공부론, 책읽기, 책쓰기, 견문/역사, 에세이, 대가의 삶, 동양사상.

　제가 읽은 책이 제 삶에 영향을 미치고, 제 삶을 변화시키기를 소원합니다. 자신을 깨우는 독서를 하고 싶죠. 문제는 내 삶을 변화시키는 독서가 참으로 어렵다는 겁니다. 제 경우 독서를 아무리 해도 제 자아가 변화되지 않는 듯합니다. 부끄러운 고백이지만 그렇습니다. 내 자아는 완강하게 형성되어 있어 책이 나를 변화시키기가 어렵습니다. 여러 관심 분야의 책을 읽어 그 관심 분야로 내가 형성되지만 내 인격을 변화시키는 독서는 쉽지 않습니다. 물론 한 권의 책이 한 사람의 전 인격을 송두리째 바꿀 수 있다는 것을 잘 알고 있습니다. 어릴 때 읽었던 슈바이처의 전기가 제 삶에 큰 영향을 미친 것이 사실입니다. 슈바이처Albert Schweitzer와 같은 삶을 살아야겠다고 어린 마음에 슈바이처를 존경하며 따랐습니다. 부끄럽지만 지금은 그런 생각이 많이 퇴색된 것 같습니다.

'책이 나를 만든다'의 의미가 과연 무엇일까 다시 생각하게 됩니다. 내가 읽은 책이 나를 만든다고 하는데, 나는 과연 수십 권, 수백 권의 책을 읽었는데 내 자신이 그 책으로 만들어졌다고 할 수 있는가 고민해 봅니다. 그 책들이 말하는 바대로 내 삶을 살아야 한다는 의미면, 책과 나는 아직 거리가 멉니다. 다만 내가 좋아하는 책들을 읽고 그 책과 더불어 그 책의 영향력 안에서 살고 싶어 한다면, '책이 나는 만든다'의 의미를 충족한 것이 아닐까 생각됩니다. 제 나름의 생각이어서 말의 뜻을 곡해했는지도 모르겠네요.

성경을 읽고 성경이 말하는 대로 생활해 나가는 사람이 있는가 하면, 여러 책을 읽고도 생활의 큰 변화가 없는 저 같은 사람도 있습니다. 여러 수많은 도덕군자와 같은 책들이 있어도 실천하지 않으면 그만입니다. 책을 읽는다고 도덕이 반드시 실천되는 것은 아닙니다. 전 책이 제 생활을 변화시킨다고 자신있게 말할 수 없네요. 독서를 하기 전과 한후에 별로 차이가 없는 저 자신을 보면서, 과연 독서는 어떤 의미가 있는 것인가 회의감에 빠질 때가 있습니다.

그렇기에 몇 권의 책을 읽었냐가 중요하기보다는, "당신은 추천도서 몇 권을 가지고 있습니까?"라는 질문이 더 중요해 보입니다. 추천도서로 추천할 정도의 책이면 (생활의 큰 변화는 아니어도) 삶에 울림을 줬던 책이기 때문입니다. 물론 추천도서 중에는 사람의 일생을 변화시키는 놀라운 힘을 발휘한 책도 있습니다. 기독교 신앙인에게 성경이나, 좌파 지식인에게 자본론과 같은 책이 그런 책이 아닐까요?

당신은 당신을 변화시킨 도서가 몇 권 있나요? 삶의 변화는 아니어도 읽으면 읽을수록 괜찮은 내용이라고 느끼는 책은 몇 권 있나요? 이런 책들이 당신은 만들어나가는 것입니다. 당신의 서재를 빛나게 하는 책들입니다. '나의 서재'라는 코너가 있다면 소개해주고픈 책들입니다.

당신을 변화시킨 책들은 어떤 책들이 있나요?

당신의 추천도서에는 어떤 책들이 있나요?

독서를 할 때 아는 지인이 이 책 정말 좋다고 추천했는데 제게는 별로인 경우가 있습니다. 자신에게 맞는 책이 아닌 거죠. 사람은 사람마다자신에게 맞는 책이 있습니다. (물론 거의 모든 사람들이 좋아하는 책들이 있죠.) 다른 사람의 기준에 휘둘리지 말고 자신의 가치관과 관점에 따라 자신이 좋아하는 책의 컬렉션을 한번 만들어 보세요. 그 책들이 당신을 이야기해 줄 것입니다.

저자의 추천도서

책을 사야 하는 이유

　도서관에서 빌려 보는 책으로는 한계가 있습니다. 이 말씀은 도서관의 책을 폄하해서 말씀드리는 게 결코 아닙니다. 당연히 도서관의 책을 잘 활용해야 합니다. (정민 교수는 2005년 안식년에 미국 프린스턴 대학교 동아시아 연구소에서 다산 관련 서적을 읽으면서 자신의 다산학을 쌓았습니다. 이는 《다산선생 지식경영법》이라는 책으로 빛을 보게 되죠. 이후 나왔던 《다산의 재발견》, 《삶을 바꾼 만남》으로 이어집니다. 2013년에는 안식년을 다시 미국으로 가 하버드 엔칭도서관에서 《후지쓰카 컬렉션》을 파고듭니다. 이를 통해 《18세기 한중 지식인의 문예 공화국》이 나오죠. 우리나라 도서관에는 찾을 수 없는 귀한 자료를 미국 도서관에서 찾아 저술로 연결하는 정민 교수가 부럽습니다.) 도서관의 책을 읽는 것만으로도 우리는 성장합니다. 도서관의 책이 풍부해야 우리의 삶이 풍부해집니다. 제가 제일 좋아하는 공간이 도서관입니다. 도서관의 분위기와 도서관의 책이 우리를 행복하게 합니다.

　전 책은 사서 봐야 한다는 입장입니다. 돈을 주고 책을 사면 더 애정을 가지고 보게 됩니다. 쓸데없는 곳에 들어가는 돈에 비하면 책 구입하는데 쓰는 돈은 전혀 아낄 게 아닙니다. 폭풍 구입이라도 해야 하지요. 무리해서라도 책을 사야 합니다. 다른 데 쓰는 비용은 인색하지 않은데, 왜 책값에는 궁색하게 구는 걸까요? 돈을 허투루 쓰지 않고 책 구입에 썼다면 서재가 얼마나 풍성해졌을까요? (이건 무엇보다도 제게 하는 말입니다.) 책을 꾸준히 구입하고 틈틈이 읽으면 1년에 100권 독서도 어렵지 않습니다. 이로 인해 삶이 얼마나 풍성해졌을까요?

　여러 창구를 통해 책 소개를 접합니다. 인터넷으로 알라딘에서 어떤 책이 나왔나 수시로 살피죠. 신문에서 신간을 소개하면 챙겨보는 편입니다. '로자의 저공비행'과 같은 서평 블로그에서 괜찮은 책이 있나 살펴봅니다. 추천도서 중에 마음에 드는 책은 구입하죠. 이 정도면 책 쇼핑자라 할 수 있습니다. 수시로 서점을 찾고 한두 권 꼭 사죠.

　매번 인터넷 알라딘 서점에서 책 서평을 하고 책을 삽니다. 알라딘을 통해 구입한 책 구매량과 구매 금액은 2015년 '지난 16년간 알라딘과 함께한 기록'에 보니까 다음과 같네요. 부끄럽지만 소개해 봅니다.

- 당신은 현재까지 알라딘에서 880권, 342,477페이지의 책을 만났습니다.

  작년보다 114권, 41,744페이지의 책을 더 만나셨네요.
- 당신은 최근 1년간 114권, 1,688,350원의 책을 구매하셨습니다.

  월평균 9.5권, 140,695원이네요.
- 당신의 독서량은 대한민국 월 평균 독서량보다 9권 더 많으며, 당신의 월평
  균 책 구매 금액은 대한민국 평균 월평균 책 구매 금액의 6.36배입니다.
- 당신이 만난 책을 모두 쌓는다면 8.28층 높이입니다.

  작년보다는 1.04 층을 더 쌓았네요!

2016년에는 책 구입이 좀 줄었고, 2017년에는 확 줄었습니다. 미국 안식년을 와서 한국 책을 살 수 없는 상황이 되어 그렇습니다. 한국에 있었으면 계속 책을 사서 읽었을 것 같은데 아쉽네요. 다시 폭풍 구입이라도 해야 할 것 같아요.

책 한 권을 사는데 드는 비용은 대략 1만 원에서 15,000원 사이입니다. 비싼 책은 3, 4만 원입니다. 책 한 권을 통해 한 인생을 만날 수 있기에 그리 비싼 것이 아니죠. 제가 좋아하는 자서전이나 평전은 2만 원 정도를 내고 한 대가의 인생을 들여다볼 수 있습니다. 거의 거저입니다. "좋은 책을 읽는다는 것은 과거의 가장 훌륭한 사람들과 대화하는 것이다"는 데카르트의 말이 실감납니다.

외국에 가면 그 나라 서적을 구입하려 합니다. 외국에서 산 책 한 권은 그 나라의 문화와 삶을 사는 것이라고 생각합니다. 그리 비싸지 않으면 나중에 읽지 못할 것을 알면서도 삽니다. 책을 사는 것은 책과의

만남이자, 저자와의 만남이죠. 외국 서적과의 만남은 흔하지 않기에 그 기회에 꼭 책을 사야 합니다.

　수중에 약간의 돈이 있으면 그 돈으로 책을 사세요. 네덜란드 인문학자 에라스무스Desiderius Erasmus는 "나는 약간의 돈이 생길 때마다 책을 산다. 그렇게 하고 남은 돈이 있을 때 비로소 나는 먹을 것과 입을 것을 산다"고 말했습니다. 무리해서라도 책을 구입하십시오. 와타나베 쇼이치는 《지적생활의 발견》에서 무리해서 책을 사야 한다고 설파합니다. 그는 책을 사지 않는 사람이 지적 생활을 하는 경우는 거의 없으며, 지적 생활을 하겠다는 의지로 자신만의 고전을 쌓아갈 것을 주문하죠.

　책을 사는 사람들의 유형에도 여러 가지가 있습니다. 꼭 필요한 책만 사서 100% 다 읽는 사람도 있고, 이 책 저 책 가리지 않고 사는 사람도 있습니다. 어떤 유형이 더 낫다고 평가하기보다는, 책을 사는 것 자체가 중요합니다. 전 수시로 책을 사보는 편입니다. (이 글을 쓰는 지금은 미국에 있어 책을 잘 안 사고 있습니다. 필요한 영문 서적을 구입할 생각이지만, 이전처럼 잘 사지는 못합니다.) 괜찮은 서적을 보고 장바구니에 넣어두었다가 한꺼번에 구입하죠. 바로 사야겠다 싶은 책을 그 자리에서 구입합니다. 이 책 저 책 구입하다 보니 안 읽고 내버려두는 책도 꽤 있습니다. 제가 산 책 중에 몇 퍼센트나 읽었을까 생각해보니 20%가 안 될 것 같습니다. 대부분 읽지만 전부를 읽는 것은 아니기 때문이죠. 그냥 곱게 모셔놓은 책도 많습니다. 책을 100% 읽어야 한다면 책을 많이 구입하지 못할 것 같네요. 책을 사서 전부 읽는 것이 좋은지, 아니면 읽지 않더라도 책을 구입하는 것이 나은지는 잘 모르겠네요. 각자의 독서 취향에 맡길 사항 같아요.

우리가 돈을 쓰는 것을 생각해보면, 책에 돈 쓰는 것이 결코 낭비라고 생각되지 않습니다. 안 읽는 책이라도 사면 좋을 것 같아요. 이 세상에 명저가 많고, 외국 명저가 번역되어 나오면, 그 책을 일단 사야죠. 번역자가 몇 년에 걸쳐 수고하여 번역한 내용을 한 순간에 다 읽어내기는 불가능합니다. 읽을 수 있을 만큼 읽으면 됩니다. 그런 책을 사는 것만으로 값어치를 하는 것이죠. 읽지 않더라도 사면 본전을 뽑는 것입니다. 물론 그 이상이죠.

내가 이때까지 허비했던 돈들을 생각하면 아쉬움이 많습니다. 그 돈으로 책을 샀더라면 하는 아쉬움이죠. 책을 제대로 구입했는가를 뒤돌아보면 후회되는 것이 한두 가지가 아닙니다. 인생을 낭비했다는 생각마저 들곤 하죠.

한 권의 책이 주는 풍부함은 이루 말할 수 없습니다. 물론 식상한 내용을 담은 책들도 많습니다. 책을 잘못 사는 경험도 수없이 합니다. 책의 내용을 잘 모르고 책 제목에 이끌려 샀다가 낭패보는 경우도 꽤 있지요. 하지만 책과 관련된 경험은 모두 소중합니다. 책은 다른 물품과는 다른 존재이니까요.

책을 가까이 하고 사랑하면 책을 구입하게 됩니다. 지적 생활을 영위하고 싶다면, 책을 구입해야 합니다. 책은 많이 사면 살수록 좋습니다. 다른 것은 낭비일 수 있고, 허영일 수 있지만, 책은 그렇지 않습니다. 많으면 많을수록 좋습니다. 사면 살수록 좋습니다. 살까 말까 고민되면 사야 합니다. 불필요한 책을 사는 경험도 해야 합니다.

책이 주는 가치는 책 가격을 훨씬 뛰어넘습니다. 평전이나 자서전을 한번 읽어보세요. 2-3만 원을 주고 한 위대한 인물의 인생을 볼 수 있습니다. 책을 한 권 구입해 보세요. 잘못 사도 상관없습니다. 절대 손해가 아닙니다. 책을 구입한 것 자체가 남는 장사입니다. 책을 사서 읽으세요!

서재를 가꾸세요

관심사를 중심으로 책을 모으면 자신만의 독특한 서재가 만들어집니다. 그야말로 자신의 컬렉션collection이죠. 세상에 둘도 없는 자신의 세계입니다. 책 한 권 한 권을 사 읽고 모으면 서재는 형성됩니다. 사람마다 관심사가 다 다르기 때문에 고르는 책도 다릅니다. 책이 책을 부르죠. 서재도 당연히 다른 모습으로 커갑니다. 저 또한 서재를 계속 꿈꾸며 가꾸어 갑니다. 연구실에 앉아 주변을 둘러보면 수많은 책들이 저를 지켜보고 있습니다. 서재가 점점 자라납니다.

전 책과 관련된 모든 일을 사랑하죠. 연구실에서 책을 읽고, 정훈이가 놀 때 그 옆에서 책을 뒤척이죠. 늘 책과 함께 살아갑니다. 늘 책과 함께 성장하길 소망합니다. 책을 사고 서재를 가꾸는 일은 늘 즐겁습니다. 책을 보고 있지 않아도 책 속에 둘러싸여 있다는 사실이 기분 좋습니다. 키케로의 말이 떠오릅니다. "정원과 서재를 갖추었는가? 그렇다면 당신은 필요한 것을 모두 갖춘 셈이다."

서재를 갖추려면 다수의 책과 책장이 필요합니다. 교수 연구실과 같은 공간이면 좋겠지만, 집안 한 공간을 잘 활용해도 좋은 서재가 됩니다. 서재는 물리적인 공간이 아니라 서재를 가꾸는 마음이 자리하는 곳이기 때문입니다. 처음부터 완벽한 서재를 가질 수 없습니다. 서재는 공간이 아니라 마음입니다.

서재는 서서히 완성되어 갑니다. 서재는 성장하는 생물과도 같죠. 애정을 담아 가꾸면 꾸준히 자라납니다. 완벽한 서재 공간을 갖춘 사람이라도 서재의 주인이 될 수 있는 것은 아닙니다. 서재 안의 책들을 '직접 모은' 사람만이 서재의 주인이 됩니다. 서재 안의 책들을 '읽는' 사람만이 서재의 주인입니다. 주인은 책 한 권 한 권을 사고 읽으면서, '읽은' 책들로 서재를 채워 갑니다. 어떤 책이 어디에 있는지 정확히 알고 있습니다. 혼란스럽게 흩어져 있어도 어디에 있는지 귀신같이 압니다. 서재의 스토리를 훤히 꿰고 있죠.

서재를 꿈꾸십시오. 그 서재에서 당신의 꿈을 꾸십시오. 서재는 꿈을 실천하는데 디딤돌이 되어 줍니다. 서재를 가꾸는데 드는 비용을 아까워하지 말고 아낌없이 투자해야 합니다. 자신의 서재에서 얻는 수익은 분명 그 몇 배가 됩니다. 인생이라는 긴 여정에서 서재는 활력소가 되고 휴식처가 되고 기쁨의 원천이 됩니다. 힘들고 어려울 때 서재는 안식처를 제공해 줍니다. 가끔은 현실에서 벗어나는 도피처가 되기도 하죠. 서재는 몸과 맘이 지쳐 있을 때 어머니의 품이 되어 안아줍니다.

고봉진 연구실 서재

연구실에서 하루 일과를 시작하고 서재에서 하루 일과를 끝냅니다.

전 서재에 관심이 무척 많죠. 욕심이 많다는 표현이 더 어울릴 것 같은데요. 현재 서재는 2개 있는데, 대학 연구실과 집 서재입니다. 아담한 사이즈에 제게 딱 맞는 공간입니다. 그럼에도 책으로 둘러쌓인, 커피향 가득한 좀 더 좋은 서재를 꿈꿉니다. 공간 크기가 중요한 게 아닌데 말이죠. 제게는 무엇보다도 서재가 커야 합니다. 세계의 멋진 도서관을 보고 있으면 절로 감탄이 나옵니다. 제게 세상의 중심은 그곳입니다. 제 서재가 도서관을 닮았으면 하는 바람입니다.

다른 사람의 서재에도 관심이 많습니다. 이웃의 집에 초대받으면 가장 먼저 그 집에는 무슨 책이 있나 궁금해집니다. 그 집 서재는 어떻게 생겼을까? 서재에는 어떤 책들이 있을까? 새로운 곳에 가면 어떤 책이 있는지 눈길이 먼저 갑니다. 제가 '지식인의 서재'를 몇 번씩 보는 것은 '그 사람의 서재에 대한 관심' 때문입니다. 서재 관련 책이 있으면 유심히 살펴봅니다.

최근에 수전 손택Susan Sontag의 서재를 소개한 글을 봤는데 근사하네요.

"책(무려 1만 5천 권이다)과 종이가 집 안 곳곳에서 눈에 띈다. 미술과 건축, 극장과 춤, 철학과 정신의학, 의학의 역사, 종교의 역사, 사진, 오페라 등을 다룬 책들을 대강 훑어보는 데만 평생이 걸릴지 모른다. 프랑스, 독일, 이탈리아, 스페인, 러시아 등의 다양한 유럽 문학은 물론이고 수백 권의 일본 문학과 일본 관련 책들이 연대순으로 배열되어 있다. 미국과 영국 문학도 마찬가지다. 이를테면 영국 문학은 '베어울프'에서 시작해 제임스 펜턴까지 이어진다. 손택은 스크랩하는 고질적인 습관이 있어서 책에는 신문 스크랩이 가득 끼어져 있다. 그녀의 말에 따르면 '책마다 표시를 하며 뼈를 발라낸다'고 한다. 추가로 읽을 책들의 목록을 휘갈겨 쓴 쪽지들이 책장을 장식하고 있다."(파리 리뷰 인터뷰, 김율희 역, 작가란 무엇인가 3, 다른, 2015, 301-302면)

서재를 가꾸는 것은 꿈을 영그는 것과 연결되어 있습니다. 서재를 일구는 재미를 누리고, 서재에서 꿈을 영그는 기쁨을 맛보세요! 서재에서 꿈을 꾸어 보세요. 멋지고 근사한 서재도 있지만, 지극히 소박한 서재도 있습니다. 창고에 책을 아담하게 쌓아두고 읽고 또 읽으면 남들이 부러워할 만한 서재가 됩니다. 내 관심사를 반영해서 내가 모은 책이기에 나만의 서재가 됩니다. 이곳에서 쉬고 즐기면 이보다 더 아늑한 공간이 세상에 어디 있을까요? 힘들고 어려운 일을 당해도 서재에서 쉬면서 다시 회복할 힘을 얻지 않을까요? 제가 이상적인 이야기를 하는가요? 서재란 공간이 자신만의 공간이라는 점에서 쉴 수 있는 공간이 되어주는 것이죠.

서재를 가꾸는 일은 책을 사서 모으는 생활과 연결됩니다. 책 한두 권으로 서재는 이루어지지 않습니다. 적어도 100권 정도는 있어야 서재라고 할 만하죠. 100권이 토대가 되어 다른 100권이 채워지고, 더 많은 책과 연결됩니다. 책이 많아지면 100권의 책이 많다고 느껴지지 않죠. 책이 너무 많은 것도 처치 곤란할 수 있지만, 전 책이 많은 사람이 꽤나 부럽습니다. 최근에 책으로도 소개된 '다치바나 다카시橘隆志'의 서재를 보면 기가 차죠. 《한국의 글쟁이들》에서 소개된 건축가 임석재 교수의 서재도 대단합니다. 수전 손택의 서재, 서평가 이현우 씨의 서재도 마찬가지네요. 이들 이외에도 대단한 장서가가 많습니다.

전 그들처럼 장서가가 되지는 못할 것 같고, 대신 '365권의 서재'를 꿈꿉니다. 여러 권의 책이 있어도 그중에 더 관심가는 몇 권의 책이 있기 마련입니다. 저는 대학교를 은퇴한 후에 하루에 한 권씩 읽을 수 있도록 '365권으로 이루어진 서재'를 꿈꿉니다. 읽은 책 중에서 정말 마음에 드는 책으로 365권을 채우는 거죠. 365권의 선정 작업은 대학교를 은퇴하기 전까지 마치면 됩니다.

제게는 아끼는 서재가 하나 더 있죠. '고봉진의 초서재抄書齋'입니다. 제 독서스크랩 블로그인데, 제가 매일 노는 서재입니다. gojuraphil.

고봉진의 초서재

blog.me라는 공간에 제 독서 스크랩을 올리고, 매일 글쓴 내용을 올립니다. 독서하는 공간이자 집필하는 공간입니다. 제가 책을 읽고 초서한 내용의 궤적을 고스란히 알 수 있는 곳입니다. '고봉진의 초서재'야말로 제 친구이자 쉼터입니다. 제 걱정을 덜어주는 '해우소'로 기능하죠. 걱정이 생기면 늘 초서재에 와 제 이야기를 풀어놓습니다. 제가 주절주절해도 초서재는 늘 그곳에 있어 들어줍니다. 정말 고마운 친구입니다.

'초서재'를 만든 지 10년이 넘었습니다. 독일 유학 막바지 꽤 힘든 시기에 독서한 내용을 초서해 둔 것을 인터넷에 올리는 공간으로 만들었죠. 지금은 매일 글쓰기한 것을 올리는 공간이 되었습니다. 책읽기, 초서, 글쓰기를 모두 할 수 있는 공간이 되었죠. '초서재'가 제 '아이디어 상자'입니다.

책을 한두 권 사서 읽고 계속해서 반복하면 책이 쌓입니다. 쌓인 책이 자료가 되어 아이디어를 제공해주고 그 책을 기초로 글도 쓰게 됩니다. 힘들고 어려울 때 서재는 기댈 곳이 되어 줍니다. 물리적인 공간에 서재를 만들 수 있지만, 인터넷 상의 공간에서도 서재를 가꿀 수 있습니다.

책을 가까이 하며 서재를 가꾸는 삶은 대단한 삶은 아닙니다. 책보다도 사람의 인격이 더 중요하죠. 저를 포함해 책만 보는 바보가 많죠. 책 내용을 제대로 실천하지 못하는 위선자도 많구요. 저 또한 그런 위선자 중 한 사람일지 모르겠네요. 그럼에도 왜 저는 책을 중심으로 하는 삶, 서재를 사랑하는 삶을 지향할까요? 우리 삶에 책이 주는 영향이 사람마다 다릅니다. 일률적으로 이것은 이거다라고 단정지을 수는 없죠. 제 주관적인 관점에서 책이 주는 영향, 서재가 미치는 영향이 매우 크다고 생각되어 몇 글자 씁니다.

서점과 도서관

저는 서점과 도서관을 무척 좋아합니다. 도서관 공기는 저를 상쾌하게 하고, 저를 일깨웁니다. 서점의 책들은 저를 자극하고 생각하게 하죠. 물론 장서에 있는 사상 덩어리의 무게에 짓눌릴 때가 많습니다. 세상의 지혜 덩어리를 겉으로만 보는 것이 겁이 나기도 합니다. 내 안의 빈 공간과 가득한 허영을 보고 실망하기도 하죠. 하지만 책을 보고 사색할 수 있기에 감사하는 마음이 더 큽니다. 어디든 책이 많은 공간이면 되죠. 아파트 도서실이나 교회 카페의 북코너를 일부러 찾습니다. 커피 한 잔에 관심 가는 책 한 권이면 그 시간이 무척 행복하죠.

서점에 주기적으로 가서 어떤 책이 있는지 살펴봅니다. 수시로 인터넷 서점에 둘러 관심 가는 책을 알아보죠. 서점에서 이리저리 돌아다니며 책을 집어들고 살까 말까 고민합니다. 주부가 시장에서 오늘 찬거리를 정성스럽게 살펴보듯이, 저 또한 오늘과 내일 읽을 책, 서재에 간직하고 싶은 책을 정성스럽게 고릅니다. 잘못 사서 쓸모없는 책이 꽤 있지만 괜찮습니다. 때로 정말 마음에 맞는 책을 만나면 금광이라도 발견한 것처럼 기분이 좋습니다. 검증된 몇몇 저자의 책은 무슨 책이 나왔는지 인터넷 서점을 통해 수시로 체크하죠. 이후 서점에 들러 그 책이 어떤지 직접 확인해 봅니다.

서점에서 정처 없이 떠도는 것도 기분 좋은 일입니다. 백화점이나 큰 마트에서 돌아다니는 것을 싫어하는 것과는 정반대죠. 여기서 이 책을 살피고, 저기서 또 다른 책을 들추어 봅니다. 그러다가 운명처럼 한 권의 책을 만나는 순간이 있죠. 물론 이런 순간은 흔치 않습니다. 대부분의 시간은 평범한 책과의 만남입니다. 제게 맞는 책은 따로 있습니다. 모두에게 명저가 되는 책이 있는 반면에, 나만의 책도 있습니다. 발품을 팔았기 때문에 가능한 일이지요. 분명한 것은 헤매는 과정이 있어야 자신에게 맞는 책을 발견할 수 있다는 점입니다.

"세상에 책은 돌자갈처럼 흔하다. 그 돌자갈 속에서 보석을 찾아야 한다. 그 보석을 만나야 자신을 보다 깊게 만들 수 있다."

책표지만 봐도 배우는 게 있습니다. 요즘 무슨 책이 유행인지, 요즘 어떤 주제의 책이 유통되는지, 유명 작가들은 요즘 무슨 책을 썼는지 알 수 있죠. 베스트셀러 책 내용은 어떤지 대략 살필 수도 있습니다. 하지만 나에게 꼭 맞는 책은 잘 진열된 곳에 있지 않고 곳곳에 숨어 있기 때문에 시간을 두고 서점에 머물러야 합니다.

전 시간이 되면 수시로 서점에 갑니다. 참새 방앗간인 셈이죠. 길을 가다가 시간이 나면 서점을 들러 봅니다. 이삼십 분의 짧은 시간이지만 한 권의 책을 만날 수 있습니다. 그리 부담되는 가격이 아니라면 한 권을 사서 돌아오는 길에 읽을 수도 있죠. 전체 내용은 잘 몰라도 한 구절이라도 도움되는 내용이 있다면 책값은 이미 뽑은 거라고 생각합니다. 저는 책에 대해선 관대한 편입니다. 책을 샀다가 내용이 영 마음에 들지 않아도 몇 군데 괜찮은 내용을 초서할 수 있다면 그만입니다. 시간을 무의미하게 흘려보내기보다 한 글자라도 읽고 초서하는 것이 더 낫습니다. 오늘도 활자를 찾아 나섭니다.

서점을 찾는 시간은 에너지를 재충전하는 시간입니다. 책들이 너무 많다는 사실에 완전히 압도당하기도 하지만, 다시금 마음을 잡고 책을 붙들어야겠다고 다짐하곤 합니다. 서점에 머무는 동안 책을 읽고 싶다는 욕망이 다시 일어납니다. 이 책 저 책 뒤져가며 훑어가는 사이에 한두 권의 서적에 마음을 빼앗깁니다. 어서 손에 넣고 싶은 마음에 책을 구입하고 이내 읽습니다. 물론 읽지 못한 책도 수백 권입니다.

서점에서 지내는 시간 자체가 너무 귀하고 즐겁습니다. 서울에 가면 꼭 가는 곳이 있습니다. 제주에는 대형서점이 없어 꽤나 아쉬운데, 서울 출장을 갈 때면 대형서점에 들러 책을 훑어봅니다. 어떤 책들이 나왔는지 살피며 허전한 마음을 달래죠. 서점에 하루 종일 있으라고 해도 있을 수 있습니다. 서점이 카페처럼 되어 있어 책을 살피기에 좋은 환경입니다. 한 번에 4-5시간 머물고, 그 이상 머물기도 합니다. 책도 보고, 거기서 식사도 해결하고, 온종일 책과 지냅니다. 수많은 책들이 저를 압도하지만, 그중에 제가 선택하고 읽을 수 있는 책이 있어 행복합니다. 몇 권의 책은 현장에서 바로 사서 공항으로 가는 지하철 안, 비행기 대기시간, 제주로 돌아가는 비행기 안에서 읽습니다. 집중할 수밖에 없는 환경과 새로운 책에 대한 관심이 저를 독서로 치닫게 하죠(요즘은 비행기 타는 일이 뜸해 아쉽습니다).

미국 샌디에고에 와서 정말 멋진 곳을 만났습니다. UCSD 가이젤 Geisel 도서관입니다. 외형이 신기하기로 유명합니다. 윌리엄 레오나드 페레이라William Leonard Pereira는 가이젤 도서관을 두 손으로 지식을 떠받드는 모습으로 형상화하였습니다.

가이젤 도서관은 처음에는 중앙도서관Central Library라고 불렀고 지금처럼 가이젤 라이브러리Geisel Library로 불린 것은 1995년부터입니다. 수스 박사Dr. Seuss로 불리는 테오도르 수스 가이젤Theodor Seuss Geisel이 도서관에 책을 가장 많이 기증했습니다.

1층과 2층은 카페식 도서관입니다. 카페처럼 꾸며진 곳도 있고, 탁트인 공간도 있고, 발을 의자에 올리고 편한 자세를 취하는 소파도 있습니다. 책을 읽기도 하지만, 서로 자유롭게 토론할 수 있습니다. 밥을 먹어도 누구 하나 말하는 사람이 없습니다. 규칙에 반하지 않습니다. 이 곳 가이젤 도서관 1층과 2층은 자유로운 분위기가 물씬 풍깁니다. 제 생각에는 도서관이 서로 이야기하는 카페 같은 곳이 되어야 합니다. 편하게 책을 접할 수 있는 곳이어야 하죠. 편하게 정보가 소통되고, 토론이 활발하게 진행되는 놀이공간이 되어야 합니다. 가이젤 도서관은 제게 이런 공간을 직접 보여주었죠.

4층부터는 조용한 전통적인 도서관입니다. 4층, 5층, 6층(3층은 가이젤 도서관 구조상 비어 있습니다)은 개가식 도서관으로 꾸며져 있습니다. 책을 찾아보기에 매우 수월합니다. (독일에서 유학할 때도 독일 프랑크푸르트 법과대학 개가식 도서관을 자주 이용했습니다. 개가식 도서관은 무엇보다 책을 살피기에 편하죠.) 4층 동양 컬렉션East Collection에 있는 한국 책을 제외하고는 영어로 된 책이 대부분이어서 쉽게 읽을 수는 없지만 그래도 저와 관련된 책들을 살펴봅니다. 4층, 5층, 6층을 가득 채우고 있는 책들이 인상적입니다. 4층은 동양 컬렉션East Collection으로 한국 책, 중국 책, 일본 책 등이 있고, 5층은 A, B, C, D, E, F Call Number로 시작하는 책들이, 6층은 G, H, J, K, L, 7층은 P Call Number로 시작하는 책들이 진열되어 있습니다. 제가 좋아하는 철학은 B, 사회과학은 H, 정치과학은 J, 법학은 K에 있습니다. 특히 법서가 진열되어 있는 K가 무척 반가웠습니다. UCSD에는 법학전문대학원Lawschool이 없어 법서가 없을 줄 알았는데, 왠만한 법서는 갖추고 있었습니다. 요즘 법철학 책을 진열한 K 서가 쪽을 자주 찾습니다.

가이젤 도서관에 있는 수많은 사람들, 피부색도 얼굴빛도 인종도 다른 사람들 속에 나란 동양인은 어떤 프레임을 가지고 이 세상을 구성해낼 것인가? 지평으로 주어져 있는 이 세계를 나만의 프레임으로 잘 구성해 그 프레임을 통해 세상을 창조해냅니다. 모두가 마찬가지입니다. 자신의 눈으로 보고, 자신의 발로 걷습니다. 누구나 자신만의 시각으로 세상을 구성할 수 있습니다. 자신의 프레임을 형성하는데 개개인이 뽑은 책 한 권은 큰 도움을 줍니다. 40대 후반의 나이에 가이젤 도서관을 만난 것은 행운입니다. 제주에도 가이젤 도서관 같은 곳을 만들 수 없을까? 수스 박사가 되어볼까? 나만의 프레임 속에서 헛된 공상에 빠져봅니다.

　가이젤 도서관 한쪽 면 올라오는 길은 뱀의 형상을 하고 있습니다. 뱀길Snake Path은 존 밀턴John Milton의 실락원Paradise Lost에서 유래했죠. 뱀길의 중간쯤에 실낙원의 한 구절이 대리석으로 만든 책에 쓰여져 있습니다.

"Then wilt thou not be loth to leave this Paradise, but shalt possess a Paradise within thee, happier far(너는 낙원을 떠났지만, 네 안에서 더욱 행복한 낙원을 소유할 것이다)."

　아담과 이브가 뱀의 유혹에 빠져 선악을 알게 되고 원죄를 저질렀지만, 이로 인해 인간은 끊임없이 지식을 탐구하며 살아야 하는 운명에 처하게 되었습니다.

독서만권 讀書萬卷

중국의 시성인 당나라 두보(712-770)의 칠언율시七言律詩인 '제백학사모옥題柏學士茅屋'에는 '남아수독오거서男兒須讀五車書'라는 구절이 끝에 나옵니다.

"모름지기 수레 다섯에 실을 만한 많은 책을 읽어야 한다."

'남아수독오거서'는 원래 장자莊子의 '천하 편'에서 장자가 친구 혜시의 장서를 두고 한 말인 '혜시다방기서오거惠施多方其書五車'에서 유래했습니다. 두보의 시를 통해 장자의 '수레 다섯五車'가 유명해졌죠. 수레 다섯에 실을 수 있는 책은 몇 권이나 될까요? '제백학사모옥' 4번째 줄에는 만권 독서가 나옵니다.

古人已用三冬足(고인이용삼동족) 옛사람은 겨울 동안 독서에 몰두했다 하거늘

年少今開萬卷餘(년소금개만권여) 그대 젊은 나이에 이제 만여 권을 읽었도다

(……)

富貴必從勤苦得(부귀필종근고득) 부귀는 반드시 근면한 데서 얻어야 하나니

男兒須讀五車書(남아수독오거서) 남아로서 모름지기 다섯 수레의 책을 읽을
지니라

중국 명나라 말기 문인이자 화가, 서예가인 동기창(1555~1636)은 '독서만권 행만리로讀萬卷書 行萬里路'를 말했습니다. 동기창은 그의 책《화안畵眼》에서 '만권의 독서를 하고 만리 길을 다니면 배워서도 하늘이 부여한 타고남의 경지에 이를 수 있다고 했습니다.

"화가의 육법 가운데 첫째가 기운생동氣韻生動이다. 기운은 배울 수 없는 것으로, 이것은 세상에 나면서 저절로 아는 것이며(生而知之), 자연스럽게 하늘이 부여한 것이다. 그러나 배워서 되는 경우가 있다. 만권의 책을 읽고 만리의 길을 걸으면, 가슴속에서 온갖 더러운 것이 제거되어 절로 마음 속에서 언덕과 골짜기가 생기고, 그 윤곽과 경계가 만들어져 손가는 대로 그려내니 이 모두가 산수山水의 전신傳神이다."

기운생동氣韻生動은 기운이 충일充溢하고 기품氣品이 넘친다는 의미로, 옛사람들이 최고로 여겼던 화론畵論입니다. '기운생동'은 배울 수 없는 것이고 세상에 나면서 저절로 아는 것(生而知之)이라고 했습니다. 세상에는 타고난 사람들이 있습니다. 별다른 노력을 하지도 않았는데 재능을 타고난 것이죠. 소수의 천재에 해당하는 사람들입니다. 그런 사람들을 보면 부럽습니다. 부모의 유전자를 통해 하늘이 천부적인 재능을

부여했습니다. (물론 이 재주를 훗날의 노력으로 보완하지 않으면 화가 될 수도 있죠.) 동기창은 《화안畵眼》에서 '생이지지生而知之'에 필적하는 방법으로 '독서만권 행만리로'를 언급합니다.

중국 명말 청초 사상가인 고염무顧炎武도 '독서만권 행만리로'를 설파했습니다. '독서만권 행만리로'는 필자의 블로그인 '고봉진의 초서재'의 주제어이기도 합니다. 죽기 전까지 책 만 권을 읽고 만리를 다녔으면 합니다. 짧은 인생을 사는 동안 진정 하고 싶은 것은 '독서만권 행만리로'입니다.

'독서만권'과 '행만리로'는 서로 분리할 수 없는 관계에 있습니다. '유자서有字書'만으로는 부족하고 '무자서無字書'가 반드시 필요합니다. 여기서는 '독서만권讀萬卷書'과 관련해 제 생각을 부족하나마 썼습니다. ('행만리로'는 다음에 다룰 생각입니다.)

제가 일주일에 몇 권의 책을 읽는지 생각해보니 한두 권의 책은 읽는 것 같습니다. 많이 읽을 때는 서너 권 읽고, 몇 주에 걸쳐 읽지 않는 경우도 있습니다. 한 권의 책을 제대로 이해하면서 정독하는 경우도 있지만 그렇지 못한 경우도 많습니다. 나쁜 독서 습관이 자리 잡을까 늘 염려하며 경계합니다. 이렇게 읽은 책은 1년이면 백 권 정도 될 듯합니다. 정확하게 세어보지는 않았지만 초서한 것을 중심으로 나중에 세어보면 그 정도 됩니다. 1년에 백 권 책읽기는 한비야 씨가 실천한다고 들었습니다. 아마 대부분의 작가들은 1년에 백 권 책읽기를 무난히 실행하고 있을 듯합니다. 쓰기 위해서는 먼저 더 많은 양을 읽어야 하니까요. 저

같은 작가지망생도 책읽기에 무척 신경을 씁니다.

우리도 그들처럼 만 권 읽기에 도전해보면 어떨까요? 1년에 백 권 읽기를 습관화하는 것은 어떨까요? 평생 만 권이나 1년 백 권이라는 숫자에 압도된다면, 1년 30권 정도는 어떨까요? 오늘날 우리나라 1인 독서량은 너무 적습니다. 지식을 습득하는 수단이 책만은 아니기에 독서만을 강조해서는 안 됩니다. 좋은 TV 프로그램이나 다큐멘터리는 웬만한 책보다 낫구요. 하지만 1인 독서량이 너무 적은 것은 부인할 수 없는 사실입니다. 문화체육관광부 조사 결과 2013년 성인 월 평균 독서량은 0.76권이고, 통계청 발표 2015년 1분기 월 평균 책 구매 금액은 22,123원(2인 이상 가구 기준)이었습니다.

물론 독서량보다는 독서의 질이 중요하죠. 건성건성 백 권을 보는 것보다 한 권의 양서를 정독하는 것이 나을지도 모릅니다. 그럼에도 독서량은 무시하지 못하는 힘이 있습니다. 두보는 "만 권의 책을 읽으면 글을 쓰는 것이 신의 경지에 이른다(讀書 破萬卷 下筆 如有神)"라며 책읽기의 중요성을 '과장하여' 말했습니다. 책읽기를 통해 지식을 습득할 뿐만 아니라, 자신의 인생을 보게 되고, 세상을 바라보는 시각을 갖게 됩니다.

2015년에 나온 알라딘의 '16년간 기록' 중에 유독 눈에 띄는 것이 있었습니다.

> "당신이 현재와 같은 독서 패턴을 계속 유지하신다면,
> 당신은 80세까지 4,047권의 책을 더 읽으실 수 있습니다."

2007년 독일 유학을 마치고 한국에 귀국한 이후 알라딘에서 구입했으니 저에게는 지난 8년간의 기록이 됩니다. 4,047권의 책은 그 2배인 8,094권이 될 수 있다고 생각하니, 이제껏 읽은 책과 합쳐 보면 독서 만 권은 될 것 같아요. 물론 구입한 책 중에 읽지 않은 책이 많고, 읽은 책도 처음부터 끝까지 꼼꼼하게 읽는 것도 아니니 독서 만 권이 아니라 독서 오천 권이 더 정확할 것 같습니다. 2016년에 나온 알라딘 기록에는 그간 제가 책을 사는 것을 소홀히 해 권수가 많이 줄어 있었습니다. 2017년에 미국 샌디에고로 연수를 와서는 독서 권수가 현저히 줄었습니다. 제가 크게 반성해야 할 부분입니다.

'행만리로'와 함께 '독서만권'의 꿈은 여전히 저에게 살아있는 꿈입니다. 어제까지 읽었던 책들은 오늘 한 권의 책을 읽게 하고, 오늘 읽고 있는 한 권의 책은 내일 또 한 권의 책을 읽게 할 것입니다. 이렇게 한 권 한 권 읽어가면 '만 권'의 독서가 불가능하지 않다고 생각됩니다. 책이 전부는 아니지만 생활 중의 큰 일부라는 생각을 가지고, 오늘도 책과 더불어 살고 싶습니다. 오늘 읽는 책은 제가 읽을 만 권의 책 중의 한 권입니다. 그러고 보니 인생이 참 짧습니다. 책 만 권을 읽고 나면 죽어야 하니까요. 책 한 권 한 권 읽을 때마다 소중한 경험과 추억을 간직해야겠다고 다짐해 봅니다. 매번 무너지는 결심이지만 매번 다시 마음을 추스려봅니다.

책 만 권을 읽고 죽는 것이 제 꿈입니다. 행만리로를 하고 죽는 것이 제 꿈입니다. (물론 독서천권 행천리로에 그칠 가능성이 더 큽니다. 분발해야겠습니다.) 제 죽음을 항상 생각합니다. 긍정적인 의미에서 죽음을 생각합니다. 내 죽음은 과연 어떨까? 어떻게 죽을 것인가? '어떻게 죽을 것인가?'라는 물음은 '어떻게 살 것인가?'란 물음과 늘 직결되어 있습니다. 제게는 '독서만권 행만리로'가 그 길입니다.

요즘은 책이 잘 안 잡히네요

책이 읽기 싫어질 때가 있습니다. 책에서 얻는 게 별로 없다고 생각할 때가 있죠. 책을 읽어도 생활에 변화가 전혀 느껴지지 않을 때 그렇습니다. 그럴 때는 한동안 책읽기를 중단합니다. 한가할 때 책이 안 잡힙니다. 바쁘게 지내거나 시간에 쫓겨 글을 쓸 때가 오히려 낫습니다. 책 전체를 볼 순 없어도 짬짬이 책을 봅니다. 바쁜 사람에게 일을 맡기듯이, 바쁠 때가 책읽기에 좋습니다.

책을 읽고 싶지 않을 때는 순간 순간 찾아옵니다. 꽤 오랜 시간(2-3일이 될 수도 있고 2-3주가 될 수도 있죠) 책을 읽지 않고 지내다 보면 어느덧 책이 손에 쥐어져 있습니다. 억지로 읽지 않습니다. 읽고 싶지 않은데 책이 눈에 들어올까요? 독서뿐만 아니라 모든 게 그렇습니다. 마음 가는 대로 두는 게 방법입니다. 한참 지나면 다시 책을 찾으니까요.

시간이 해결해 줍니다.

매년 100권 가까운 책을 읽다 보니 책 읽는 것이 어느덧 습관이 되었습니다. 독서가 싫어 책을 영영 던지는 일은 없을 것 같아요. 책과 더불어 사는 삶이 좋습니다. 가끔 책에서 멀어집니다. 책이 잘 잡히지 않아도 그리 걱정하지 않습니다. 며칠 지나면 또 책을 찾으니까요.

요즘 걱정거리가 하나 생겼습니다. 2017년 2월에 미국 샌디에고로 방문 학자visiting scholar 연수를 왔습니다. 최근에 책이 손에 잘 잡히지가 않아요. 주변에 영어로 된 책들이 많은데, 그 책들에 선뜻 손이 가지 않습니다. 우리말로 된 책은 쑥 읽히는 맛이 있는데, 영어로 된 책들은 제게 무슨 암호문 같습니다. 암호를 풀 듯 꼼꼼하게 봐야 읽히죠.

한국에 있을 때는 수시로 책을 보고 살폈는데, 이곳에서는 한국에 있을 때만 못합니다. 독일에서 유학할 때는 독일어 서적을 볼 수밖에 없었죠. 독일어로 쓰인 논문과 책을 참조해야 박사논문을 쓸 수 있으니까요. 박사학위 유학과 방문 학자 연수는 확실히 차이가 납니다. 영어 논문과 서적을 봐야 하는데, 아직은 제대로 살필 수가 없네요. 무슨 일이든 시간이 필요합니다. 한 번에 되는 게 아니라 조금씩 천천히 되는 거죠.

미국에 오니 책도 잘 안 사게 됩니다. 미국 생활비가 만만치 않게 들어 선뜻 책을 구입하지 못합니다. 나중에 읽을 수 있을까 하는 점도 고려 대상입니다. 제 연구실에 독일어로 된 책이 잔뜩 있는데, 독일 유학을 끝내고 한국에 온 이후로는 잘 읽히지 않더군요. 미국 원서로 된 책들도 몇 권 있는데, 언제 볼까 싶습니다. 꼼꼼하게 오랜 시간 살펴야 외국 책은 제대로 이해되죠. 외국어로 된 책들은 쑥 읽을 수 있는 책들이 아닙니다.

외국은 제게 책을 읽기 좋은 환경은 아닌 듯합니다. 대신 글쓰기에는 아주 좋은 환경이 됩니다. 요즘 전 글쓰기에 푹 빠져 지내죠. 외국이라는 환경이 글감옥을 제공해 줍니다.

외국에서 연수한다는 것이 부질없다는 생각도 잠시 해봅니다. 외국에 1년 이상 살아보고 그곳을 몸으로 체험할 수 있는 것이 최고의 선물입니다. 여러 곳을 여행할 수 있고 한국에서 경험하지 못한 새로움을 느낄 수 있죠. 외국의 선진 문물을 받아들이는 장점도 있습니다. 하지만 연구와 관련해서는 1년이라는 기간이 너무나 짧습니다. 그곳 문헌에 통달하기까지 지난한 시간이 필요하죠. 외국어 독해능력이 떨어지면 외국 책을 잡기가 쉽지 않습니다. 외국어 독해능력이 있어도 외국 책이 한국 책만큼 진도가 나가지 않습니다. 한국처럼 자유롭게 연구 자료를 활용할 수 있는 환경이 되질 않죠.(물론 정반대의 경우도 많습니다. 정민 교수가 프린스턴 동아시아 연구소와 하버드 옌칭 연구소 자료를 자유롭게 활용한 예가 그렇습니다.)

요즘 독서 분량이 꽤 줄어 일부러 한국 책을 찾게 됩니다. 영어 책에 비해 읽기도 수월하고 이해도 빠릅니다. 한국 책을 구하기 어렵겠다 생각했는데, 그렇지는 않았습니다. 제가 주로 가는 가이젤 도서관 4층 '동양 컬렉션East Collection'에서 꽤 많은 한국 서적을 만났죠. 처음엔 무슨 금광이라도 만난 듯이 반가워 했는데, 시간이 지날수록 마음이 주저앉습니다. 확실히 책 읽는 것이 예전만 못합니다.

부족한 독서를 보충하는 게 제게 있기는 합니다. 제 '초서재'에 초서한 내용을 꼼꼼히 읽고 '초서 풀이'를 합니다. 초서 내용에 제 생각을 넣어 풀어봅니다. 나중에 글을 쓸 때 '초서 풀이'를 활용할 수 있죠.

손에서 책을 놓지 말아야 하는데(手不釋卷) 그만 놓쳤습니다. (요즘은 글쓰기 때문에 노트북을 잡고 있습니다.) 놓친 손이 이내 부끄러워집니다.

끝까지 읽어야 한다는 부담은 버리세요

새로운 관점과 새로운 지식을 제공하는 책은 의외로 많지 않습니다. 구입한 책 중에 10프로 정도나 될까요? 정독해야 할 책이 있는 반면에, 속독해도 좋은 책이 있습니다. 책 내용이 재미없고 유익하지 않다고 판단되면 굳이 끝까지 읽을 필요가 있을까요? 독서가 즐거우면 자연히 끝까지 읽게 되고, 저자의 다른 책도 사 보게 됩니다.

끝까지 읽어야 한다는 부담감이 책읽기를 방해한다면, 그 부담감을 떨쳐내야 합니다. 처음부터 끝까지 책 내용이 알찬 경우는 그리 많지 않습니다. 책의 내용 중에 정말 중요한 핵심은 대부분 주요 내용 부분을 정독하면 얻을 수 있습니다. 물론 명저의 경우에는 처음부터 끝까지 꼼꼼하게 읽어야 하고, 두세 번 반복해서 읽어야 합니다. 하지만 명저가 아닌 책인 경우에는 그럴 필요가 없습니다.

제가 산 책들에 처음부터 끝까지 읽은 책은 그리 많지 않습니다. 오히려 중간에 읽다가 포기하거나 중요 부분만 읽은 책들이 더 많죠. 끝까지 읽어야 한다면 다른 책을 집어드는 데까지 시간이 너무 오래 걸립니다. 대신 초서를 통해 중요 부분을 두세 번 읽는 효과를 내죠. 이런 제 독서 스타일이 마음에 안 드시는 분이 분명히 있을 겁니다.

사람에 따라 독서 스타일이 다른데, 전 마음이 내키는 대로 독서하는 편입니다. 어떤 사람은 10권 정도의 책을 동시 다발적으로 읽는 반면에, 어떤 사람은 꼼꼼하게 한 권의 책을 읽고 난 후에 다른 책으로 넘어갑니다. 어느 독서 스타일이 낫다고 평가할 수는 없겠지만, 한 가지는 말하고 싶어요. 끝까지 읽어야 한다는 부담감이 독서를 방해한다면, 그 부담감을 떨쳐버리십시오! 독서하는 것이 중요하지 끝까지 읽는 것이 중요한 것은 아닙니다(물론 끝까지 읽지 않았으면 다 읽었다고 하지 말고, 다 아는 척 하지 말아야 합니다).

머리를 주먹질 해대는 독서를 할 수 있다면

베이컨Francis Bacon의 말처럼, 어떤 책은 맛보고, 어떤 책은 삼키고, 어떤 책은 씹어서 소화시켜야 합니다. 정말 마음에 드는 책을 만나면 그 책을 집중적으로 파고들어야 합니다. 한 글자 한 글자 사전을 찾아가며 꼼꼼하게 읽어야 하고, 문맥이나 행간의 뜻도 놓치지 않아야 합니다. 저자의 편에 서서 이해하려고 노력하고, 저자와 대화를 나누기도 하고, 자신의 입장에서 비판해 보기도 해야 합니다. 잘근잘근 씹는 독서가 되어야 합니다. 자신의 것으로 충분히 소화시켜야 합니다.

책을 읽고 자신을 변화시키는 독서는 더 귀합니다. 책을 읽고 마음을 변화시키는 독서는 매우 드물게 일어나죠. 《근사록》에 "논어를 읽기 전과 읽은 후나 인간이 똑같다면 구태여 읽을 필요가 있을까?"라는 구절이 있습니다. 카프카Franz Kafka는 "가능하다면 머리에 주먹질을 해대는 독서를 하라! 우리 머리에 주먹질을 해대는 책이 아니라면, 왜 그런 책을 읽어야 한단 말인가?"라고 말했습니다. 카프카는 친구 오스카 폴라크Oskar Pollak에게 다음과 같은 편지를 썼죠.

"우리는 오로지 우리를 해치고 찔러대는 책만 읽어야 해. 우리의 뒤통수를 때려 각성시키지 않는 책을 읽을 필요가 있을까? 책은 우리 내면의 얼어붙은 바다를 깨는 도끼가 되어야 해."

머리를 내려치는 독서, 대오각성大悟覺醒의 독서는 최고의 독서라고 칭할 만합니다. 루카치Georg Lukacs를 읽으면서 김윤식은 '소설로도 인류사를 논할 수 있구나!' 하는 것을 알게 되었고, 작가 카잔차키스Nikos Kazantzakis의 삶을 들여다보면서 배병우는 '나도 진짜 소나무를 찍어야겠구나. 이걸 극화시켜야겠구나' 결심하였고, 박원순은《싯타르타》를 읽고 감옥 밖에 있는 교도관이 감옥 안에 있고 감옥 안에 있는 자신이 감옥 밖에 있는 것 같은 착각이 들었다고 합니다. 진정한 독서는 사람을 변화시킵니다.

보르헤스Jorge Luis Borges의 말처럼, 각각의 책은 각각의 독서를 통해 다시 태어납니다. 독서는 텍스트와 콘텍스트의 만남이고, 저자와 나의 만남입니다. 재차 읽을 때는 처음 읽었을 때와 다른 이야기를 만날 수 있습니다.

책을 통해 인생을 읽을 수 있습니다. 책은 자신의 인생을 들여다보는 현미경과 같죠. 아놀드 베네트Enoch Arnold Bennett의 말처럼, 책은 인생이라는 험한 바다를 항해하는 데 필요하도록 남들이 마련해준 나침반

이요, 망원경이요, 지도입니다. 훌륭한 책을 통해 우리 인생을 바라보는 시선을 얻고, 세상을 바라보는 프레임을 얻습니다.

책은 사람에게 사물의 낯섦을 제공합니다. 박완서는 "책을 읽는 재미는 어쩌면 책 속에 있지 않고 책 밖에 있었다. 책을 읽다가 문득 창밖의 하늘이나 녹음을 보면 줄창 봐온 범상한 그것들하곤 전혀 다르게 보였다. 나는 사물의 그러한 낯섦에 황홀한 희열을 느꼈다"고 말했습니다. 책을 읽는 것은 우리 인생을 읽는 것이고, 세상을 읽는 것입니다.

홍길주는 독서에 다섯 가지 등급이 있다고 했습니다.

"사람이 책을 읽는 것에는 다섯 가지 등급이 있다. 으뜸은 이치를 밝혀 몸을 바르게 하는 것이다. 그 다음은 옛것을 널리 익혀 일에 응하는 것이다. 그 다음은 문사를 닦아 세상에 이름을 올리는 것이다. 그 다음은 기억력이 뛰어나 남에게 뽐내는 것이다. 가장 아랫길은 할 일 없이 시간만 죽이는 것이다."

남에게 뽐내는 독서, 시간만 죽이는 독서가 된다면 책읽기를 잠시 중단하는 것도 필요합니다. 제 독서는 아마 '하수의 독서'인 듯 하네요.

자서전, 평전을 읽으세요

저는 자서전이나 평전 읽기를 좋아합니다. 위대한 인물의 사상과 생애를 간접적으로나마 체험할 수 있죠. 위인의 일생을 통해 배우는 것이 너무도 많습니다. 자서전을 읽고 나면 가끔 세상이 달리 보이기도 합니다. 자서전의 저자에 내 자신을 투영하고 싶은 욕망이 발동해서입니다. 위대한 인물들은 지금 제 나이에 무엇을 했나 유심히 살펴봅니다. 내 인생 방향을 설정해보고 싶어서일까요?

평전을 쓴다는 것은 정말 어려운 일입니다. 위인의 생애를 사실에 기초해서 저술해야 하기에 많은 자료가 필요합니다. 한 위인이 이루어놓은 것만큼 그것을 서술하는 것에도 엄청난 노력이 필요하죠. 정성들여 쓴 평전의 가치는 책 한 권의 가격을 훨씬 능가합니다. 자서전의 가치는 위인이 직접 썼다는 사실에서 나옵니다. 자서전과 평전은 위인을 만나게 됩니다. 위인의 삶을 재조명하며 위인이 살았던 시대를 읽을 수 있습니다. 시간 여행이 가능하죠.

어쩌다 제게 맞는 자서전과 평전을 만나면 시간가는 줄 모르고 책 읽기에 빠져 듭니다. 디디에 에리봉Didier Eribon이 쓴 《미셸 푸코, 1926-1984》박정자 역, 그린비, 2012가 그랬고, 박석무가 쓴 《다산 정약용 평전》민음사, 2014이 그랬습니다. 최근에는 무라카미 하루키가 쓴 자전적 에세이 《직업으로서의 소설가》양윤옥 역, 현대문학, 2016에 흠뻑 빠져 들었죠. 찰스 다윈의 자서전 《나의 삶은 서서히 진화해왔다》는 제가 너무나도 좋아하는 자서전입니다. 존 스튜어트 밀John Stuart Mill의 자서전도 좋습니다.

제 서재에는 자서전/평전을 따로 진열해 두었습니다. '고봉진의 초서재'에는 자서전과 평전을 읽고 초서해놓은 공간대가의 삶'이 있죠. 현재 100권 정도가 초서되었죠. 데리다Jacques Derrida, 슈바이처, 존 스튜어트 밀, 체 게바라Che Guevara, 간디Mahatma Gandhi, 마르크스Karl Heinrich Marx, 러셀Betrand Russell, 마틴 루터 킹Martin Luther King, 괴테Johann Wolfgang von Goethe, 간송 전형필, 제인 구달Valerie Jane Goodall, 찰스 다윈Charles Robert Darwin, 퇴계 이황, 무함마드 유누스Muhammad Yunus, 레오나르도 다빈치Leonardo da Vinci, 마더 테레사Anjeze Gonxhe Bojaxhiu, 막스 베버Max Weber, 다산 정약용, 조영래, 홈즈Oliver Wendell Holmes, 링컨Abraham Lincoln, 카를 융Carl Gustav Jung, 니체Friedrich Wilhelm Nietzsche, 강만길, 레비나스Emmanuel Levinas, 리영희, 프랭클린Benjamin Franklin, 루소Jean-Jacques Rousseau, 애덤 스미스Adam Smith, 케인즈John Maynard Keynes, 파인

만Richard Phillips Feynman, 폴 앨런Paul Allen, 리콴유李光耀, 스티브 잡스Steve Jobs, 공자, 폰 노이만John von Neumann, 스피노자Baruch de Spinoza, 정조, 칼 세이건Carl Sagan, 화이트헤드Alfred North Whitehead, 프로이드Sigmund Freud, 아인슈타인Albert Einstein, 미셸 푸코Michel Foucault, 비트겐슈타인Ludwig Josef Johann Wittgenstein, 칼 포퍼Karl Popper, 안도 다다오安藤忠雄, 이사야 벌린Isaiah Berlin, 마키아벨리Niccolò Machiavelli, 스티븐 호킹Stephen Hawking, 펑유란馮友蘭, 하이에크Friedrich Hayek, 빅터 프랭클Viktor Frankl, 소니아 소토마요르Sonia Sotomayor, 움베르토 에코Umberto Eco, 김병로, 시진핑習近平, 에릭 홉스봄Eric Hobsbawm, 세종, 호치민胡志明, 칸트Immanuel Kant, 윌리엄 더글라스Klondike Douglass, 김수환, 김산, 무라카미 하루키, 보르헤스, 에리히 프롬Erich Pinchas Fromm, 이중섭, 신채호, 함석헌…….

개인적으로는(지극히 주관적입니다) 알버트 슈바이처의 《나의 생애와 사상》을 일독하기를 권합니다. 밀림의 성자 슈바이처는 제가 제일 존경하는 인물입니다. 제 영어 이름이 Albert인 이유도 슈바이처 때문입니다. 위인의 삶에 저를 투영하고 싶은 욕망을 꺾어버리는 자서전입니다. 슈바이처는 우리 모두는 아류에 불과하다고 말하지만, 그는 '성자'이고, 저는 '아류'이기에, 저의 욕망이 좌절로 바뀌는 것을 수없이 경험했죠. 이제는 담담하게 제 현실을 받아들이고, 제 '아류 인생'에 만족하며 살아가죠. 하지만 슈바이처를 따르고자 하는 모순은 여전히 안고 있습니다. 삶을 어떻게 의미 있게 살 것인가를 고민하는 사람이 있다면, 《나의 생애와 사상》을 일독하기를 권합니다. 슈바이처는 말합니다.

"활동하는 시간이 찾고 기다리는 시간보다 더 긴 사람들은 행복하다.

연구실 대가의 삶
서가

자신을 완전히 바칠 수 있는 사람들은 행복하다. 이러한 행운아들은 겸
손해야만 한다. 시련이 오더라도 흥분하지 말고 '당연히 올 것이 왔다'
는 식으로 받아들여야 한다."

　자서전이나 평전을 읽고 있으면 행복합니다. 실제로 있었던 일을 기
초로 썼기에 실재감이 느껴집니다. 소설에서 느껴지는 재미도 솔솔 느
껴집니다. 처음부터 끝까지 읽는 몇 시간 동안 몰입해서 읽을 수 있습
니다(물론 몇몇 평전은 그렇지 못했습니다). 덩어리 시간이 제게 주어
지면 주저 없이 자서전이나 평전에 눈길이 갑니다. 자서전이나 평전 한
권을 가지고 짧은 여행을 떠납니다.

우리는 같은 시간크로노스chronus로서의 시간을 살아가지만, 그 삶의 깊이카이로스kairos로서의 시간는 천차만별입니다. 삶의 다양함과 삶의 깊이를 알고 싶다면 '자서전'이나 '평전'이 좋습니다. 위인의 삶과 자신의 삶을 비교하지는 마세요. 삶은 비교대상이 아니니까요. 그런데 저는 가끔씩 이런 바보 같은 비교를 합니다. 늘 좌절하지만요.

고전을 읽으세요

제 연구실에는 법사상사와 관련된 고전들이 많습니다. 플라톤Plato의 《국가》로부터 현대 법사상서에 이르기까지 많은 고전이 책장 하나를 가득 채우고 있죠. 제대로 된 연구자라면 고전 하나하나를 꼼꼼하게 읽어야겠지만 (아류 연구자인) 전 그중에 10%를 제대로 읽었는지 모르겠네요. 이러고도 법사상사를 공부한다고 말할 수 있을지 모르겠습니다.

고전은 내용이 심오하고 방대하여 읽기가 수월하지 않습니다. 꼼꼼하게 읽어야 합니다. 평상시 차분함을 유지하면서 긴 시간을 독서에 할애해야 합니다. 아쉽게도 제 고전 독서는 부족함이 많습니다. 깊은 독서가 부족한 편이죠. 평소에는 고전이 손에 잡히지 않습니다. 한번 잡으면 그 책만 며칠씩 파야 하기에 좀처럼 시작을 못하죠. 법사상사 수업을 준비하면서 약간 약간씩 읽습니다. 부족할 수밖에 없습니다. 그

연구실 법사상사
고전 서가

래도 고전에 해당되는 책은 눈에 보이는 대로 구입해 두었습니다. 사서 가지고 있어야 나중에 읽을 가능성이 있기 때문입니다.

내용이 어렵다 보니 눈에 쉽게 들어오지 않습니다. 끝까지 읽어야 한다면 아마 읽다가 중도에 포기했을 겁니다. 많이 읽지는 못했지만 제 연구실에 있는 많은 고전 책들이 무용지물은 아닙니다. 연구를 계속 하면서 하나하나 읽어나갈 생각이죠. 읽은 만큼 제대로 아는 것이기에, 제 무지함을 그대로 들어내면서 모르는 것을 아는 척 하지는 않습니다.

중요 사상가의 책은 구비하려 합니다. 일급 사상가들의 책이 구비되어 있는 것만으로도 제 마음이 뿌듯합니다. 고전을 번역하신 분들이 존경스럽습니다. 천병희, 박종현, 성염, 백종현, 임석진, 김수행, 김효전,

장춘익……. 이런 분들은 그 이름만으로 무게감이 느껴집니다.

천재 작가들의 작품은 꼭 읽어야 합니다. 명저로 알려진 고전을 찾아 읽어야 하죠. 천재 저자들을 가까이 하고, 일급 사상가들을 사귀어야 합니다.

"당신이 문인이라면 당신 뒤에 호메로스, 소포클레스, 베르길리우스, 단테, 셰익스피어, 코르네유, 라신, 라 퐁텐, 파스칼이 있다는 것을 고맙게 여기지 않을까? 당신이 철학자라면 소크라테스, 플라톤, 아리스토텔레스, 성 토마스 아퀴나스, 데카르트, 라이프니츠, 칸트, 비랑, 베르그송 없이 지낼 수 있을까? 당신이 과학자라면 아르키메데스, 유클리드, 또 다시 아리스토텔레스, 갈릴레오, 케플러, 라부아지에, 다윈, 클로드 베르나르, 파스퇴르에게 진 모든 빚을 깨닫지 않을까? 성 바울, 성 아우구스티누스, 클레르보의 베르나르, 보나벤투라, 켐피스는 물론 시에나의 카타리나, 성 테레사, 보쉬에, 성 프랑수아, 뉴먼이 없었다면 종교적 인간으로서 모든 정신은 얼마나 빈곤해졌을 것인가?"

마키아벨리는 고전 읽기를 옛 어르신들과의 만남으로 묘사했습니다. 유명한 마키아벨리의 서재에 가 볼까요?

"저녁이 오면 나는 집으로 들어가 서재로 들어간다네. 서재로 들어가기 전에 흙과 먼지가 묻어 있는 일상복을 벗고 관복으로 갈아입지. 그리고 나는 옛 시대를 살았던 어르신들의 정원으로 들어간다네. 그분들은 나를 정중히 맞아 주시고, 나는 혼자서만 그 맛을 음미할 수 있는 지혜의 음식을 그 어르신들과 나누지. 나는 그 지혜의 음식을 먹으며 다시 태어난다네. 나는 옛 시대를 사셨던 어르신들과 대화를 나누지. 나는 그분들에게 주저하지 않고 질문을 드린다네. 왜 그때 그런 식으로 행동하셨는지를. 그 숨겨진 이유가 무엇인지를! 그럼 옛 성현들은 내게 대답해 주시지. 매일 옛 시대의 어르신들과 대화를 나누는 그 네 시간 동안 나는 아무런 피곤을 느끼지 못한다네. 내 삶에 주어진 모든 시련과 고통도 다 잊어버리지. 나의 가난도 두렵지 않아. 내게 닥쳐올 죽음조차도 내겐 아무런 의미가 없다네."

'고전 독서'는 피와 땀의 성과를 캐내는 과정이고, 옛사람의 지혜를 배울 수 있습니다. 석공 원굉도가 쓴 '독서'라는 시를 한번 볼까요?

책에 쌓인 먼지를 털어내고
단정한 차림으로 옛사람을 대하네.
책에 쓰인 건 모두 피와 땀이라
알고 나니 정신을 돕네.
도끼를 들어 주옥을 캐고
그물을 쳐 고운 물고기를 잡는 듯
나도 한 자루 비를 들고
온 땅의 가시를 쓸리라.

고전에 도전해보고 싶다면 2차 문헌을 적절하게 활용해도 좋습니다. 물론 2차 문헌만 읽고 고전을 제대로 이해했다는 착각에 빠지지 마세요. 근데 이런 착각은 제가 많이 하곤 합니다.

독서와 병심확秉心確

다산 정약용이 그의 제자 황상에게 말한 삼근三勤, 노력하고 노력하고 노력하라과 병심확秉心確, 확고한 마음은 필자의 좌우명과 같은 말입니다. 이 말을 접했을 때 바로 이거다 싶었죠.

"천착은 어떻게 해야 할까? 부지런히 해야 한다. 뚫는 것은 어찌 하나? 부지런히 해야 한다. 연마하는 것은 어떻게 할까? 부지런히 해야 한다. 네가 어떤 자세로 부지런히 해야 할까? 마음을 확고하게 다잡아야 한다."

정약용의 말씀은 마음을 확고하게 다잡는 것이 가장 중요한 근본임을 가르쳐 줍니다. 상황을 통제하기 전에 나의 마음가짐을 잡는 것이 먼저죠. 마음가짐을 바로 잡지 않고서는 발전을 도모하기 어렵습니다.

성경 또한 병심확秉心確을 누차 강조합니다.

"무엇보다 네 마음을 지켜라. 이는 생명의 근원이 마음에서 흘러나오기 때문이다(Above all, guard your heart. For it is the wellspring of life)." — 잠언 4장 22-23절

"자기의 마음을 다스리는 자는 성을 빼앗는 자보다 낫다." — 잠언 16장 32절

동양의 고전도 마찬가지입니다. 대학大學 정심수신正心修身 장에 나오는 구절이 대표적입니다.

"마음에 있지 않으면 보아도 보이지 않고, 들어도 들리지 않으며 그 맛을 모른다. 이것을 일러 수신은 그 마음을 바르게 하는 데 달려 있다고 하는 것이다(心不在焉 視而不見 聽而不聞 食而不知其味. 此謂修身在正其心)."

송나라 학자 정이程頤도 뜻을 세우는 일을 당면한 세상의 일 가운데 제일 먼저 해야 할 것으로 꼽았습니다.

문제는 마음을 다잡는 것이 말처럼 쉽지 않다는 점입니다. 얼마나 어려운지 모릅니다. 마음을 잡지 않아도 하루하루 살아가는데 별 문제 없어 보이죠. 마음을 잡았다 해도 좀 지나면 풀어져 버리구요. 하지만 인생살이의 비법이 병심확秉心確에 있으니 구방심求放心해야 합니다. 맹자는 학문하는 방법으로 구방심求放心을 들었습니다. 이는 세상살이에도 동일하게 적용됩니다.

"사람이 닭과 개가 도망가면 찾을 줄을 알되, 마음을 잃고서는 찾을 줄을 알지 못하니, 학문하는 방법은 다른 것이 없다. 그 잃어버린 마음을 찾는 것일 뿐이다(人有雞犬放 則知求之 有放心 而不知求 學問之道無他 求其

放心(而已矣)."

　책을 가까이 하고 책을 사랑하면 달아난 마음을 찾고 마음을 다잡는
데 큰 도움이 됩니다. 마음을 다잡는데 독서만한 것이 없죠. 물론 독서
만 있는 것은 아닙니다. 글을 쓰는 것도 꽤나 큰 도움이 됩니다. 예컨대
일기장을 쓰면서 마음을 잡는 거죠.

　책이 당신의 지지대가 되어 줄 것입니다. 책이 나침판이 되어 당신을
인도할지도 모르죠.

때를 읽으세요

언젠가 "때를 읽어라"는 표현이 제 마음을 두드린 적이 있습니다. 그리스어에는 '때시간'를 나타내는 단어가 두 가지가 있습니다. 크로노스χρόνος와 카이로스καιρός가 바로 그것입니다. 아우구스티누스Aurelius Augustinus는 "시간에 대해 생각하지 않으면 나는 시간을 안다. 그러나 시간에 대해 곰곰이 생각하기 시작하면 도대체 시간이 뭔지 알 수 없다"며 시간의 신비에 경탄했었죠. 아우구스티누스가 경의롭게 느낀 시간은 카이로스의 시간 개념입니다.

'운칠기삼運七技三'이란 말도 있습니다. 운이 70%이고, 재주노력가 30%라는 뜻으로, 모든 일의 성패는 운運에 달려 있는 것이지 노력에 달려 있지 않다는 의미입니다. 어떤 이는 '운7기3'이지만, 어떤 이는 '운5기2', 또 어떤 이는 '운2기1'에 머뭅니다. '운칠기삼'은 쉬지 않고 꾸준히 한 가지 일을 열심히 하면 큰 일을 이룰 수 있다는 우공이산愚公移山과 뜻이 반대되는 것처럼 보입니다. 흔히 실패한 사람에게 위로의 말로 전하는 말이 '운칠기삼'입니다. 하지만 '운칠기삼'의 진정한 의미는 '때를 읽어라'는 것이지 노력이 중요하지 않다는 것이 결코 아닙니다. 노력하는 중에 때를 잘 살피라는 뜻이죠. 다음 이야기를 읽어보면 그 뜻을 잘 알게 됩니다.

"중국 괴이문학의 걸작으로 꼽히는 포송령蒲松齡의 '요재지이聊齋志異'에 이와 관련된 내용이 실려 있다. 한 선비가 자신보다 변변치 못한 자들은 버젓이 과거에 급제하는데, 자신은 늙도록 급제하지 못하고 패가 망신하자 옥황상제에게 그 이유를 따져 물었다. 옥황상제는 정의의 신과 운명의 신에게 술내기를 시키고, 만약 정의의 신이 술을 많이 마시면 선비가 옳은 것이고, 운명의 신이 많이 마시면 세상사가 그런 것이니 선비가 체념해야 한다는 다짐을 받았다. 내기 결과 정의의 신은 석 잔밖에 마시지 못하고, 운명의 신은 일곱 잔이나 마셨다. 옥황상제는 세상사는 정의에 따라 행해지는 것이 아니라 운명의 장난에 따라 행해지되, 3푼의 이치도 행해지는 법이니 운수만이 모든 것을 지배하는 것은 아니라는 말로 선비를 꾸짖고 돌려보냈다." (두산백과, '운칠기삼')

운은 우리가 어찌 할 수 있는 부분이 아니고 하늘로부터 주어지는 것입니다. 우리가 할 수 있는 것은 다만 노력하는 것이고 '때를 읽는 것'이죠. 상수와 하수의 차이는 노력의 정도에서도 차이가 나지만, '때를 읽는가 읽지 못하는가'에서 명백히 드러납니다. 명심해야 할 것은 한때의 큰 실수나 큰 실패로 한 인생을 섣불리 판단해서는 안 된다는 점입니다.

독서를 하면서 시대의 때와 자신의 때를 헤아려 보세요. 때를 헤아리는데 독서는 큰 도움이 됩니다. 제가 너무 독서를 과대평가하나요?

나의 추천도서

일주일에 많게는 10권 이상, 적게는 1권 책을 샀지만(안 산 적도 있습니다), 그중에 다 읽은 책은 많지 않습니다. 어느 순간 정말 필요한 책이 아니면 사 모으는 것을 자제해야겠다고 생각했습니다. 책을 사 모으는 대신에, 이제껏 읽지 못한 책들을 읽기 시작했습니다. 내가 소중하게 생각하며 마음에 담아두었던 책들을 다시 읽었습니다. 와타나베 쇼이치는 책을 두세 번 반복해서 읽는 것은 밥을 꼭꼭 되씹어 먹는 것과 같다고 했습니다. 야스오카 쇼타로는 책을 읽는다는 것은 여러 번 되풀이해서 읽는 것이라고 말합니다.

언젠가 '추천도서 20선'을 뽑은 적이 있습니다. 이 책들은 제 연구실 한 모퉁이를 차지하고 있습니다. 이제와 생각해보니 '추천도서 20선'을 뽑는다는 게 무모한 게 아닌가 싶네요. 오히려 '추천도서 50권'이나 '추천도서 100권'이 더 쉬워 보입니다. ('추천도서 20선'에는 고전이 제외되어 있습니다.)

1. 요한 페터 에커만(곽복록 역), 《괴테와의 대화》, 동서문화사, 2007

2. 제레미 리프킨(이원기 역), 《유러피언 드림》, 민음사, 2005

3. 마틴 제이(황재우 外 역), 《변증법적 상상력》, 돌베개, 1979(1994)

4. 김수종, 《다음의 도전적인 실험》, 희망제작소, 시대의 창, 2009

5. 제레미 리프킨(이희재 역), 《소유의 종말》, 민음사, 2001

6. 무라카미 하루키(양윤옥 역), 《직업으로서의 소설가》, 현대문학, 2016

7. 헤르만 헤세(임홍배 역), 《나르치스와 골드문트》, 민음사, 1997

8. 찰스 다윈(이한중 역), 《나의 삶은 서서히 진화해왔다》, 갈라파고스, 2003

9. 최인철, 《프레임》, 21세기북스, 2007

10. 존 스튜어트 밀(최명관 역), 《자서전》, 훈복문화사, 2005

11. 알버트 슈바이처(천병희 역), 《나의 생애와 사상》, 문예출판사, 2004

12. 고병권, 《니체》, 《천개의 눈 천개의 길》, 소명출판, 2001

13. E.M. 번즈, R. 러너, S. 미첨(박상익 역), 《서양문명의 역사》(상, 하), 소나무, 1994(2007)

14. 칼 세이건(홍승수 역), 《코스모스》, 사이언스 북스, 2004

15. 정민, 《다산선생 지식경영법》, 김영사, 2006

16. 시오노 나나미(김석희 역), 《로마인 이야기 2》, 한길사, 1995

17. 리처드 니스벳(최인철 역), 《생각의 지도》, 김영사, 2003

18. 이지훈, 《혼창통》, 쌤엔파커스, 2010

19. 구본준, 《한국의 글쟁이들》, 한겨레출판, 2008

20. 와타나베 쇼이치(김욱 역), 《지적생활의 발견》, 위즈덤하우스, 2011

제게는 쓰고 싶은 에세이 종류의 책 모델이 몇 권 있습니다. 이 책들도 지금 제 서재의 한 칸에 가지런히 놓여 있습니다.

1. 와타나베 쇼이치(김욱 역), 《지적생활의 발견》, 위즈덤하우스, 2011

2. 롤란트 시몬 셰퍼(안상원 역), 《딸에게 들려주는 작은 철학》, 동문선 현대신서, 1999

3. 정민, 《죽비소리》, 마음산책, 2005

4. 고유봉, 《바람속의 돌담》, 제주출판인쇄공사, 2011

5. 퇴계 이황(신창호 엮음), 《함양과 체찰》, 미다스북스, 2010

6. 김덕영, 《사상의 고향을 찾아서》, 도서출판 길, 2015

7. 무라카미 하루키(양윤옥 역), 《직업으로서의 소설가》, 현대문학, 2016

언젠가 제 인생의 책 365권으로 이루어진 서재를 갖고 싶네요.

"무릇 한 권의 책을 얻더라도 내 학문에 보탬이 될 만한 것은 채록하여 모으고, 그렇지 않은 것은 눈길도 주지 말아야 한다."

― 다산 정약용

II. 초서
     抄書

중요 문장을 옮겨 쓰세요

　제 독서법에는 좀 특이한 점이 있습니다. 전 '자'가 없으면 좀처럼 책을 읽지 못합니다. '자'로 중요하다고 생각하는 문장을 밑줄 그으면서 읽죠. '자'가 없으면 책읽기에 집중하기 어려울 정도입니다. 독서하기 전에 '자'와 펜을 먼저 찾습니다. '자'가 없어 책갈피나 잘 안 쓰는 카드로 '자'를 대신한 적도 많습니다. 실외에서도 남을 의식하지 않고 책에 줄을 긋습니다. 제 독특한 독서습관 때문에 읽은 책과 읽지 않은 책은 확연히 차이가 납니다. 읽은 책들은 대부분 자로 반듯하게 줄 쳐 있습니다. 비뚤비뚤한 줄은 참지 못하죠. 제 성격이 비뚤해서 그런가 봅니다. 줄이나마 반듯하고 싶은 마음의 반영이 아닐까요?
　'자와 함께하는 독서'는 책의 중요 문장을 나중에 옮겨 쓰기 위함입니다. 제 독서법은 '나무는 보고 숲은 보지 못할' 위험성을 내포하고 있지만,

책에 자로 줄치며 독서하는 모습

저만의 독특한 독서법으로 굳어진 지 오래 되었습니다. 자로 반듯하게 줄 쳐진 문장은 제 컴퓨터에 옮겨 씁니다. 문장 뒤에는 페이지를 표시합니다. (다 쓰고 난 다음에는 '고봉진의 초서재'에 올립니다.) 많게는 100개가 넘는 문장을 정리할 때도 있고, 적게는 10개 내외의 문장을 쓸 때도 있습니다. 책의 핵심 내용을 담은 문장을 옮기다 보면 어느새 그 책 내용을 파악하게 됩니다. 물론 '초서'로 책 내용을 전부 파악할 수는 없습니다.

책의 중요한 부분을 발췌하여 옮겨 쓰는 것을 '초서抄書'라고 합니다. 쉬운 말로 말하면 베껴 쓰기입니다. '초抄'라는 한자는 '베끼다, 베껴 쓰다'는 뜻을 지니고 있습니다. 하지만 초서는 단순한 베껴 쓰기가 아닙니다. 베껴 쓰기 그 이상이죠. 책에서 가장 맛있는 부분을 고르는 작업입니다. 저에게 '초서'는 '독서'나 '저서' 만큼 큰 의미가 있습니다.

제 초서 습관은 2006년 독일 유학을 마무리할 때에 생겼습니다. 저

초서 인쇄한 것

는 2001년부터 2006년까지 박사학위를 받기 위해 독일에서 유학을 했습니다. 2006년 초에 박사학위 논문을 제출했는데 논문 심사가 꽤 지연되어 고생을 많이 했습니다. 논문 심사일이 곧 잡힐 줄 알고 집에서도 나왔는데 논문 심사가 진행이 되지 않았습니다. 많은 사람들의 집에서 신세를 졌죠. 집 없는 떠돌이가 되어 돌아다니다 마지막으로 제가 다니는 교회의 허락을 얻어 교회당 기도실에서 몇 달 생활했습니다. 겨울이라 추웠지만 견딜 만 했습니다. 교회당에서 할 수 있는 일이라고는 기도와 독서 밖에 없었습니다. 교회당 2층에 있던 교회 서재에 사회과학 책이 꽤나 많았습니다. 자연스럽게 그 책들을 꺼내어 읽었습니다. 책의 중요 문장을 제 노트북에 옮겨 썼습니다. 개인적으로 매우 힘든 시기였죠. 하지만 초서 습관이 이때 형성되었습니다. 돌이켜보니 제게 둘도 없이 의미 있는 시간이었다는 생각이 듭니다. 독일 유학 막바지 힘든 시간이 제게 준 선물이었죠.

2007년 초 한국으로 돌아온 후에 초서 블로그를 만들었습니다. 거기에 이제껏 옮겨 적었던 초서를 올렸습니다. 이것이 '고봉진의 초서재(gojuraphil.blog.me)'의 시작입니다. 그때까지도 '초서'라는 단어가 있는지도 몰랐습니다. 이후 중요 문장을 옮겨 쓰는 것이 '초서'의 뜻이라는 것을 알고, 블로그 이름을 '초서재'로 정했습니다.

2007년부터 2016년까지 1,000권이 넘는 책을 초서했습니다. 초서한 문장을 다 출력해 보았습니다. 두 개의 카테고리를 묶어 한 권의 책으로 엮으면, 8권은 족히 나올 듯합니다. 책으로 철하면 저도 초서 모음집인 '총서'를 갖게 됩니다. 초서 문장을 모은 것에 불과하지만 꽤나 두꺼운 분량입니다. 제 키를 넘는 저서는 쓰지 못해도 제 키를 넘는 총서는 남기고 싶네요. 다산 정약용 선생은 애제자에게는 제자를 생각하며 쓴 메모를 모은 증언첩을 주었고, 제자에게는 초서 문장을 모은 총서를 남길 것을 당부했습니다. 다산의 제자 황상도 자기 키보다 높은 '치원총서'를 남겼습니다. 저 또한 (다산의 증언첩을 받는 애제자는 될 수 없지만) 총서를 가진 다산의 후예가 되고 싶습니다.

"초서하기 위해 책을 읽는 것 같다"

전 '초서하기 위해 책을 읽는 것 같다'는 생각을 많이 합니다. 제 독서가 초서를 염두에 둔 독서여서 그렇습니다. 초서할 문장을 살피는 것만으로도 적극적인 독서가 가능하죠. 초서하기 전에 어떤 문장이 중요한지를 늘 살피게 됩니다. 물론 초서해야 한다는 생각이 너무 앞서면 독서가 제대로 되지 않습니다. 이 점은 '초서 독서'가 늘 경계해야 할 사항이죠.

정말 훌륭한 책이 아니라면 처음부터 끝까지 완독할 필요가 없습니다. 마음에 드는 부분을 골라 집중적으로 읽고, 마음에 와닿는 문장 몇 개를 건질 수 있다면 이 또한 수확이지 않을까요? 《에디톨로지》와 《노는 만큼 성공한다》의 저자 김정운 씨가 책을 처음부터 끝까지 읽는 사람은 바보라고 한 말이 기억나네요. 저 또한 마음에 쏙 드는 책이 아니라면 전부를 다 읽지 않습니다. 중요한 부분을 골라서 읽죠.

제 초서 블로그인 '고봉진의 초서재' 소개글도 이를 말해줍니다.

독서스크랩 블로그!

제 주관에 따른 스크랩일 뿐

책을 이해한 것은 아닙니다!

한두줄 스크랩일 수도 있습니다.

독서만권 행만리로 ~

하지만 읽은 책 권수를 늘리는 독서는 지양해야 합니다. 제 '초서 독서'가 책 권수만을 늘리는 독서가 아닌지 부끄러워집니다. 읽기가 매우 어렵거나 재미없다고 생각되는 책은 전체 내용을 파악하는 것을 포기하고 그냥 중요해 보이는 몇 개의 문장을 건지는 것으로 만족합니다. 일 년에 100권 정도의 책을 초서하지만 100권이나 되는 책을 이해했다고는 생각되지 않습니다. 반의 반인 25권이라도 제대로 이해했으면 하는 바람입니다. 제가 읽는 책 중에는 한 번 읽고는 이해하기 어려운 사상서가 꽤 많습니다. 고전을 제대로 읽지 않고 초서를 할 때면 이렇게 해도 되나 싶습니다.

어떤 책은 그냥 대략 살피고 몇 문장을 초서하기도 합니다. 또 어떤 책은 필요 부분을 사진으로 찍어 나중에 옮깁니다. 교회 카페에서 커피를 마시면서 거기에 있는 책 한 권을 뽑아 간략하게 읽고 사진을 찍습니다. 잠깐 시간이 났을 때 열심히 읽으면 한 권의 책도 정리할 수 있죠.

천계의 희망 (154)		
the Places You'll Go!	호아이빠	2018. 3. 7. 6:39
계영배(戒盈杯)	호아이빠	2018. 3. 7. 6:06
그냥 해라	호아이빠	2018. 3. 6.
인생과 삶	호아이빠	2018. 3. 4. 11:20
자신부터	호아이빠	2018. 2. 27.
정치	호아이빠	2018. 1. 24.
과학과 문학 서적	호아이빠	2018. 1. 14. 5:06
형은	호아이빠	2018. 1. 13. 8:47
널리 배우며	호아이빠	2018. 1. 12. 4:29
정리	호아이빠	2018. 1. 10.
나는 별이다	호아이빠	2018. 1. 7. 14:18
마음의 양식	호아이빠	2017. 12. 19.
수레바퀴 뒤 자국	호아이빠	2017. 12. 17.
가지 않을 수 없던 길	호아이빠	2017. 12. 16.
누군가 나에게 물었다	호아이빠	2017. 12. 16.

1 2 3 4 5 6 7 8 9 10 다음 ▶

초서재 메모

짧은 시간이어서 책 내용이 잘 기억나지 않지만 초서 문장을 다시 읽으면 하나라도 건질 수 있죠. 어떤 책은 서점에서 잠시 보고, 중요 문장을 카메라로 찍어 나중에 옮겼습니다.

그래도 대부분의 책은 꼼꼼하게 초서하는 편입니다. 초서 문장이 백 개를 넘으면 굉장히 철저하게 초서한 것이고, 대개는 50개 전후가 됩니다. 손에 쥔 책에서 저는 초서할 문장을 열심히 찾습니다. 대충 보고 중요하지 않은 문장은 옮겨 쓰면 안 됩니다. 그 책의 핵심 문장을 찾아 중요 내용을 전달할 수 있는 문장을 찾아 써야 됩니다. 초서할 문장을 찾는 중에 그 책의 핵심 내용을 파악할 수도 있습니다.

제가 중요하다고 생각하고 옮긴 문장이라 애정이 듬뿍 갑니다. 저자는 아니지만 초서하는 사람으로서 사랑을 담습니다. 하나 하나 허투루

고른 문장이 아닙니다. 정성스레 자로 줄을 긋고 매번 제 초서재에 옮깁니다.

제 초서는 나중에 저서로 연결됩니다. "독서-초서-저서"의 연결고리를 형성하고 있죠. 초서하기 위해 독서하고, 저서하기 위해 독서를 합니다. 초서할 문장을 찾아 책을 살핍니다.

초서 독서로 핵심을 찾아요

초서는 '초서할 문장을 찾는 독서'를 하게 합니다. 전체를 읽으면서 어느 문장이 중요한 문장인지를 찾습니다. 전체 내용을 다 드러낼 수는 없지만, 어떤 문장은 가장 중요한 메시지를 담고 있죠. 저자는 단어 하나, 문장 하나에 책의 전체 주제를 담는 경우가 종종 있습니다. 이런 문장을 찾아 체크를 합니다. 전체 내용을 정확히 파악해야 중요 문장이 눈에 들어옵니다. 나중에 이 문장을 곱씹어보면 좋겠다 싶은 문장을 찾습니다. (물론 문장을 찾기에 급급해서 내용 파악을 놓치면 안 됩니다.)

초서는 '쓰면서 하는 독서'를 가능하게 합니다. 초서의 방법을 통하면 옮겨 쓰면서 다시 한 번 중요한 내용을 살피게 되죠. 전 (앞에서 말한 것처럼) 중요 부분을 자로 줄치고 이를 초서하면서 책의 핵심 내용을 파악합니다. 손으로 직접 옮겨 쓰기 때문에 내용을 더 상세히 파악할 수 있습니다. 중요 문장을 베껴 쓰면 책 내용이 어느 정도 보입니다.

그냥 읽는 것과 베껴 쓰면서 읽는 것은 꽤나 큰 차이가 있습니다. "눈으로 보고 입으로 읽는 것이 결국 손으로 한 번 써보는 것만 못하다"고 실학자 이덕무는 말했습니다. 눈이나 입으로 하는 독서보다 손으로 하는 독서가 훨씬 더 낫습니다. 성경 전체를 베껴 쓰는 분들도 있죠. 물론 모든 부분을 옮겨 쓸 만큼 훌륭한 책은 많지 않습니다. 대부분 책의 핵심 내용만을 발췌해 옮겨 적는데, 이를 위해 책을 주의깊게 살펴야 합니다.

초서는 '다시 보는 독서'를 가능하게 합니다. 정약용 선생은 초서야말로 책을 가장 효과적으로 빨리 읽는 방법이라고 강조했습니다. 저는 책을 다시 볼 때 초서한 부분을 중심으로 봅니다. 중요 문장을 초서했음에도 한참 후에는 그 책 내용이 종종 잘 생각나지 않습니다. 그럴 때 초서 문장을 한번 쭉 살펴보면 짧은 시간에 그 책 내용을 상기할 수 있죠.

여기에는 큰 단점이 하나 있습니다. 초서한 내용만을 다시 살피면 그 책을 제대로 파악하지 못하고 넘어갈 위험이 있습니다. 그 책 내용을 정확히 파악하고 초서했다면 초서한 내용만으로도 전체 내용을 파악할 수 있지만, 한번 독서와 한번 초서로 전체를 파악했다고 자신있게 대답하기는 어렵습니다. 많은 경우 더 중요한 내용을 놓칠 수 있습니다. 저자가 주장하는 내용을 정확히 파악하지 못하는 경우도 있습니다. 이런 경우 초서한 내용만을 다시 살핀다면 초서하지 않은 중요한 내용을 놓치게 됩니다.

그래도 '초서 독서'가 갖는 장점이 더 커 보입니다. 초서는 '초서할 문장을 찾는 독서', '쓰면서 하는 독서', '다시 보는 독서'를 가능하게 합니다. 이 세 단계를 거친다면 중요 문장을 최소 세 번을 반복해서 읽을 수 있습니다. 책 내용 전체에 저자의 주장이 고루 담긴 경우도 있지만(고전이나 사상서가 그렇습니다), 대부분의 책은 그 중요 문장을 잘 살피면 저자의 핵심 주장이 파악됩니다.

따라 쓰며 배우세요

'초서抄書'는 독서법인 동시에 학문의 한 방법입니다. 학문을 하는 여러 방법이 있지만, 초서는 공부 방법으로 권장할 만합니다. 저자의 책을 읽으면서 중요 문장을 옮겨 쓰면서 자연스럽게 배우게 됩니다.

문장이 수려한 경우도 있지만, 대부분의 문장은 내용이 좋아 옮기게 됩니다. 책의 중요 사상을 담은 문장을 발견할 때면 절로 따라 쓰게 됩니다. 저자의 단어, 저자의 문장을 따라 쓰다 보면 어느새 배우게 되죠. 특정 주제를 연구할 때, 한 권만 초서하는 게 아니라 여러 권을 초서하게 됩니다. 초서한 것을 서로 연결시켜 보면 큰 효과를 발휘하게 되죠. 세상에 없는 것을 있게 하는 창조의 방법이면 좋겠지만, 이런 것은 굉장히 드뭅니다. 대부분은 기존에 있는 것을 다른 관점에서 잘 연결시키기만 해도 괜찮은 연구 결과가 나옵니다. 기존의 것을 분석하고 약간 다른 것, 약간 나은 것을 제시할 수 있으면 됩니다. 물론 초서하는 중에 자신의 핵심 사상을 찾을 수도 있습니다. 화가들이 여러 작품을 묘사하다가 자신만의 화법을 개발하는 것과도 같죠. 여전히 기존 작품을 흉내내는 것에 머문다면 아류 작가에 지나지 않게 됩니다. (초서 공부법을 활용하는 제가 아류 작가인 것 같네요.)

'초서'는 다산 정약용 선생이 활용했던 방법입니다. 다산은 책을 읽고 중요한 부분을 베껴 썼습니다. 그것을 나중에 글을 쓰실 때 활용했죠. 정약용에게 초서는 학문의 요령입니다. 그에게 초서는 공부방법론이었습니다. 자신의 아들에게도 초서를 소홀히 하지 말라고 타일렀죠.

"학문의 요령은 전에 이미 말했거늘, 네가 필시 이를 잊은 게로구나. 그렇지 않고서야 어찌 초서의 효과를 의심하여 이 같은 질문을 한단 말이냐? 무릇 한 권의 책을 얻더라도 내 학문에 보탬이 될 만한 것은 채록하여 모으고, 그렇지 않은 것은 눈길도 주지 말아야 한다. 이렇게 한다면 비록 백 권의 책이라도 열흘 공부거리에 지나지 않는다."

여러 대가들에게도 베껴 쓰는 것은 중요한 학습법이었습니다. 피카소Pablo Picasso는 벨라스케스Velázquez의 그림을 베껴 그렸습니다. (스페인 바르셀로나 피카소 미술관에 있는) 피카소의 '시녀들'은 (스페인 마드리드 프라도 미술관에 있는) 벨라스케스의 '시녀들'을 모델로 했습니다(저는 2006년에 스페인 바로셀로나 피카소 미술관에서 두 작품의 연관 관계를 잘 보여주는 컴퓨터 그래픽을 흥미있게 본 적이 있습니다). 안도 다다오는 헌책방에서 르 코르뷔지에Le Corbusier 작품집을 구입한 후, 르 코르뷔지에 건축도면을 베끼며 공부했습니다. 맑스는 자신이 읽은 책에서 발췌를 하는 습관이 있었습니다. 미셸 푸코는 끊임없이 읽고 노트하고 색인 카드를 만들었습니다. 헬렌 니어링Helen Nearing 또한 읽은 것을 카드에 옮겨 적고, 이를 집필에 활용했습니다. 안도현은 백석 시인의 시를 베껴 썼습니다.

"나는 그야말로 필사적으로 필사했다. 그런 필사의 시간이 없었다면 내게 백석은 그저 하고 많은 시인 중의 하나로 남았을 것이다. 그가 내게 왔을 때, 나는 그의 시를 필사하면서 그를 붙잡았다. 그건 짝사랑이었지만 행복했다. 나는 그의 숨소리를 들었고, 옷깃을 만졌으며, 맹세했고, 또 질투했다. 사랑하면 상대를 닮고 싶어지는 법이다."

여러 대가들은 초서의 방법을 통해 기존의 것들을 연구하고, 자신의 기법과 이론을 개발해냈죠. 초서한 것을 새로운 관점에서 연결짓는 것도 중요합니다. 그러는 중에 새로운 것이 나타나기도 하죠. 처음부터 아주 독창적인 것은 그리 많지 않습니다. 기존의 것을 잘 알아야 새로운 것이 나오는 법입니다.

대가들마저 초서 방법론을 통해 학문과 예술을 추구했다면, 소가인 우리들은 어떻게 해야 할까요? 저에게는 명백해 보입니다.

"한번 초서해 보지 않겠습니까?"

'자신만의 연장통'을 활용하세요

초서를 통해 독서와 저서가 연결됩니다. 제가 생각할 때 초서의 진정한 의미는 여기에 있습니다. 읽은 것을 초서해두면 '데이터베이스'로서 저술의 중요한 자료가 되죠. 초서한 것을 자신의 관점에서 엮으면 됩니다. 다산 정약용 선생은 천연두에 관한 책을 쓰기 위해 63권에 달하는 중국의 천연두 관련 서적을 읽고 필요한 부분을 초서했습니다. 초서는 그의 '데이터베이스'로 방대한 저술을 가능하게 했죠.

먼저 저술의 뜻을 정해야 초서는 저술의 기초로서 효과를 발휘합니다. 다산 선생의 초서법은 책쓰기의 기본 요령을 알려주는 좋은 지침입니다.

"무릇 초서의 방법은 반드시 먼저 자기의 뜻을 정하고, 내가 쓸 책의 규모와 절목을 세워야 한다. 그런 후에 책에서 뽑아내면 바야흐로 일관

되게 꿰는 묘미가 있다."

초서를 토대로 책 한 권을 저술하려면, 먼저 주제를 선정해야 하죠. 주제에 맞는 책들을 모아야 합니다. 관련 도서 여러 권을 읽고 초서해야 합니다. 초서가 모이면 글 쓸 준비가 된 것이죠. 모인 초서들이 글을 쓰라고 부르죠.

초서는 글쓰기 재료를 제공하고, 글쓰는 능력을 키워줍니다. 이야기를 전개할 스토리를 만들어줍니다. 《미생》 작가 윤태호는 초서를 통해 스토리를 만들 역량을 키웠습니다.

"만화가가 되겠다고 한 뒤로 스토리 걱정은 하지 않았다. 소설을 열심히 읽으면 스토리는 잘 쓰게 될 것이라고 믿었다. 그런데 아니었다. 그때부터 집에 있는 만화책을 모두 버리고 글로 된 책을 무조건 필사하기 시작했다. 드라마 '모래시계' 대본, 최인호의 시나리오 전집 등을 모두 베껴 썼다. 사실 그림을 그리는 사람들은 이미지를 다루는 데만 익숙해 글씨를 쓰려면 좀이 쑤시고 어딘가 아프다. 그래도 꾹 참고 필사를 계속 했다. 일종의 자기학대 과정이었다."

저도 초서한 것을 재료로 글을 쓰곤 합니다. '고봉진의 초서재'에 쌓인 초서가 책이나 논문을 쓰는데 큰 도움이 되죠. (기획 중인 '사서재四書齋' 에세이도 '고봉진의 초서재'에 '인생론'과 '공부론' 주제 하에 초서한 내용들을 엮은 것입니다.) 제 '초서재'가 니클라스 루만의 메모 상자처럼 작동하기를 기대합니다. 초서를 할 수 밖에 없습니다. 저에게 초서는 마땅히 해야 할 작업입니다.

니클라스 루만의 메모상자

다시 한 번 강조하고 싶네요. 초서는 글쓰기의 훌륭한 재료입니다. 초서한 내용을 정리해두면 글쓰기에 큰 도움이 됩니다. 초서는 글쓰는 능력을 길러줍니다. 초서를 통해 좋은 글에 대한 안목이 높아집니다.

초서를 잘 정리해두면 '자신만의 연장통'이 됩니다. 루만의 '메모상자'가 그 유명한 예입니다. 루만은 자신이 만든 메모상자를 잘 활용해 체계이론에 대한 방대한 저술을 남겼죠. 저술보다 메모를 하는데 시간이 더 들었다고 말할 정도로 메모 작성에 공을 들였습니다. 루만에게 '메모상자'는 '연장통'이었습니다.

스티븐 킹Stephen Edwin King은 "창조적인 사람에게는 자기만의 연장통이 있다"고 말했습니다. (저는 창조적인 사람이 아니지만) 제게도 자랑스러운 연장통이 있습니다. '고봉진의 초서재' 블로그입니다. 이곳에서 저는 놀기도 하고, 꿈을 꾸기도 합니다. 논문을 쓰거나 책을 저술할 때 이곳에 초서해놓은 내용들을 하나둘씩 살피죠. 읽은 책에서 중요한 문구를 옮긴 것이어서 글쓰는 데 큰 도움이 됩니다.

초서해둔 것은 제 '아이디어 상자'가 됩니다. 잡지책에서도 좋은 문장을 옮겨 쓸 수 있습니다. 화장실에서 만난 문구가 가슴에 꽂히기도 합니다. 읽은 책은 꼭 초서합니다.

독서에만 머물지 말고 독서한 것을 초서하고, 초서로만 끝내지 말고 초서한 것을 활용해 글을 써보세요. 초서를 저술에 꼭 활용해 보세요! 초서만큼 저술에 도움이 되는 것도 없습니다.

초서는 습관입니다

'초서 습관'이 몸에 배여야 초서는 연속성을 가집니다. 한두 번 좋은 문구를 메모해 두거나, 책에 있는 내용을 옮겨 보셨을 겁니다. 한두 번은 부족합니다. 여러 번이 되어야 하고, 습관이 되어야 합니다. 초서 습관은 한두 번 초서로 되지 않습니다. 초서하는 것을 좋아하고, 초서가 자신의 삶의 일부가 되어야 습관이라고 말할 수 있죠. (아마도 제일 어려울 것 같은데) '습관'입니다.

제게는 여러 나쁜 습관이 많습니다. 제 나쁜 습관을 나름 상쇄해 주는 하나의 좋은 습관이 있는데 '초서 습관'이죠. 책에서 좋은 문구를 만나건, 길 가다가 좋은 문구를 만나건 그때마다 체크해 두거나 옮겨 씁니다. '초서를 하기 위해 독서를 하는 것 같다'고 생각될 정도죠. 독서한 것은 늘 초서로 연결됩니다.

초서는 생활입니다. 제 삶의 중요한 일부로 늘 저와 함께합니다. 제 친한 친구와 같습니다. 초서할 때는 힘이 샘솟습니다. 초서한 문장을 찾는 눈빛은 반짝반짝 빛이 납니다. 초서한 문장을 다시 들여다보며 지친 마음을 위로하고 새로운 힘을 얻습니다. 저를 질책하는 경우도 있습니다. 죽비 같은 소리로 절 나무랍니다. (물론 행동으로 연결되지 못할 때가 많습니다. 행동에 있어서는 하수입니다.)

'초서 습관'은 제 몸에 배였지만 정말 아쉽게도 행동이 따르지 못하네요. 초서한 대로 살지 못합니다. '해야 한다', '하지 말아야 한다'는 당위로 가득한 책문구는 감동을 선사하지만, 생활에는 큰 영향을 미치지 못하네요. '행동 습관'이 있으면 더 좋겠죠. 제 초서의 한계입니다. 초서한 문장을 마음에 품고 평생 실천하며 산다면 그야말로 더할 나위 없죠. 안 될 것을 알지만 품고 살아갑니다. (전 현실주의자인데 이런 면에서는 이상주의자인 듯합니다.)

초서한 대로 살지 못해도 초서를 포기하지 않을 겁니다. 아마 제 평생 계속 초서하면서 살 것 같습니다. 정약용 선생의 가르침을 받은 제자 황상은 말했습니다.

"산방에 처박혀 하는 일이라곤 책 읽고 초서하는 것뿐입니다. 이를 본 사람은 모두 말리면서 비웃습니다. 하지만 그 비웃음을 그치게 하는 것은 나를 아는 것이 아닙니다. 우리 선생님께서는 귀양살이 20년 동안에 날마다 저술만 일삼아 복사뼈가 세 번이나 구멍났습니다. 제게 삼근三勤의 가르침을 내려주시면서 늘 이렇게 말씀하셨지요. "나도 부지런히 노력하여 이것을 얻었다." 몸으로 가르쳐주시고 직접 말씀을 내려주신 것이 마치 어제 일처럼 귓가에 쟁쟁합니다. 관 뚜껑을 덮기 전에야 어찌 그 지성스럽고 뼈에 사무치는 가르침을 저버릴 수 있겠습니까?"

세상에 여러 습관이 있지만, 초서 습관 만한 것이 없습니다. 책에서 중요 문장을 옮기고, 길을 가다가 만난 문장을 스마트폰에 담습니다. (그 문장대로 살아가기는 어렵지만) 그 문장이 주는 교훈을 받아들입니다. 저자의 중요 생각을 담은 문장을 찾아 초서하면서 그 내용을 파악합니다. 초서 습관이 장착되면 이를 토대로 학문을 세울 수 있고 저술 활동을 할 수 있습니다.

초서 습관을 권합니다. 제 생각엔 제일 좋은 습관입니다!

초서

정규영(송재소 역주),

다산의 한평생, 사암선생연보 (창비, 2014)

- 이 책은 '사암선생연보'를 완역한 것이다. 사암은 정약용의 호이다. …… 그가 쓴 '자산묘지명'에서도 자신의 호를 '사암'으로 밝혀 놓았다. '사암'은 '중용' 제29장의 …… 에서 따온 것인데 이 구절은 '백세 뒤의 성인을 기다려 물어보더라도 의혹이 없을 것이다'라는 뜻이다. 즉 500여 권에 달하는 자신의 저술은 백세 뒤의 성인이 보더라도 한점 의혹이 없을 만큼 당당하다는 자부심을 나타낸 호이다. '사암선생연보'는 다산의 현손 정규영이 1921년에 편찬했다. (역자 서문) (4, 5면)

- 1785년(정조 9, 을사) 24세 …… 이해 겨울에 제주도에서 공물로 바치는 귤이 올라와서 선비들에게 시험을 보였는데, 공이 발해하여 수석을 차지했다. 대궐에 들어가 임금을 뵈니, 임금이 공의 시험 답안지를 읽게 하고 무릎을 치며 칭찬하기를 "네가 지은 것이 실은 장원보다 못하지 않으나 다만 아직 때가 이르지 않았기 때문이다" 하였다. 승지 홍인호가 "아무개 같은 자는 반드시 재상이 될 것이다"라는 임금님의 말씀을 전해주었다. (22면)

- 1791년(정조 15 신해) 30세 …… 이해 겨울에 '시경의' 800여 조를 지어 올려 임금으로부터 크게 칭찬을 받았다. 임금이 그 책에 대해서 비지를 내리기를 "널리 백가를 인용하여 문장으로 표현해놓은 것이 무궁하니, 참으로 평소 학문이 축적되어 해박한 사람이 아니라면 어떻게 이와 같이 훌륭하게 할 수

있겠는가?"라 하였다. 《홍재전서》 중에는 절취해서 기록해놓은 것이 200여 조나 되는데, 모두 칭찬을 받은 것이다. (39, 40면)

- 1795년(정조 19, 을묘) 34세 …… 3월 20일, 우부승지에 제수되었다. 4월, 규영부 교서직에서 이윽고 정직되었다. 이는 일종의 악당들이 헛소문을 선동하여 모함하고 헐뜯고 간사한 꾀를 썼기 때문이었다. 공이 이때부터 가슴 속에 우울한 마음이 있었다. 마침내 다시는 대궐에 들어가 교서를 하지 아니하였다. 7월 26일, 금정도 찰방으로 외보되었다. 이때에 임금이 바야흐로 공을 크게 기용하려고 하던 순간이었다. (79면)

- 1796년(정조 21, 정사) 36세 …… 윤6월 초2일, 곡산부사에 제수되었다. 임금이 말하기를 "구설 때문에 두려우니 물러가서 조용히 기다리는 것이 좋겠다" 하였다. 마침 곡산에 빈자리가 있어 어필로 첨서낙점하였다. 사폐하는 날 임금이 친히 유시하기를 "지난번 상소문에 문사를 잘 구사했을 뿐만 아니라 삼사도 빛나고 밝으니 참으로 우연한 일이 아니다. 바로 한번 승진시켜 쓰려고 하였는데 의론이 들끓으니 왜들 그러는지 모르겠다. 한두 해쯤 늦어진다고 해서 해로울 것은 없으니, 떠나거라. 장차 부르리니, 너무 슬퍼할 필요는 없다. 먼젓번 원은 치적이 없었으니, 잘 하도록 하라"고 하였다. 부임해 간 뒤 이계심의 결박을 풀어주고, 고마고의 가하전을 조사하고, 벌꿀에 지나치게 부세하는 것을 바로잡고, 검지법을 행하고, 살인한 도적을 업습해 잡고, 겸제원을 세워 귀양살이하는 사람들의 거처를 편하게 해주고, 정당을 세우고, 여덟 가지 법규를 세웠다. (106, 107면)

1803년(순조 3, 계해) 42세 … 정월 초하룻날 집으로 편지를 보냈는데, 책을 초하는 규모에 대해서 덧붙여 보내주었다. (159면)

- 1818년(순조 18, 무인) 57세 …… 봄에 《목민심서》가 이루어졌다. (228면)
- 1819년(순조 19, 기묘) 58세 …… 여름에 《흠흠신서》가 이루어졌다. (231면)

초
서
블
로
그
를
운
영
해
보
세
요

초서 작업에 대한 구체적인 팁을 하나 드릴까 합니다. 제 초서 블로
그인 '고봉진의 초서재(blog.naver.com/gojuraphil)' 운영 노하우예요.
대단한 것은 아닙니다.

책에서 중요 문장을 추려냈다면, 이를 담을 그릇이 필요합니다. 내
밀한 일기장이나 개인 노트도 좋지만, 블로그를 활용할 것을 추천해요.
일기장이나 개인 노트로 초서를 꾸준히 정리할 수 있다면 블로그가 꼭
필요한 것은 아니겠죠. 하지만 저를 비롯한 많은 사람들은 그리 의지가
강하지 않습니다. 대중에게 공개되는 블로그는 부족한 의지를 보완해
줍니다.

블로그를 이용하면 초서가 하나하나 쌓이는 것을 볼 수 있어요. 사람
심리가 묘해서 누가 보고 있다는 것을 의식하면 더 잘하게 되죠. 더 해

야겠다는 생각이 들죠. 블로그에 초서를 올린 시간이 기록되어 언제 초서했는지 자동적으로 알 수 있습니다. 더 중요한 점은 초서한 것을 며칠 올리지 않으면 금방 눈에 띄기 때문에 초서를 올려야 한다는 압박을 받는다는 거예요. 싫지 않은 압박입니다. 초서 압박을 받게 되면 책을 읽게 되고 초서하게 됩니다. (앞서 제가 말씀드린 것처럼) 초서를 위해 책을 읽게 됩니다.

'초서재'에는 검색 기능이 있습니다. 검색어를 넣으면 검색어가 있는 문장이 모두 뜨죠. 초서들은 검색어를 통해 연결됩니다. 초서는 논문이나 글을 쓸 때 큰 도움이 됩니다.

표현을 훔치고 싶을 때가 있죠

초서를 하다 보면 '아, 어떻게 이런 표현을 썼을까!' 하고 놀랄 때가 있습니다. 그런 표현들은 정말이지 훔치고 싶습니다. 표현을 약간 비틀어 비슷하게 쓰면 어떨까? '표절'이 될 것 같아 선뜻 사용하지는 못합니다. 논문이면 각주를 달고, 글이면 누구의 표현이라는 것을 밝힙니다. 그래도 몇 개는 훔쳐 쓴 것 같습니다.

'초서'를 하다 보면 훔치고 싶은 유혹을 받곤 합니다. 초서된 중요 문장을 다시 옮겨 제 문장인 양 행세할 수 있으니까요. 가장 경계해야 할 점입니다!

그래도 초서에는 더 큰 장점이 있죠. 초서를 통해 글 솜씨가 좋아집니다. 좋은 문장을 초서하면서 자연스럽게 문장력이 배양되죠. 콩나무에 물을 주는 것과 같습니다. 한 권의 책을 초서해도 눈에 띄는 변화는 없습니다. 한 권이 두 권이 되고, 두 권이 열 권이 되고, 그 이상이 되면 조금씩 변화가 생깁니다. 후천적으로 글쓰기 실력을 늘리는 방법으로 '초서'만한 것이 없습니다.

초서를 통해 표현을 훔치기보다 글쓰는 근육을 키우세요. 초서 한 번 하는 것은 하루 운동을 하는 것과 마찬가지죠. 물론 직접 글을 써야 실력이 자랍니다. 기본 연습에 해당하는 초서 또한 중요하다는 말씀이죠.

제 나름의 표현력을 갖추도록 계속 초서하려 합니다. 이리저리 궁리하며 글을 써보려 합니다. 그래도 기막힌 표현을 만나면 훔치고 싶은 유혹이 드네요.

초서 문장이 글씨앗이 됩니다

초서된 문장도 급이 있습니다. '어떻게 이런 문장이 가능할까' 싶을 정도로 핵심을 담은 문장들이 있죠. 이러한 문장들을 정성을 다해 살피면 주옥 같은 글이 탄생합니다. 초서 문장에서 꽃을 피우는 거죠. 이때 문장은 뿌리에 해당합니다. 초서 문장이 글씨앗이 됩니다. 근본 생각이 담겨 있기에 물과 거름을 주면 꽃을 피울 수 있습니다.

'초서 글쓰기'를 통해 저는 쓰게 됩니다. 글감을 걱정할 필요가 없습니다. 초서된 내용을 보는 것으로 제공되니까요. 초서된 내용을 보면 머리와 손이 작동합니다. 글쓰는 동력을 제공하죠. 어느 정도 쓰면 힘을 잃지만 그때쯤 되면 한 장은 완성됩니다. 내일 다시 초서로 작업할 때는 새로운 마음으로 임하게 되죠. 물론 게을러서 빠뜨릴 때도 있습니다.

'초서 글쓰기'를 실천한 이후에 의식적으로든, 무의식적으로든 글쓰기를 삶의 일부로 받아들이게 되었습니다. 2016년 12월 1일 일기장 내용입니다.

"오늘도 '초서 글쓰기'를 하면서 나름 좋은 문장을 많이 썼다고 생각되었다. 초서 문장이 글감을 제공해주고 거기에 내 생각을 더해 문장을 만들어낸다. 초서 문장이 훌륭하면 문장도 괜찮게 나온다. 초서 문장 없이 내 머리를 쥐어짠다고 문장이 나오는 게 아니다. 오늘 오전처럼만 글이 잘 나오면 좋겠다. 글쓰기가 재미있었고 한 장이 금방 채워졌다."

생각해보니 제 '초서 글쓰기'는 3가지 특징이 있더군요. 첫째 '초서 글쓰기'는 초고를 만드는 작업입니다. 물론 생명을 부여하는 독창적인 시각을 넣어야 합니다. 둘째 '초서 글쓰기'는 대부분 추상적이고 짧은 문장으로 쓰여집니다. 다시 곰곰이 살펴보면서 구체적으로 다시 써야 합니다. 셋째 '초서 글쓰기'는 습작에 해당하는 것이기도 하죠. 습작을 통해 글쓰기 실력은 늘어납니다.

'초서 풀이'는 여러 가지 장점이 있습니다. 초서를 토대로 자신의 생각을 전개할 수 있습니다. 소설가 김홍신도 이런 방법을 자주 활용했다네요. 김홍신은 "노인 한 사람이 죽는 것은 크든 작든 도서관 하나가 사라지는 것과 같고 젊은 한 사람이 죽는 것은 깃대종이 하나 사라지는 것과 같다"는《명상록》의 일부를 메모하면서 다음과 같이 말했습니다.

"평소에 이렇게 메모를 해놓으면 나중에 이 말과 연관지어서 다시 쓰게 돼요. 메모했던 한 줄에서 글이 탄생하는 거죠."

제가 좋아하는 작가인 정민 교수도 이런 식의 글쓰기를 즐깁니다.《오직 독서뿐》에서 그는 허균에서 홍길주까지 옛사람 9인의 짧은 글을 소개하고 자신의 생각을 발전시켰습니다.

다산 정약용의 《도산사숙록陶山私淑錄》도 그렇습니다.

"을묘년 겨울에 나는 금정에 있었다. 마침 이웃 사람들을 통하여 '퇴계집' 반부를 얻어, 매일 새벽에 일어나 세수를 마치고 나서 곧 '어떤 사람에게 보낸 편지' 1편을 읽고 나서야 아전들의 참알參謁을 받았다. 낮에 이르러 연의演義 1조씩을 수록하여 스스로 깨우치고 살피었다. 그리고 돌아와서 《도산사숙록》이라 이름하였다."

1795년 34세의 다산은 중국인 신부 주문모 사건에 연루되어 우승부지 요직에서 금정역 찰방으로 좌천됩니다. 그해 겨울 그는 이웃집에서 퇴계 이황의 편지 30편을 담은 《퇴계집》을 얻게 됩니다. 매일 새벽 그는 퇴계가 쓴 편지글 한 편을 정성스레 대하면서 여러 번 되풀이하여 읽었습니다. 다산은 '퇴계가 조건중에게 답하는 편지'를 보면서 자신도 모르게 기뻐서 뛰고 감탄하여 무릎을 치고 감격하여 눈물을 흘렸습니다. '퇴계가 이숙헌에게 답하는 편지'에서 다산은 품성이 조급하여 궁리함에 오래 견디지 못하는 자신을 반성했습니다. 다산은 편지에 담긴 뜻을 곱씹으며 자신의 생각을 덧붙였습니다. 오후가 되어 오전 내내 생각한 바를 한편의 글에 정리하여 33편을 썼습니다. 나중에 《도산사숙록》이라는 책이 되었습니다.

문장에 담긴 내용을 곱씹고 곱씹어 자신의 생각으로 발전시켜 보세요. 뿌리가 워낙 탄탄하기에 생각의 꽃은 피어납니다.

레고와 초고

아들 정훈이는 레고 놀이를 무척 좋아합니다. 집 근처 레고방에 가면 시간 가는 줄 모르고 놀죠. 레고를 엄청 사서 집에서 레고 놀이를 즐깁니다. 미국 샌디에고에 와서도 이제까지 산 레고 양이 엄청납니다. 레고로 만든 후에는 다시 허물고 새로운 것을 만듭니다. 레고로 자신이 원하는 모양의 것을 만들죠. 이리도 만들고 저리도 만들고 정해진 규칙은 없습니다. 자기가 만들고 싶은 것을 레고를 활용해 만듭니다.

생각해보면 레고의 원리가 학문에도 적용됩니다. 여러 조각들을 자신의 관점에서 연결시키는 것이 학문이라고 생각됩니다. 요즘 통섭이나 학제간 연구를 강조하는 경향에 비추어 볼 때 레고로 비유되는 학문은 더 잘 이해됩니다. 연결고리를 만들어 전혀 새로운 사실을 만들어냅니다. 무에서 유를 만들어내는 것만 창조가 아닙니다. 기존 유에서 새로운 유를 만드는 것도 창조입니다.

제 초서재에는 데이터베이스로 운영할 수 있게 충분한 초서가 수록되어 있습니다. 충분한 초서가 없으면 데이터베이스 기능을 수행할 수 없습니다. 초서 문장 하나하나는 레고 하나하나와 같습니다. 레고를 연결하듯이 초서 문장을 엮습니다. '초서 풀이'는 레고를 연결하는데 사용됩니다. 자료가 있어도 꿰어내지 않으면 아무 소용이 없습니다. 컴퓨터에 여러 자료가 산재해 있지만, 이를 꿰어내지 않으면 자료는 쓸모없습니다. 초서재로 옮기면서 엮어낼 궁리를 합니다. 자료를 정리하고, 기회가 닿을 때마다 써먹어야 합니다. 그때그때 사용한 자료들을 모으고 엮으면 한 권의 초고가 됩니다. 초서 풀이는 자료를 엮는데 유용합니다.

'초서 풀이'는 여러 가지 장점이 있습니다. 초서한 것을 기초로 내 생각을 전개할 수 있습니다. 이는 나중에 좋은 글감이 됩니다. 창의적인 것도 아니고 대단한 것도 아니지만 초서를 통해 글을 쓸 수 있습니다. 초서 풀이를 계속하다 보면 연구논문의 주제도 얻을 수가 있습니다. 초서 풀이에 방향이 없지는 않습니다. 집필 내용에 맞추어 집필에 필요한 '초서 풀이'를 해야 합니다. 전투에 나가는 사람이 훈련을 하고 전투력을 비축해야 하듯이, 초서 풀이를 통해 논문 쓰기에 필요한 실탄을 준비해야 합니다. 물론 글을 쓰면서 '초서 풀이'를 할 수도 있습니다. 쓰면서 정리가 되고 점점 알게 됩니다.

퍼즐의 조합, 책이란 그런 것입니다. 작은 퍼즐 조각을 조합하면 퍼즐은 완성됩니다. 책은 퍼즐입니다. 물론 그 퍼즐에 독창적인 시각을 넣어야 합니다. 독창적인 시각, 이것이 책에 생명을 부여합니다. 때론 약간 비뚤어진 시각이 필요하기도 합니다. 책이 되기 위해서는 자신의 관점이 있어야 합니다. 정보는 차이를 만드는 차이라고 했습니다. 차이를 드러내는 글이 되어야 합니다. 차이를 만들어내는 내면의 가치를 찾아야 하죠.

책이나 글을 구상하는 것은 기분 좋은 일입니다. 어떤 글을 쓰다가 다른 주제가 떠오르기도 하고, 산책 중에 이게 어떨까 생각합니다. 구상하는 것 자체가 나를 창조자로 만듭니다. 물론 대단한 창조자는 아닙니다.

초서를 통해 본 인생살이

책에서든 화장실에서든 좋은 글이 있으면 메모하는데, 그중에 제 마음에 쏙 드는 몇 개를 '인생살이'와 관련하여 엮어봤습니다. 초서한 것을 재미삼아 한번 그냥 엮어본 것입니다!

"인생은 한 권의 책과 같다. 어리석은 이는 그것을 마구 넘겨버리지만 현명한 인간은 열심히 읽는다. 단 한 번밖에 인생을 읽지 못한다는 것을 알고 있기 때문이다." — 상 파울

책을 좋아해서인지 전 인생을 책에 비유한 이 글귀가 꽤나 마음에 듭니다.

인생살이에 필요한 것이 무엇일까요? 첫째는 "노력"입니다. 전 "최선을 다하는 삶"을 늘 소망하며 갈망했습니다. 근데 게으른 제 삶에 낙심하고 후회한 적이 한두 번이 아니죠.

"실패하는 것이 두려운 것이 아니라, 노력하지 않는 것이 두렵다." ─ 마이클 조던

둘째는 "습관"입니다. 습관은 그 어떤 일도 가능하게 만들어줍니다(도스토예프스키). 최근에 그 중요성이 부각되는 창조성 또한 선천적인 것이 아니라 노력을 습관화하는 데서 싹튼다는 주장이 있습니다(트와일라 타프). 전 좋은 습관은 별로 없고 나쁜 습관만 잔뜩 있는 것 같아 안타깝습니다.

셋째는 "의미와 재미"입니다. 재미만 있고 의미가 없거나, 의미만 있고 재미가 없으면 행복을 느낄 수가 없습니다. 행복은 재미와 의미가 교차하는 곳에 있으니까요(탈벤샤르). 가장 행복한 사람은 인생의 의미와 재미를 '정확히' 알고 있고, 그것을 '진실되게' 실현합니다.

넷째는 "열정"입니다.

"세상이 시들해 보이는 이유는, 세상이 시들해서 그런 것이 아니다. 자신의 일과 삶에 대한 관심과 열정을 잃었기 때문이다. 세상은 늘 거기에 그렇게 눈부시게 서 있다." ─ 구본형

위대한 것은 정열 없이 이루어진 것이 없습니다(에머슨).

다섯째는 "감사"입니다.

"나는 감사할 줄 모르면서 행복한 사람을 한 번도 보지 못했다." ─ 지그 지글러

이태석 신부는 작은 것에 기뻐하는 한센병 환자들의 모습에서 진정한 감사의 영성을 배웠다고 고백합니다.

여섯 번째는 "지혜"입니다.

"그지혜를 높이라 그리하면 그가 너를 높이 들리라. 만일 그를 품으면

그가 너를 영화롭게 하리라." — 잠언 4장 7절

역경을 만나더라도 역경은 사람을 부유하게 하지는 않으나 지혜롭게 함을 기억하세요(풀러).

일곱 번째는 "좋은 마음"입니다.

"좋은 마음을 갖는 것이 최대의 재산이다." — 요하난 벤 자카이

인생살이에 있어 '속도'도 필요하지만, 좋은 마음으로 "방향을 잘 잡는 것"이 더 중요합니다.

여덟 번째는 "사랑"입니다. 사랑받는 것은 성장할 수 있습니다(제인 구달). 아들 정훈이를 키우면서 이 글귀에 맞장구를 절로 치게 됩니다.

아홉 번째는 "친구"입니다. 만일 당신에게 친구가 있다면 당신은 정의가 필요 없습니다. 그러나 당신에게 정의가 있다면 그것만으로는 부족합니다. 친구가 있어야 합니다(아리스토텔레스).

열 번째는 "배움"입니다. 유능한 사람은 언제나 배우는 사람입니다(괴테). 사는 것은 배우는 것이며, 배움에는 기쁨이 있습니다(히로나카 헤이스케).

마지막으로 인생살이와 관련해 도전받았던 글귀는 다음과 같습니다.

"천착은 어떻게 해야 할까? 부지런히 해야 한다. 뚫는 것은 어찌 하나? 부지런히 해야 한다. 연마하는 것은 어떻게 할까? 부지런히 해야 한다. 네가 어떤 자세로 부지런히 해야 할까? 마음을 확고하게 다잡아야 한다." — 정약용

마음을 다잡고 부지런히 일한다면 인생살이가 확실히 나아질 것입니다.

"펜을 들고 공격해라. 과거에 내가 누구였는지, 지금은 누구인지,

그리고 무엇을 기억하는지 써내려가라."

— 나탈리 골드버그

III. 저서
著書

글쓰기를 실천해 보세요

글을 쓰겠다고 마음먹어도 한두 줄 쓰다가 포기할 때가 많습니다. 삼 사일 글을 쓰다가도 작심삼일에 머물고 말죠. 너무 글을 잘 쓰려고 해서일까요? 다른 재미있는 것이 많아서일까요? 너무 게을러서일까요? 글쓰기에 재능이 없다고 생각해서일까요? 이전의 실패가 글쓰기를 방해하는 걸까요?

부정적인 생각을 떨쳐버리고, "나에게 쓰레기 같은 글이라도 쓸 권리가 있다"고 일방적으로 선언해 보세요. 작가처럼 글을 잘 쓰지는 못해도 글을 쓸 자유와 권리는 누구에게나 있습니다. 루스 고든Ruth Gordon처럼 말해 봅시다.

"나를 혹평하고, 내게 역할을 주지 않아도, 내 책만 빼고 다른 책이 전부 출간되어도, 나는 해낼 것이다!"

영감이 떠오를 때까지 기다리지 말고, 지금 바로 글쓰기를 시작하세요.

"펜을 들고 공격해라. 과거에 내가 누구였는지, 지금은 누구인지, 그리고 무엇을 기억하는지 써내려가라(나탈리 골드버그)."

어떤 글이라도 좋습니다. 과감하게 시작합시다! 일단 자판을 두드려 보세요. 형편없는 이야기라도 괜찮습니다. '나같은 사람이 무슨 글을 써' 하는 부정적인 생각은 던져 버립시다. 오히려 '나같은 사람이 글을 안 쓰면 누가 써' 하고 자신있게 말합시다. 글을 잘 써야 한다는 부담감을 떨쳐버리고, 글을 쓰는 것에 집중합시다. 그중에 건질 만한 것이 분명 있습니다.

한참 동안 안 써지다가도 써지기 시작하면 일사천리로 풀리는 경우가 적지 않습니다. 첫 문장을 어떻게 시작해야 할지 몇날 며칠을 고민하다가 첫 문장, 첫 단락이 잘 써지면 이후 꼬리에 꼬리를 물고 써지기도 합니다. 시작하는 것, 그것이 중요합니다. 글쓰기만큼 시작이 반이라고 느껴지는 분야도 없죠. 글은 써봐야 잘 써지는지 안 써지는지 알 수 있습니다. 쓰기 전에는 모릅니다. 일단 써야 합니다.

글을 쓰기 전에 충분히 뜸을 들였다면 주저 없이 글을 쓰세요. 뜸이 충분히 들지 않아도 과감하게 써야 합니다. 충분한 준비가 없다는 이유로 글쓰기를 멈추지 마세요. 글은 리듬을 타기 때문에 글쓰는 자세를 늘 취해야 합니다. 좀 더 과감해지고, 주저 없이 글을 쓰세요. 글을 쓰면 생각이 계속 떠올라, 글이 글을 쓰게 됩니다. 배짱을 가지고 밀어붙이세요.

글을 쓴다는 자체가 축복이고 기쁨입니다. 글쓰는 사람들은 글이 안 써질 때 상실감에 젖어듭니다. 아이러니한 것은 생의 좌절을 느꼈을 때 글을 쓰게 되는 계기가 주어진다는 점입니다. 생의 좌절이 글을 쓰게 하고, 이는 생의 기쁨으로 연결됩니다. 한마디로 글쓰기는 인생이 힘들 때 주어진 축복인 셈이죠. 최근에 바바라 에버크롬비Barbara Abercrombie의 《인생을 글로 치유하는 법》을 다시 봤는데, 책제목에 마음이 꽂혔습니다. 예전에도 몇 번씩 읽었던 책인데 이처럼 책제목이 마음에 와닿은 적이 없었죠. 요즘 제가 글로 인생이 치유된다는 느낌을 받기 때문입니다.

오늘부터 당장 글을 쓰겠다고 결단해 보세요. 이제부터 글을 쓰겠다고. 어떤 형편없는 글이 나올지 몰라도 계속 쓰겠다고 결심합시다(물론 형편없는 글을 마음대로 발표하겠다는 뜻은 아닙니다).

물론 결단보다 중요한 것은 실천입니다. 세상 대부분의 일이 그렇듯이, 글쓰기는 실천이지 결단이 아닙니다. 실천하는 결단이 필요합니다. 결단이 작심삼일에 끝나는 일이 없도록 매일 쓰는 습관을 들여야 합니다.

글쓰기와 친숙해지세요

어떤 이는 글쓰기를 너무 어렵게 생각합니다. 글쓰는 것은 작가나 특정 직업군의 일이라고 생각하죠. 글은 재능있는 일부 사람의 것이라는 생각은 버려야 합니다. 글쓰고 싶은 간절한 소망과 글감을 적절하게 풀어낼 능력만 있다면 글쓰기는 누구에게나 열려 있습니다. 글쓰기는 작가의 전유물이 결코 아닙니다. 작가가 아니어도 누구나 글을 쓸 수 있습니다.

어떤 이는 글쓰기를 너무 쉽게 생각합니다. 글을 쓰기 위해서는 방대한 독서가 기본인데 이를 등한시하죠. 천재가 아닌 이상 글감은 자연스럽게 주어지지 않습니다. 글재료를 구하는 일은 글쓰는 이의 몫입니다. 영감의 뮤즈는 읽고 쓰기를 반복해서 실천하는 자에게만 나타납니다. 다른 사람의 글에 대해 혹평만 늘어놓는 사람들이 있습니다. 그런 글은 누구나 쓸 수 있는데 왜 그런 글을 쓰냐고 비판합니다. 하지만 글을 써 본 사람은 압니다. 평범해 보이는 글이라도 그리 쉽게 쓴 글은 아니라 는 것을.

글쓰기를 어렵게도 보지 말고 쉽게도 생각하지 맙시다. 오히려 글쓰 기를 친근한 것, 내 가까이 있는 것이라고 여겨야 합니다. 글쓰기가 친 숙하고 일기처럼 매일 채워지는 것일 때 글쓰기는 분명 발전합니다. 우 선 자신이 아는 주제를 편안한 마음으로 써보세요. 일기, 편지, 에세이 무엇이든 상관없습니다. 쓰는 글이 일기라면 이를 통해 하루를 반성할 수도 있고, 그날의 일을 상세히 기록함으로써 개인사個人史를 정리할 수 있습니다. 쓰는 글이 편지라면 이를 통해 다른 사람의 안부를 묻고 인 맥을 쌓거나, 찰스 다윈처럼 학문적 교류를 할 수 있습니다.

반면에 논문과 같은 무거운 글쓰기는 하루 아침에 이루어지는 것이 아닙니다. 제대로 알지 못하는 이야기를 어떻게 10페이지씩 쓸 수 있을 까요? 논문을 쓰기 위해서는 테마를 세부적으로 정해야 하고, 그에 맞 게 문헌을 꼼꼼히 살펴야 합니다. 조건이 어느 정도 갖춰진 후에야 손 이 움직이죠. 그렇기에 글쓰기와 친해지는 방법으로 논문 쓰기는 적합 하지 않습니다. 우선 가벼운 글쓰기, 부담 없는 글쓰기를 통해 글쓰기 와 일단 친숙해집시다.

자신이 알고 있는 이야기를 쭉 써내려가는 것이 가벼운 글쓰기의 요 체입니다. 그때그때 생각나는 것을 형식에 구애받지 않고 그냥 적는 거 죠. 예컨대 내가 경험한 하루는 내가 제일 잘 아는 것입니다. 아는 내용 을 쓰는 것은 어렵지 않습니다. 이런저런 일상의 이야기를 풀어내면 하

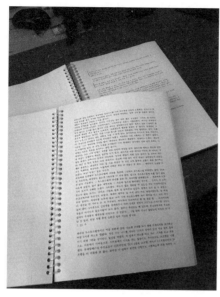

저자의 일기장

루 몇 페이지는 훌쩍 뛰어넘을 수 있습니다. 작은 일이지만 신기합니다! 아침에 일어나 적은 글들을 나중에 모아 하나의 에세이집으로 만들 수도 있죠. 개인 블로그를 하나 만들어 떠오르는 생각을 수시로 쓰는 것도 한 방법입니다. 생각보다 손이 먼저 나가는 부담 없는 글쓰기를 해보세요. 그러다 보면 몇 개 쓸만한 것이 나옵니다. 머리에 뭔가 떠올라 쓰는 것도 있지만, 손으로 쓰다 보면 머리에 무엇인가 떠오르고 이를 쓰면 됩니다.

일기를 매일 쓰면 좋습니다. 일기는 일상을 기록하는 아주 좋은 수단이죠. 일기는 남에게 보일 필요가 없기 때문에 일상의 내밀한 것까지 자유롭게 쓸 수 있습니다. 일기 쓰기를 통해 글쓰는 것이 친숙하게 느껴집니다. 일기장에 자신의 삶을 담아보세요. 일기장 글을 통해 자신의 삶을 돌아보세요. 일기를 쓰면서 단 몇 분이라도 자신을 반성하고, 계획하는 시간을 가져 보세요.

'제한된 시간에 글을 쓰는 것'도 글쓰기와 친숙해지는 한 방법입니다. 줄을 서 있다면 스마트폰이나 수첩에 5분 글쓰기를 해보세요. 다른 것을 할 수 없는 상황에서는 더 집중해서 글쓰기를 할 수 있습니다. 줄 서는 것이 길어져 5분 글쓰기가 아니라 10분 글쓰기, 15분 글쓰기가 될 수도 있죠. 잘 쓰려고 애쓸 필요는 없습니다. 그저 생각나는 대로 쭉 써내려 가면 됩니다.

기준을 낮추고 계속 쓰세요(윌리엄 스태포드). 아무런 제약 없이, 어떠한 참고자료 없이 그냥 떠오르는 생각을 무작정 적어나가는 것입니다. 글이 안 써진다면 그냥 창가를 무심코 내다보세요. 어느새 한 문장이 떠오를 것입니다.

삶이 절박해야 글이 써집니다

글을 쓰는데 시간은 부족하지 않습니다. 시간을 잘못 활용해서이지, 시간이 절대적으로 부족하지 않습니다. 배울 틈이 없다는 사람은 틈이 있어도 배우지 못합니다淮南子. 시간을 제대로 활용하면 시간은 넉넉하고 충분하죠.

오히려 시간이 부족할 때 글쓰는 힘은 발휘됩니다. 캐럴 실즈는 자녀 다섯 명이 모두 어린아이였을 때에 두 쪽씩 글을 써서 9개월 만에 처녀작을 완성했습니다. 하지만 지금은 하루 종일 글을 쓸 수 있는데도 그때처럼 속도가 나지 않는다고 탄식하듯 말합니다.

시간이 부족할 때는 그만큼 절박함을 느끼기 때문에 글쓰기에 집중하게 됩니다. 반면에 시간이 많으면 마음이 안이하고 게을러져서 시간을 낭비합니다. '글은 마감이 쓴다'는 말이 맞구나 싶습니다. 마감시간을 적절하게 이용하면 마감시간까지 절박한 마음으로 쓸 수 있습니다. 논문 마감일, 사설 데드라인, 블로그 게재 등 글을 써야 한다는 압박을 적절하게 활용할 필요가 있습니다.

완벽한 환경이 조성되어야 글이 써지는 것이 아닙니다. 이상하게도 삶이 곤궁해야 글이 써집니다. 삶이 절박해야 글이 나옵니다. 살기 위해서 책을 쓸 수밖에 없다면 글은 저절로 생겨납니다. 누구는 졸딱 망해서 글을 쓰게 되었습니다. 누구는 아프고 나서 글을 쓰기 시작했습니다.

나이 마흔셋에 파킨슨 병을 진단받고 투병중인 김혜남 작가는 자신의 병이 글을 쓰게 했다고 말합니다.

"살면서 책을 내는 걸 한 번도 생각해본 적이 없어요. 글을 잘 쓴다는 이야기를 들어본 적도 없고요. 그런데 아프고 나니 내 안의 것들을 표현하고 싶어졌어요. 아마 이 세상에서 할 수 있는 역할이 줄어든 시점에 존재 증명으로서의 글쓰기였던 것 같아요. 그래서 사람들에게 말을 걸 듯 내놓은 책들인데, 많은 분들이 공감해 주셨어요. 세상은 참 공평해요. 하나를 잃으면 또 다른 하나를 얻게 하죠."

배가 고파 배를 채우기 위해 먹듯이, 글 또한 그래야 합니다. 글퍼서 글이 써져야 하죠. 글쓰는 사람은 자신의 불안을 이용할 수도 있어야 합니다. 모든 힘을 집필에 쏟아부을 수만 있다면, 모든 생각과 걱정을 집필로 덜어버릴 수 있다면, 위기와 실패를 집필로 극복해낼 수 있다면, 두려움을 글쓰는 용기로 바꾼다면 글은 나아갑니다.

절박한 상황이 글을 씁니다. 글쓰는 것 외에 다른 할 일이 많은 상황에서는 글이 좀처럼 나오지 않습니다. 2014년 여름 유럽 여행을 혼자 떠났을 때, 뭔가에 빠져 있지 않으면 미쳐버릴 것 같아 글을 꽤 많이 썼습니다. '사서재'의 기초가 된 것도 그때 쓴 글입니다. 혼자만의 여행이라 딱히 이야기 나눌 사람도 없었습니다. 외로움을 달래기 위해 일기 형식의 글을 계속 썼습니다. 살기 위해 글을 썼습니다. 미치지 않기 위해 글을 썼습니다. 글을 쓰면서 나와 이야기를 나누었죠.

절박한 상황에 있는 사람이라면 그 상황을 이용해 글쓰기에 도전해 보세요. 절박한 상황에 처해 있지 않는 사람은 자신을 절박한 상황으로 밀어붙일 필요도 있습니다. 헤밍웨이Ernest Hemingway의 말처럼 이를 잘 표현하는 말이 있을까요?

"글을 쓰겠다는 사람이 글쓰기가 불가능할 정도로 어렵다는 것을 알게 되면 집을 나가서 목을 매야 합니다. 그리고 가차 없이 목매는 밧줄에서 끌어내려져야 하고, 죽을 각오로 남은 삶 동안 최선을 다해 쓰도록 스스로 강요해야 합니다. 그러면 그는 최소한 목매는 이야기로 시작할 수 있겠지요."

오싹함이 느껴지지 않나요?

포기해야 쓸 수 있어요

모든 것을 잘하려고 해선 글쓰기가 되질 않습니다. 사교계에서 인정받기 위해 모임을 챙기거나, 정치에서 성공하기 위해 여러 사람을 만나는 사람은 글쓰기에 집중하기 어렵습니다. 마찬가지로 글쓰기에 올인한 사람이 정치나 사교계에서 인정받기는 쉽지 않죠. 두 영역, 세 영역을 모두 잘하는 특출한 사람도 있지만 어디까지나 예외에 속합니다.

작가의 라이프 스타일은 그리 화려하지 않습니다. 혼자만의 시간을 즐기면서 규칙적으로 글을 쓰고, 글쓰기와 관련없는 일은 포기하고 삽니다. 화려한 스포트라이트를 받기보다는, 은근하게 피어나는 묵필향을 더 좋아하죠. 글쓰기를 좋아하는 사람 중에는 천성적으로 정치나 사교계와 맞지 않는 사람들이 많습니다.

주위에 글쓰기를 방해하는 것들이 너무 많습니다. TV가 글쓰기를 방해하고, 유흥과 도박이 글쓰기를 방해합니다. 무분별하게 습관적으로 TV 리모컨을 잡으면 글쓰기에 막대한 지장을 초래합니다. 반면에 적절한 취미 생활은 글쓰기를 활성화하기도 합니다. 예컨대 골프를 취미로 즐긴다면 골프를 글쓰기의 적敵이라고 보기 어렵습니다. 하지만 글쓰기에 전념하기 위해 골프마저 포기하는 사람도 있습니다.

나쁜 습관이 있다면 버려야 합니다. 혁신에 방해된다고 생각되면 바로 그것을 과감하게 버려야 합니다. 시간을 허비하는 나쁜 습관을 버리는 데서 박경철의 공부와 글쓰기가 시작되었습니다. 2000년에 그는 술, 담배, 골프 등을 동시에 끊었는데, 이를 통해 경제 관련 서적을 공부할 수 있었고, 에세이집을 두 권이나 출간할 수 있었습니다. 주말에 아이들과 함께하는 귀중한 시간도 얻게 되었는데, 그에게는 세상이 달라진 경험이었습니다.

인생이 짧지만 글을 쓰는 데는 결코 짧지 않습니다. 작가의 삶은 글쓰기에 지향되어 있어 절대적인 시간이 결코 부족하지 않습니다. 물론 글쓰는 시간이 더 있었으면 하는 바람은 늘 있습니다. 글을 쓰기 위해서는 다른 것에 관심과 사랑을 쏟기 어렵고, 쏟아서도 안 됩니다. 그저 작업실에 앉아 글을 계속 써 나갈 뿐입니다. 일상에서 듣고, 보고, 말하고, 체험한 것 모두를 글쓰기의 소재로 활용합니다. 한마디로 글쓰기에 올인한 삶이 작가의 삶이죠. 하지만 대부분의 사람들은 다른 곳에 시간을 허비하기 때문에 글쓰는 시간이 없습니다.

무엇을 '제대로' 시작하기 위해 필요한 것은 무엇을 하는 것이 아니라 무엇을 그만 하는 것입니다. 무엇을 포기해야 다른 무엇을 '제대로' 할 수 있습니다. 물론 정치와 사교와 글쓰기를 병행하고, 하루에 몇 시간씩 TV를 보면서도 글을 쓸 수도 있죠. 하지만 '포기가 없는' 글쓰기는 '제대로 된' 글쓰기일 리 없습니다.

마음을 잡는데 방해되는 것을 버려야 합니다. 한쪽 발은 이쪽에, 다른 쪽 발은 저쪽에 두고는 마음을 제대로 잡을 수 없습니다. 정약용이 학문에 마음을 다잡을 수 있었던 것은 유배로 인해 다른 쪽 길이 닫혔기 때문입니다. 드디어 학문의 때를 얻었다고 했습니다. 40살까지 치열하게 관직생활을 하다가, 정조가 죽은 후 신유사옥에 휘말리어 유배지로 향하고 불행한 개인사가 시작되었습니다. 하지만 길이 남는 학문세계는 그때부터 꽃피기 시작했습니다. 다산에게는 불행한 일이었지만, 유배생활이 학문에 전념할 수 있는 환경을 만들었습니다. 원숙한 장년의 지혜와 능력을 정치가 아닌 저술을 통해 발휘할 수 있었죠. 김대중 대통령이 감옥에서 수많은 책을 읽고 그 후 감옥생활을 그리워한 것도 그 때문입니다. 어려운 환경은 이처럼 공부만 집중하는 환경을 만들어 냅니다.

한쪽 문이 닫혀야 다른 문이 열립니다. 한쪽을 포기해야 다른 쪽이 활성화됩니다. 복잡성을 증대시키기 위해서는 우선 복잡성을 감소해야 합니다. 아프거나 망한 이후에 글이 써지는 이유도 살기 위해 포기해야 하는 상황이 되었기 때문입니다.

삼근三勤, 노력하고 노력하고 노력하라을 가능하게 하는 것은 병심확秉心確, 확고한 마음입니다. 무엇보다도 구방심求放心, 잃어버린 마음을 다시 찾아야 합니다. '구방심'을 하기 위해서는 '포기'가 필수적입니다. 마음을 다잡고, 뜻을 세워야 합니다. 그러기 위해서는 먼저 포기해야 합니다.

쓰려면 즐기세요

한양대 국문학과 정민 교수는 왜 그리 열심히 책을 쓰냐는 질문에 이렇게 말했습니다. "그거보다 더 즐거운 게 없으니까." 글쓰기가 즐거운 사람에게는 그걸로 게임 끝입니다. 즐거운 일을 안 하고는 못 배기고, 하면 할수록 즐거우니까 글쓰기는 너무 쉽습니다. 글쟁이 하루키는 뭔가 써내는 것을 고통이라고 느낀 적은 한 번도 없고, 소설이 안 써져서 고생했다는 경험이 없다 합니다(무라카미 하루키/양윤옥 역, 직업으로서의 소설가, 현대문학, 2016, 57면).

아이들이 놀이에 푹 빠져 시간가는 것을 모르는 것처럼, 글쓰기에 폭 빠져 지내야 합니다. 즐거운 글쓰기를 생각하면 저는 아들 정훈이가 떠오릅니다. 놀 때 보면 정말 재미있게 놉니다. 제가 보기에는 별 대수롭지 않은 놀이인데 폭 빠져 있습니다. 아이들이 노는 것처럼 글로 놀 줄 알아야 합니다. 어린아이가 처음 보는 친구와도 잘 어울리고 어떤 놀이에도 재미있듯이 글쓰기도 마찬가지입니다. 어떤 소재로도 놀 수 있어야 하죠.

"세상에 재미없는 주제는 없다. 무심한 인간이 존재할 뿐이다." ― 길버트 키스 체스터턴

글쓰기가 재미있고 즐거운 사람! 제가 제일 부러운 사람입니다. 제게 글쓰기란 순간 순간 즐거움을 안겨 주기도 하지만 기본적으로는 고역입니다. 여행 작가이자 방송인으로 활동 중인 손미나는 "글쓰기는 80퍼센트의 고통스러운 시간과 20퍼센트의 기쁜 순간이 혼합된, 행복하기 힘든 비율의 작업"이라고 표현했습니다. 글쓰기의 어려움을 생각하면 글쓰기가 마냥 즐겁지만은 않습니다. 그냥 글쓰기가 세상에서 제일 재미있는 놀이라고 마음먹기로 합니다. 그래도 글을 쓰면 여전히 힘이 들죠. 사실 즐거운 놀이보다는 글 노동자의 일에 비유하는 것이 더 적절할 것 같네요.

자료를 수집하고 이를 글쓰기에 활용하는 것이 즐거워야 합니다. 자료는 자신이 공들여 직접 수집하고 정리해야 자료들 사이의 관계를 구성해 낼 수 있습니다. 이상하게도 자료는 스스로 모아야 자료가 됩니다. 이 과정이 힘들어도 즐길 줄 있어야 합니다. 요리에서 식재료가 중요하듯이, 글쓰기에도 글재료가 중요하죠. 싱싱한 글재료를 많이 모으고, 맛깔나게 조합해야 합니다. 요리사가 식재료를 직접 고르듯이, 작가는 글재료를 직접 고릅니다.

책이나 글을 구상하는 것은 기분 좋은 일입니다. 어떤 글을 쓰다가 다른 주제가 떠오르기도 하고, 산책 중에 이게 어떨까 생각되기도 합니다. 책을 쓰는 것은 우선 자료를 모으는 것입니다. 자료가 충분히 모이면 자료들이 언젠가 연결시켜 달라고 사인을 보냅니다. 자료와 자료를 연결하는 것에 글의 묘미가 있는데, 창조력이 발휘되는 순간이죠. 영감이 자료들 사이를 날아다닙니다. 자료를 대하는 자세, 자료와 자료 사이를 오가는 시선, 콘텍스트 내에서 텍스트를 구성해내는 능력이 작가에게 필요합니다. 초고를 일단 작성해야 합니다. 이후 초고를 몇 번 교정하면 작품이 완성됩니다. 첫번째 초고를 고치는 작업에는 제거하는 작업이 주가 되죠. 문장을 세련되게 고치기도 하지만 빠진 부분을 다시 써야 합니다. 1-1, 1-2가 있기 마련입니다. 이 모든 과정을 즐겨야 합니다.

글쓰기가 즐겁다면 다른 조건은 필요하지 않습니다. 글쓰기를 즐긴다면 모든 조건이 갖춰진 셈입니다. 절박하지 않아도, 포기하지 않아도, 글쓰기에 전념하게 됩니다. 글쓰기가 즐겁다면 글쓰기가 절박해지고, 글쓰기 외의 것들은 자연스럽게 포기하게 됩니다.

하지만 글쓰기가 항상 즐거운 사람은 정말 드뭅니다. 글쓰기가 즐겁다면 작가로서 최적의 조건을 갖춘 것입니다. 글쓰기가 즐겁다면 생산적인 글쓰기가 가능해집니다. 즐겁고 재미있어야 생명력이 생깁니다. 그리고 보면 저의 글쓰기는 '하수의 글쓰기'입니다.

필일오 <small>必日五</small>

글쓰는 습관이 당신의 삶을 이끕니다. 습관은 열정보다 더 큰 일을 해낼 수 있습니다. 밤 늦은 시간에 컴퓨터 앞에 앉게 하는 것도 습관의 힘입니다. 아리스토텔레스는 다음과 같이 말했습니다.

"우리의 본질은 우리가 반복적으로 행하는 일이다. 그렇다면 탁월성은 한번의 행동이 아니라 하나의 습관이다."

저는 글쓰기 습관이 우리의 인생을 탁월하게 해줄 거라고 믿습니다. 습관은 제2의 천성으로 제1의 천성을 파괴합니다(파스칼).

매일 매일 시간을 정해두고 글을 쓰는 것, 그것이 작가의 삶입니다. 작가의 라이프 스타일은 별개 없습니다. 저는 (프로 작가는 아니지만) 작가로 살고 싶은 욕심이 있습니다. 화려한 파티보다 평범한 책상을 더 좋아하는 삶, 수많은 군중보다 자신과의 대화에 귀 기울이는 삶, 책으로 가득한 서재에서 행복을 느끼는 삶. 하루에 5장씩 쓴다면 (주말을 제외하고) 일주일에 25장, 한 달에 100장, 일 년에 1,200장, 하루에 5장씩 쓰면 1,000페이지를 넉넉하게 쓸 수 있다는 사실이 저를 설레게 합니다. 1일 5페이지, 1년 1,000페이지, 제가 꾸는 꿈입니다.

그런데 문제는 실행입니다. 제 게으름 때문에 1년에 100페이지 쓰기도 어려웠죠. 글쟁이들과 저의 생산력의 차이는 무엇일까요? 엄청난 글을 쏟아내는 작가들의 생산력은 어디에서 올까요? 그들과 나의 차이는 무엇일까? 아마도 '습관의 차이'가 아닐까 싶습니다. 자신이 집중해야 할 부분을 정확히 알고, 집중하는 것! 자신의 사명에 맞추어 삶을 계획하고 실행하는 것! 아마도 삶의 태도에 있어서도 엄청난 차이가 나지 않을까요? 나도 그들처럼 될 수는 없는 걸까? 하루에 5장만 쓸 수 있다면 얼마나 좋을까? 오래 전부터 '하루 5장 쓰기'를 생각했습니다. 하지만 늘 생각만 했지 실천하지 못했죠. '하루 1장 쓰기'도 행하지 못했습니다.

어느 날 소설가 김훈이 이런 말을 한 것을 어딘가에서 봤습니다.

"책을 읽고 글 몇 자를 쓰자고 생각하고 지키려고 한다. 항상 마감은 정해놓지 않고 하루 다섯 장을 쓰자고 정해놨다. 200자 원고지 기준이다. 책상에 '필일오必日五'를 적어놨다. 하루 5매라는 뜻이다."

(그와 저는 비교대상이 전혀 아니지만) 처음에는 김훈 작가도 나랑 똑같이 '하루 5장 쓰기'를 고민하고 있구나, 그는 실천하는데 나는 실천

하지 못하는구나 하는 생각이 들었습니다. 하루 5장의 기준에 대해서는 생각하지 못했죠. 그러다가 무심코 '필일오'의 기준이 200자 원고지라는 것이 눈에 들어왔습니다. '200자 원고지로 5매'면 A4 용지로는 몇장인지 궁금해졌죠. 바로 인터넷에 찾아보니 A4용지 한 장이 200자 원고지 7매 정도였습니다. 그러면 김훈 작가는 A4용지 한 장을 목표로 한것입니다. 전 이제껏 A4 용지로 하루 5장을 생각했는데, 저의 과욕이 이만저만이 아니었습니다. 반의 반 장도 쓰지 못하면서 5장을 생각했다니 부끄러웠죠. 하루 한 자도 쓰지 않을 때도 많습니다.

'200자 원고지 5매'로 검색해보니 김연수 작가는 매일 3시간 동안 200자 원고지 5매씩 쓴다고 나옵니다. 그는 목표가 아니라 과정에 집중해야 한다고 강조했습니다.

"날마다 하는 일들이 결과적으로 목표가 됩니다. 마라톤을 완주하기 위해 매일 조금씩 거리를 늘려가는 연습을 하는 것과 같습니다. 내가 매일 어떤 일을 했는지 보여주는 것이 책입니다."

글쓰는 습관은 책쓰기를 가능하게 합니다. 한 글자 한 글자가 모여 한 페이지가 되고, 한 페이지 한 페이지가 모여 책 한 권이 됩니다. 한 걸음 한 걸음이 무섭듯이, 한 줄 한 줄이 무섭습니다. 습관이 무섭습니다. 해야 할지 고민할 필요가 전혀 없습니다. 습관이 되면 머리가 움직이기 전에 몸이 먼저 움직입니다. 글쓰는 습관이 몸에 배면 글쓰는 것이 그리 힘들지 않게 됩니다. 오히려 글쓰지 않는 것이 더 괴롭습니다. 쓰지 않고는 못 배기기 때문에 글을 씁니다. 작가에게 쓰는 것은 곧 사는 것입니다.

최근에 놀라운 변화가 생겼습니다. 시카고 여행 중에 글쓰기를 본격화하자는 생각을 가졌습니다. 시카고 여행 중에 '필일오必日五'가 다시 떠올랐습니다. 작년 말에 시작된 '필일일'이 올해 5월부터 '필일오'로 발전된 것입니다. 그리 대단한 글은 아니지만 지금까지 '필일오'를 실천했죠. 글을 쓸 수밖에 없는 환경이 중요한데, 미국 연수는 제게 그런 환경을 제공해 주었습니다.

정해진 시간과 분량

글은 꾸준하게 써야 합니다. 여기에는 '정해진 시간에 글쓰기'와 '정해진 분량 글쓰기' 등이 있죠. 이를 실천하는 작가의 예를 찾기는 그리 어렵지 않습니다. '정해진 시간에 글쓰기'는 새벽 3시에서 9시까지 쓰기, '10시부터 12시, 14시부터 17시까지 글쓰기' 등 다양한 모습이 있습니다. '정해진 분량 글쓰기'에는 매일 1페이지 쓰기, 매일 5페이지 쓰기 등 여러 가지 형태가 있습니다.

다음은 '정해진 시간에 글쓰기'를 실천하는 작가의 예입니다.

- "매일 아침 8시부터 12시 30분까지 10페이지 분량의 글을 써요. 이렇게 지켜온 것이 벌써 30년이 됐네요. 이미 써놓은 10페이지를 고치는 작업을 하든 새롭게 쓰든 매일 10페이지 분량을 지키고 있어요. 일을 하는데 있어서 무

엇보다 중요한 것은 '규칙성'이라고 생각해요. 이러한 규칙적 습관이 상상력을 지탱해주는 힘이 되죠. 항상 일정한 시간에 규칙적으로 새로운 아이디어를 찾도록 뇌를 훈련시켰더니, 그게 이제는 스스로 작동을 하더라고요." (베르나르 베르베르)

- 니콜스 베이커는 새벽 4시에 어둠 속에서 두세 시간 글을 쓰고, 잠시 눈을 붙였다가 8시 30분에 어둠 속에서 쓴 글을 수정하였다.

- 앤서니 트롤럽은 새벽 5시 30분부터 8시 30분까지 글을 썼는데, 15분당 250단어를 쓰는 것이 그가 정한 규칙이었다. 다른 지방으로 출장을 갈 때도 호텔이나 배 안에서 책 쓰기를 멈추지 않았다.

- 변호사인 데이비드 발다치는 일을 마치고 오후 10시부터 새벽 2시까지 글을 썼다. 그는 글쓰기를 운명으로 알고 나중에는 변호사일을 접고 본격적인 작가가 되었다.

- 수 그래프턴은 일을 마친 후 집에 돌아와 저녁을 준비하고, 가족과 시간을 보내다가 아이를 돌봤다. 그리고 나서 저녁 9시부터 자정까지 글을 썼다.

- 캐스린 해리슨은 새벽 3시부터 7시까지 글을 쓰고, 아이들을 학교로 보낸 후에 다시 아이들이 귀가하는 오후 3시 30분까지 글을 썼다. 아이들이 잠들면 다시 자정까지 글을 썼다.

- 플래너리 오코너는 매일 아침 9시부터 12시까지 3시간 동안 종이를 앞에 놓고 앉아 떠오르는 것을 썼다. 3시간 동안 아무것도 떠올리지 못한 채 그저 앉아 있을 때도 많았다.

- 존 그리샴은 처음 글을 쓰기 시작할 때 목표는 하루에 한 쪽씩 쓰는 것이었다. 새벽 5시에 일어나 샤워를 하고 5시 30분쯤에 글을 쓰려고 앉았다. 어떤

날은 겨우 10분만에 한 쪽을 다 썼고 또 어떤 날은 두 시간이 걸리기도 했다. 다 쓰고 나면, 생업인 변호사 일을 하러 갔다.

- 무라카미 하루키는 4시에 일어나 대여섯 시간 글을 썼고, 오후에는 마라톤이나 수영을 즐겼다. 그 후 시간은 번역으로 시간을 보냈다.
- 헤밍웨이는 아침 6시부터 정오까지 글을 쓰고, 매일 쓴 단어 수를 기록해 두었다. 그는 특이하게도 서서 글을 썼다.
- "내 신체 시계는 자정에 글쓰기를 시작해서 새벽 4시에 끝내고 싶어 해요." (마이클 루이스)

다음은 '정해진 분량 글쓰기'를 실천하는 작가의 예입니다.

- 《유혹하는 글쓰기》의 저자 스티븐 킹은 하루에 열 페이지씩 쓰는 것을 좋아했고, 이렇게 3개월 동안 쓰면 책 한 권 분량이 되었다.
- 《뼛속까지 내려가서 써라》의 저자 나탈리 골드버그는 한 달에 노트 하나를 채워 나갔다. 그저 노트를 채우면 그만이었다. 만약 25일이 지났는데도 노트 다섯 장 밖에 못 채웠다면, 나머지 5일 동안 나머지 노트를 채웠다.
- 이언 매큐언은 매일 600단어를 목표로 하고, 운이 좋을 때는 1000단어까지 썼다.
- T. C. 보일은 매일 10-12쪽씩 완성해 깔끔하게 쌓아놓는데, 그렇게 점점 쌓여 가는 것이 큰 만족감을 주었다.
- 그레이엄 그린은 새벽에 일어나서 정확히 500단어를 썼다. 한 문단이 끝나지 않아도 500단어를 쓰고 나면 펜을 놓았다.

- 메리 카는 매일 정해진 분량만큼 혹은 정해진 시간 동안 작업했다. 그녀는 한 쪽 반 또는 여섯 시간으로 정해놓고, 여섯 시간이 지나면 일을 멈춘다.

정해진 시간이나 분량 없이 하루 종일 시간 가는 줄 모르고 쓰는 작가도 있습니다.

- "내 인생 전체를 저술에 바치겠다는 생각은 완전히 무의미해 보였으며 전혀 그렇게 할 의향이 없었다. 그런데 내가 이 미친 짓, 다시 말해서 매일같이 대여섯 시간씩 글을 쓰는 이 더러운 습관을 들인 것은 스웨덴의 긴 밤 속에서였다." "나는 우연히 글을 쓰기 시작했다. 그러나 글쓰기란 일단 한번 시작하면 그것의 노예가 되어 도저히 빠져나올 수가 없다." (미셸 푸코)
- 레이먼드 카버는 일단 글을 쓰기 시작하면 매일 연속해서 열 시간, 열두 시간, 열다섯 시간을 앉아 일했다.
- 필립 로스는 하루 종일 글을 쓰고, 2년 내지 3년 동안 글을 쓰면 한 편의 작품이 완성되었다.

작가 중에는 전업 작가가 아닌 사람도 많습니다. 이들은 틈나는 대로 글을 썼고, 직장 일을 끝낸 뒤에 퇴근해서 글을 썼습니다. 변호사를 그만 두기까지 존 그리샴John Grisham이 그랬습니다.

- 소아과 의사인 윌리엄 칼로스 윌리엄즈는 환자를 진료하고 남는 짬을 이용해 진료카드 위에 시를 썼다.

- 마침내 변호사 일을 접었던 1995년까지, 나(존 그리샴)는 변호사로서 일하는 시간만큼 글을 썼다. 10년간 나는 일주일에 엿새 동안, 오후 10시부터 새벽 2시까지 글을 썼다. 살인적인 스케줄이긴 했지만, 의지만 있으면 시간은 얼마든지 만들 수 있다. 나는 힘들지 않았다. 변호사로서 오후 일과를 마치고 나면, 머릿속은 이야깃거리로 가득했고, 빨리 집에 가서 글로 옮기고 싶어 견딜 수 없을 지경이었다.

2013년 4월 13일 제 일기장에 이렇게 써져 있습니다.

"기계적 글쓰기(1일 5페이지 쓰기)가 실천에 옮겨지지 않아 며칠 전 포기했다. 그런데 포기해야 하는지 계속 다른 생각이 든다. 실천할 수만 있다면 정말 좋은데, 실천이 문제다."

저술의 뮤즈

　작가에게 가장 즐거운 순간은 뮤즈를 만나는 시간입니다. 대단한 일이 벌어집니다. 어느 순간 문장이 쏟아집니다. 뮤즈가 온 것입니다. 문장이 리듬을 타면서 공중곡예를 선보입니다. 매일 꾸준하게 글을 쓰면 어느 순간에 뮤즈를 만나게 됩니다. 생각지도 못한 영감이 떠오르고, 초인적인 힘이 발휘됩니다. 운동선수가 어느 순간 자신도 모르는 초인적인 힘을 발휘하는 것과 비슷합니다.

　뮤즈가 이야기하는 것을 받아쓰면 됩니다. 누군가 나를 통해 이야기하고 있다는 느낌이 들죠. 조앤 롤링Joan K. Rowling은 뮤즈를 만난 체험을 다음과 같이 말했습니다.

　"기차를 타고 가는데 마치 누군가 내 머리에 아이디어를 확 집어넣는 것 같았어요. 그 아이디어가 전개되는 걸 선명하게 볼 수 있었죠. 난 보았던 걸 단지 적기만 했을 뿐이에요.”

내가 원하는 시간에 뮤즈는 나타나지 않습니다. 뮤즈를 만나는 방법은 꾸준하게 쓰는 방법 뿐입니다. 글쓰기에 맞춰 살아가면 됩니다. 최근에 작고한 움베르토 에코는 중세에 대한 논문을 준비하면서 두 달 동안 중세 시대에만 살기로 결정했습니다. 그는 파리의 어떤 특정 지역만을 선택하여 그곳을 벗어나지 않았습니다. 중세인처럼 생각하고 느꼈습니다.

삶과 글이 하나가 되면 어느 순간 우연히 집어든 잡지에서도 새로운 영감을 얻을 수 있습니다. 아이디어는 생활 속에서 발견됩니다. 화장실에서 잡지를 보다가 깨닫기도 합니다. 뮤즈는 뜻하지 않는 순간에 옵니다. 산책 중에 착상이 떠오르기도 하고, 샤워 중에 나타나기도 합니다. 칼 세이건은 샤워 중에 비누조각을 집어 들고 샤워실 벽에 비누로 종형 곡선을 미친 듯이 그렸습니다.

스티븐 킹처럼 비행기에서 꿈으로 나타나기도 합니다. 스티븐 킹은 다음과 같은 재미있는 경험을 들려줍니다.

“1980년대 초, 아내와 나는 업무와 관광을 겸하여 런던에 갔다. 나는 비행기 안에서 깜박 잠들었는데, 어느 인기 작가가 변두리 농장에 사는 미치광이 애독자에게 사로잡히는 꿈을 꾸었다. 그 꿈 중에서 잠을 깬 후에도 가장 또렷하게 생각났던 것은 다리가 부러진 채 뒷방에 갇혀 있는 작가에게 그 여자가 했던 말이었다. 나는 그 내용을 잊어버리지 않으려고 아메리칸 항공사의 칵테일 냅킨에 써서 호주머니에 집어넣었다. 첫날 밤에 나는 잠이 오지 않았다. 가장 큰 문제는 역시 그 항공사 칵테일 냅킨이었다. 거기 적혀 있는 내용은 정말 굉장한 소설을 꽃피울 만한 씨앗으로 보였다. 이렇게 멋진 이야기를 안 쓰고 내버려둘 수는 없었다. 나는 도로 일어나 아래로 내려가서 수위에게, 잠시 글을 쓰고 싶은데 어디 조용한 곳이 없겠느냐고 물었다. 그는 이층 층계방에 놓인 아름다운 책상 앞으로 나를 안내했다.”

샤를 보들레르Charles Baudelaire는 영감은 매일 일하는 것이라고 말합니다. 글쓰기에 파고드는 겁니다. 다른 중요한 일을 핑계대면 안 됩니다. 발터 벨야민은 다음과 같이 말했습니다.

“더 이상 아무것도 떠오르지 않는다는 이유로 결코 글쓰기를 멈추지 말 것.” “더 이상 아무런 영감도 떠오르지 않는다면 그동안 쓴 것을 깨끗이 정서할 것. 그러는 동안에 깨어나게 될 것이다.” “Nulla dies sine linea(단 한 줄이라도 글을 쓰지 않고 보내는 날이 없도록 할 것) - 하물며 몇 주일씩이나 그렇게 해서는 안 된다.”

쓰면 쓸수록 아이디어는 샘솟고, 쓰지 않으면 있는 아이디어마저도 죽습니다. 일단 무조건 쓰세요! 뮤즈가 글을 써 줄 것을 기대하지 말고, 스티븐 킹이 말한 것처럼, 꾸준히 글을 쓰고 있으면 언젠가는 뮤즈가 와서 이야기할 것입니다. 꾸준히 글을 쓴다는 것을 뮤즈에게 알리기만 하면 됩니다.

저자가 되어보세요

저자가 되세요! 어떤 특정 주제에 대해 자신의 이름으로 책을 내면, 어느 정도 전문가로 인정받을 수 있습니다. 인생에서 스펙을 쌓고 나면, 더 이상 스펙 쌓으려고 애쓰지 마세요. 스펙이 특출해서 자신의 가치를 높이는 것에는 한계가 있죠. 여러 사람이 가지고 있는 스펙을 쌓기보다 나만의 이야기를 책으로 펴내는 것이 진정으로 나를 알리는 길입니다. 오늘날은 책을 내기가 어렵지 않습니다. 그럼에도 여전히 자신의 책을 저술하는 사람은 그리 많지 않죠. 자신의 이름이 찍힌 책 한 권은 웬만한 스펙보다 당신의 퍼스널 브랜딩Personal Branding에 기여합니다.

당신의 글을 책으로 펴내십시오. 자료를 모으고 차근차근 작업해 책 한 권을 펴내 보세요. 물론 '제대로 된' 책을 쓰는 것은 쉬운 일이 아닙니다. 지금 말씀드리는 것은 자신의 이름으로 책을 써서 '저자가 되는' 소박한 것이지(소박한 것이지만 대단한 것입니다), 작가의 반열에 낄 수 있는 역작의 저자가 아닙니다. 박원순은 저자가 되는 10계명을 다음과 같이 말했습니다.

제1계명 – 자신의 인생에서 꼭 하나 집중할 주제를 정하라.

제2계명 – 그 주제에 관한 모든 자료와 정보를 모아라.

제3계명 – 오가며 해당 주제의 사진을 찍어라. 사진이 최고의 글이다.

제4계명 – 자다가도 그 주제에 관한 이야기가 꿈에 나오면 일어나서 메모하고 정리하라.

제5계명 – 조금씩 글을 쓰고 고치고 또 써 나가라.

제6계명 – 한 번에 다 못 쓴다. 글 한 편씩 나누어 써보라.

제7계명 – 잡지나 블로그에 글을 연재하라. 어쩔 수 없이 글을 꼭 써야만 하는 상황을 만들어라.

제8계명 – 사람들에게 자신의 관심사를 적극 이야기하고 자신의 글을 보여줌으로써 피드백을 받아라.

제9계명 – 퇴고만큼 중요한 것은 없다. 일단 써놓은 다음에는 끝없이 읽고 고쳐라.

제10계명 – 한 권의 책을 낸 당신은 이미 저자의 반열에 오른 것이다.

(박원순, 아름다운 가치사전, 위즈덤하우스, 2011, 105-106면)

저 또한 지금까지 5권의 책(법철학강의, BT·생명윤리와 법, 판례 법학방법론, 법사상사 소고, 현대 법사상사 소고)을 저술하고, 1권의 책

저자의 책 7권

(생명윤리법론)을 공동으로 저술했습니다. 또 다른 한 권의 책은 박사 학위 논문으로 외국 출판사에서 출판했죠. 다 부족한 책이지만 7권의 책 저자라는 점이 매우 자랑스럽습니다. 물론 이 정도의 책밖에 못 썼다는 점은 다소 부끄럽죠. 하지만 부끄러운 것보다는 자랑스러운 감정이 더 있습니다. 저같이 부족한 사람도 책을 쓴 것을 보면, 여러분은 저자가 될 충분한 자격이 있습니다. 당신이 쓴 책은 당신을 '저자'로 만들어 줍니다. 자신의 이름이 찍힌 저서를 보는 기쁨은 그 무엇과도 비교할 수 없죠. 지금도 저는 제가 쓴 저서를 이리 살피고 저리 살핍니다. 제 책상 앞에 제 저서만 진열해놓은 곳이 있는데, 매일 그 곳을 바라보며 웃음짓습니다. 제게는 좀 나르시스적인 구석이 있습니다.

한 권의 저자가 되면, 그 한 권의 저서가 다른 저서의 기초가 됩니다. 움베르토 에코도 자신의 여러 책이 첫 작품에서 기인한 것이라고 말했습니다. 한 권의 책을 쓰는 것이 어렵지, 또 다른 책을 쓰는 것은 첫 번째 책보다는 어렵지 않을 것 같아요.

저자가 되는 꿈을 꾸십시오!

나누어서 꾸준하게 쓰세요

　한두 장도 아니고 200장, 300장 되는 책 한 권을 어떻게 쓸 수 있을까요? 책 한 권의 무게에 짓눌리십니까? 그 무게를 이겨낼 방법이 있는데, 그것은 '나누어 쓰는 것'입니다. 처음부터 한 권을 쓰는 것이 아니라, 하나의 장을 쓰고 또 다른 하나의 장을 쓰는 것입니다.

　공병호 작가는 작은 글쓰기 작업의 합으로 책쓰기에 접근하라고 권합니다. 그는 원고지 1,200매를 60개의 작은 프로젝트로 나누어, 원고지 20매 내외의 작은 글쓰기 작업 60개를 모읍니다. 이제 매일 매일 20매를 매워나가면 됩니다. 오르한 파묵Orhan Pamuk도 책 한 권을 여러 장으로 나누어 생각이 나는 대로 각 장을 써 내려갔습니다. 마크 트웨인Mark Twain의 작업 방식도 비슷했습니다.

　책 한 권을 쓰는 방법은 마라토너들이 마라톤을 뛰는 방법과 유사

합니다. 마라토너들은 42,195km라는 긴 거리를 한 번에 뛰지 않고, 분할해서 뜁니다. 반환점까지 어떻게 뛸 것인지, 초반 10km와 마지막 10km, 마지막 5km를 어떻게 뛸지 42,195km의 긴 거리를 몇 구간으로 분할하여 접근합니다. 42,195km라는 긴 거리를 하나로 생각해 미리부터 겁을 먹지 않고, 몇 구간으로 분할해 현명하게 접근합니다. 커다란 그림을 한 번에 그리려 하지 말고 일단 작은 그림을 많이 그려서 그것을 연결하면 큰 그림은 완성됩니다.

책 한 권의 중량에 억눌리지 말고 한 단원을 먼저 완성해보세요. 리처드 로즈Richard Rhodes는 다음과 같이 말했습니다.

"책 한 권을 쓰는 것이 불가능하면 한 단원을 써라. 한 단원을 쓰는 것이 불가능하면 한 쪽을 써라. 한 쪽을 쓰는 것이 불가능하면 한 단락을 써라. 한 단락을 쓰는 것이 불가능하면 한 문장을 써라. 한 문장을 쓰는 것조차 불가능하면 한 단어를 써라. 그런 다음, 그 단어에 대해 알아야 할 모든 것을 자신에게 가르쳐주고 그와 연관되는 또 하나의 단어를 써라. 그러한 연결이 어디로 이어지는지 지켜보아라."

매일 일정 시간 일정 분량의 글을 쓰고, 이를 모으면 한 권의 책이 됩니다. 300페이지가 넘는 책을 언제 쓸까 고민되지만, 매일 1장씩 1년이면 한 권의 책이 됩니다. 물론 긴 퇴고의 과정을 거쳐야 하기에 훨씬 더 걸립니다. 일정 분량으로 나누고, 매일 매일 꾸준하게 쓰면 책 한 권이 완성됩니다. 물론 역작이거나 대작일 가능성은 별로 없습니다.

글쓰기에는 왕도가 없습니다. 어떤 비법도 어떤 지름길도 없습니다. 읽고, 쓰고, 생각하는 것을 반복하는 길밖에 없습니다. 꾸준하게 써야 하고, 많이 읽어야 합니다. 글을 쓰겠다는 결심이 섰거나 작가가 되겠다는 소망이 있다면 매일 읽고 쓰기를 반복해야 합니다. 읽고 쓰기가 자연스럽게 연결되어야 하죠. 글쓰기는 글쓰기를 통해서만 배울 수 있습니다.

중용中庸에 이런 말이 있습니다.

"먼 곳을 가고자 해도 반드시 가까운 데에서 시작하며, 높은 곳을 오르고자 해도 반드시 낮은 데서 출발한다."

작품을 쓰고 싶은 욕심이 있어도 한 순간에 결코 되지 않습니다. 날고 싶다면 먼저 걸어야 하고 달려야 합니다. 매일 쓰다 보면 어느새 한 단락이 써지고, 한 장이 완성되고, 한 권의 책이 만들어집니다. 글을 꾸준하게 쓰면 서서히 변화가 일어납니다.

한 걸음 한 걸음 걷다보면 어느새 멀리 와 있습니다! 무엇보다 손이 부지런해야 합니다. 멈추지 마세요!

비교적 먼 거리를 걷다 보면 알게 된다.
한 걸음 한 걸음의 소중함을!
비교적 긴 글을 써보면 알게 된다.
한 글자 한 글자의 소중함을!

한 걸음 한 걸음이 먼 거리를 가고, 한 글자 한 글자가 긴 글을 쓴다는 것을 깨닫는 순간이 있었습니다. 2013년 여름 유럽 여행 때 헝가리 부다페스트에서 한참을 걷고 있을 때였습니다. 산에서 강 쪽으로 내려왔는데 강가에서 올려다본 산이 너무도 멀게 느껴졌습니다. 그런데 그 거리를 제가 걸어온 것입니다. 한 걸음 한 걸음으로!

최근에도 비슷한 생각이 들었습니다. 한라산이 훤히 내다보이는 우리 집 아파트 바로 앞에 새 건물이 건축되고 있었습니다. 몇 층 건물인지는 몰라도 완공되면 전망을 어느 정도 가리겠구나 하는 걱정이 들었죠. 한라산 전망이 가리는 것을 안타까운 마음으로 지켜봤습니다. 그러면서도 기초를 닦고 하나하나 집의 모양새를 갖추고 있는 걸 가까이서 보니 건축이 글쓰기와 비슷하다는 생각이 들었습니다. 작품은 쓰는 것이 아니라 짓는 것입니다. 집은 서서히 지어져 가는데 나는 뭘 하고 있나 한숨이 나왔습니다. 매일 글을 써야겠다는 생각만 반복하고 살았죠. 비밀번호도 '하루에 5페이지를 쓰자'는 뜻인 '5page1day'로 바꾸었지만 정작 하루에 한 줄도 못 썼습니다. 최근에 다행히 '필일오'를 실천하고 있습니다.

글은 재능이 아니라 엉덩이로 쓰는 것입니다. '둔필승총鈍筆勝聰'이란 말이 있죠. 둔한 기록이 총명한 머리보다 낫다는 뜻으로, 다산 정약용 선생이 한 말입니다. 서투른 글이지만 꾸준히 기록하면 기억에 의존하는 것보다 정보를 다루기가 편리해지고 나중에 사용하기에도 좋습니다. 꾸준하게 정리하고 쓰면 뛰어난 작품은 아니어도 '둔필의 작품'은 능히 만들 수 있습니다. 꾸준하게 글을 쓰다 보면 글이 생각을 부르고,

글이 글을 낳는다는 사실을 알게 됩니다. 쓰면 알게 되고, 쓰면 보입니다. 그러니 쓰기를 멈추지 말고, 계속 쓰세요. (인생살이도 비슷합니다. 세상을 바꾸는 힘은 '똑똑함'에서 나오는 것이 아니라 '우직함'에서 나온다는 뜻인 '우보천리'가 '둔필승총'과 비슷하지 않은가요?)

처음이어렵다면 중간부터시작하세요

어떤 주제로 글을 쓸 때 기존에 생각한 것을 쓴 것으로 만족해서는 안 됩니다. 거기서 멈추지 말아야 합니다. 좀 더 생각하고 좀 더 써야 합니다. 1을 쓴 후에 1-1, 1-2로 이어져야 합니다. 주제를 선정하고 글을 쓰면, 일정량은 일사천리로 쭉 써집니다. 그러다가 쓸 거리가 없어지면서 글이 더 나가지 않습니다. 그때 글쓰기를 멈추면 안 됩니다. 작가 남경 태는 '1-1'을 쓰라고 강권합니다.

"1번을 쓰고 2번으로 넘어가기 전에 1-1로 쓸 것이 없는지 체크해보면 될 일이다. 무엇보다 큰 덩어리에서 세분화해 자세하게 파고드는 것이 중요하다."

충분히 썼다고 생각되어도 다시 한 번 마음을 고쳐먹고 밀고 나가야 합니다. 나중으로 미루면 훨씬 더 많은 시간과 노력을 기울여야 합니다.

1-1, 1-2처럼 1과 비슷한 주제로 연결할 수 있습니다. '신뢰'라는 주제로 글을 썼다면 '불신'이라는 주제도 있고, '대화'라는 주제로도 갈 수 있어야 합니다. 아주 다른 주제라도 연결고리를 잘 설정하면 독특한 글이 될 수 있습니다. 평범한 글은 모두가 생각할 수 있는 바를 서술한 것에 지나지 않습니다. 독특한 글이란 전혀 다른 것을 연결해 새로운 것을 창조해내는 것이죠. 1-1 외에 1과 2를 연결할 수 있어야 합니다.

40페이지를 써야 한다면 첫 페이지를 16으로 설정하고 시작해 보세요. 몇 장 쓰면 30이 될 것이고, 좀 더 쓰면 40이 됩니다. 이제 쓴 느낌을 살려 15페이지를 더 쓰면 됩니다. 1부터 시작하면 언제 40페이지를 다 쓸까 고민하다 포기할 수 있죠. 어느 정도 썼다고 생각되어도 쓰지 않은 부분이 없는지 곰곰이 살펴보세요. 그만두고 싶을 때 조금만 더 쓰세요.

발터 벤야민Walter Benjamin이 들려주는 '두꺼운 책을 집필하는 요령'은 흥미롭네요. 두꺼운 책이 괜히 두꺼운 게 아니네요. 그 중심 내용만 쓴다면 그리 두꺼울 필요가 없는데 말이죠.

I. 서술하는 내내 질질 끌면서 요설에 가까울 정도로 원래 구상에 대한 설명을 끼워 넣을 것.

II. 각각의 규정이 이루어지고 있는 곳 말고는 더 이상 책 어디에도 나오지 않는 개념들을 위한 용어를 도입할 것.

III. 본문에서 어렵게 이루어진 개념 구별도 해당 부분의 주석에서는 다시 애매하게 할 것.

IV. 일반적인 의미로만 다루어지고 있는 개념들에 대해서도 예를 들 것. 예를 들어 기계에 대해 이야기할 때는 모든 종류의 기계를 일일이 열거할 것.

V. 어떤 대상에 대해 모든 것이 선험적으로 확실한 것으로 알려져 있다 하더라도 풍부한 예를 들어 확증할 것.

VI. 그림으로 표현할 수 있는 관계들도 말로 상술할 것. 예를 들어 계통수로 표시하는 대신 모든 혈연관계를 열거하고 묘사할 것.

VII. 복수의 논적이 동일한 논거를 사용하고 있더라도 하나 하나 따로따로 반박할 것.

벤야민은 다음과 같은 조언도 합니다. 뭔가 큰 작품을 쓰려는 사람은 여유를 가져야 하고, 아직 진행 중인 글을 다른 사람에게 읽어 주지 말라고 말합니다. 다른 사람에게 글을 보이면 이를 통해 얻게 되는 만족감이 글쓰는 템포를 늦추게 됩니다. 자기 글을 보여주고 싶은 점증하는 욕망이 완성을 위한 모터가 됩니다.

편집자가 되세요

책 한 권을 일정 분량으로 나누었다고 해도 일정 분량을 꾸준히 써야 하는 부담까지 없어지지 않습니다. 하루 분량을 어떻게 쓸 수 있을까 고민된다면 다음 방식은 어떤가요? 여러 책을 읽고 그 가운데 좋다고 생각되는 내용을 초서해두고, 이를 분류한 뒤에 자신의 생각과 함께 정리하는 것입니다. 편집자의 방식입니다.

행복한 편집광이 되십시오. 글쓰기를 이렇게 생각하면 어렵지 않습니다. 당신이 좋아하는 주제로 글재료를 모으고 이를 엮어 보세요. 때로는 이책 저책 옮기면서 글을 전개할 수도 있습니다. 물론 편집자는 윤리적이어야 합니다. 《거꾸로 읽는 세계사》의 유시민 작가는 이 작품은 거의 100 퍼센트 발췌 요약이라고 합니다. 작가가 대학교에 들어간 후 10년 동안 읽은 책을 요약한 것입니다. 요약을 잘한 것 하나로 '베스트셀러 작가'가 됐죠.

세상에 없는 것을 쓸 수는 없고, 대부분 이미 어딘가에 써져 있습니다. 글쓰기가 어렵게 생각되는 이유 중 하나는 새로운 것을 창작해 내야 한다는 부담감 때문입니다. 하지만 이미 존재하는 자료를 새롭게 구성해내는 것도 엄연한 글쓰기입니다. 강준만 교수의 말에서 글쓰기에 대한 부담을 덜었으면 합니다.

"우선 글쓰기에 임하는 자세에 있어서 '창작자'가 아닌 '편집자'가 되길 권하고 싶다. 물론 윤리적인 편집자다. 보통 사람들이 느끼는 글쓰기의 고통은 의외로 과욕에서 비롯된다. 처음부터 자신이 모든 걸 다 만들어내겠다니, 그 얼마나 무모한 욕심인가? 윤리적이고 겸허한 편집자의 자세를 갖게 되면 당연히 많이 읽고 생각해야 할 필요를 느끼게 된다."

자료를 즐거운 마음으로 수집하고 정리해 보세요. 자료가 점점 쌓이면 어느 순간 자료를 정리해야 하는 순간이 옵니다. 작가 이인식은 어느 순간 자료들이 글을 써달라고 부른다고 했습니다. 이인식에 따르면, 자료 수집이란 존재하는 것들의 관계를 찾는 것이며, 자료들 사이의 관계를 찾아 정보의 부가가치를 높이는 것이 글쓰기의 요체입니다(구본준, 한국의 글쟁이들, 한겨레출판, 2008, 135면). 피터 드러커Peter Ferdinand Drucker는 창조성을 새로운 조합을 만드는 능력으로 정의했습니다. 창조성이란 서로 다른 것들을 연결하는 것입니다. 서로 관련 없는 두 가지를 연결해 보세요. 거기에 독창성과 창조성이 있습니다.

노벨문학상 수상자인 오르한 파묵은 그전에는 결합된 적이 없는 두 가지를 결합하는 것이 독창성의 비결이라고 말했습니다. '에디톨로지 전도사' 김정운은 창의성을 아주 익숙한 것을 다른 맥락에 놓아 새롭게 느끼게 하는 능력으로 정의내립니다. 그는 최근 저서《에디톨로지》에서 '창조는 편집'이라는 의미를 가진 'editology'라는 용어를 만들며, 새로운 지식이란 '정보와 정보의 관계가 달라지는 것'이라고 말했습니다. 그는 노트와 달리 카드는 '편집 가능성editability', 즉 자기 필요에 따라 다양한 편집이 가능하다는 점을 언급하면서(그는 자신이 독일에서 배운 것을 하나로 표현한다면 '편집가능성'이라고 밝힙니다), 공부는 데이터베이스 관리라는 점을 강조합니다.

글쓰기는 글쓰는 이의 필력에 달려 있지만, 글감인 자료를 얼마만큼 모으고 적절하게 연결했는지도 중요합니다. 실제로 글쓰는 시간보다 자료를 모으고 정리하는 시간이 더 듭니다. 읽고 또 읽고 정리해야 글쓰기는 가능하죠. 하지만 때로는 자신의 언어만으로 글을 써야 합니다. 이는 편집하면서 쓰는 것과는 아주 다릅니다. 판사 문유석은《판사유감》에서 자신의 경험을 들어줍니다.

"교수님이 소크라테스의 회상술을 비판해 보라는 리포트 과제를 내주면서 리포트를 작성할 때 자신이 '그 밑바닥까지 알고 있는 언어' 만을 사용하라고 하셨습니다. 스스로 100퍼센트 자신 있게 그 의미를 알고 있는 단어만을 사용하라는 말씀이셨죠. 이 말을 곱씹을수록 '언어'와 '지식'의 무게라는 것이 온몸을 짓누르는 느낌이었습니다."

글쓰기 여행

여행은 우리에게 새로운 장소와 새로운 만남, 새로운 시각을 제공합니다. 할 수만 있다면 언제든지 떠나야 합니다. 김경집 선생의 말처럼, 독서는 '앉아서 하는 여행'이고, 여행은 '서서 하는 독서'입니다.

일정 분량 매일 꾸준하게 쓰는 것은 쉬운 일이 아닙니다. 하지만 이를 가능하게 하는 것이 있는데, 혼자 떠나는 여행입니다. 혼자 떠나는 여행은 글을 쓸 수밖에 없는 상황에 빠뜨립니다. 글을 쓰기 위해서 떠나야 하고, 여행 도중에 기차나 버스나 호텔에서 글을 쓰면 상상력이 증폭되죠. 혼자 떠나는 여행은 '움직이면서 하는 글쓰기'입니다.

글을 쓸 수 있는 자료를 가지고 40일 여행을 떠나면 어떨까요? 40개의 소주제를 가지고 40일 동안 5페이지씩 쓸 수 있으면 200페이지 분량의 초고를 완성할 수 있습니다. 혼자 여행을 떠나면 글을 쓸 수밖에 없

글쓰기 위해 떠난 유럽 여행

습니다. 혼자이기 때문에 여행하는 것 외에는 글을 쓰면서 외로움을 달래게 됩니다. 미치지 않기 위해 글을 씁니다. 자신과 대화하면서 글이 술술 나옵니다.

가능하다면 홀쩍 떠나세요! '글쓰기 여행'이라는 콘셉을 잡고 '책 한 권 만드는 여행'을 떠나보세요. '사서재'도 2014년 여름 유럽여행에서 비롯된 것입니다. 여행 도중에 '사서재' 초고 일부를 썼습니다. 글을 쓰기 위한 자료를 충분히 갖추고 여행을 떠나야 합니다.

저는 2014년 7월 22일부터 8월 24일까지 유럽의 여러 곳을 여행했습니다. 일정은 정해졌고, 그 기간 동안 전 무엇이든 해야 했습니다. 유럽여행의 주제를 '작가 여행'으로 정했죠. 일기장을 '작업 일지'로 삼아 이런저런 이야기를 풀어나갔습니다. 낯섬, 새로움에 대한 두려움이 있었지만 새로운 배움에 대한 열망이 더 강했습니다.

혼자 떠난 여행이어서 무척 외로웠습니다. 하지만 글을 쓸 수밖에 없는 환경이어서 기차에서든 숙소에서든 어느 곳에서든 글을 썼습니다. 기차표를 예약하기 위해 줄을 서는 경우에도 '5분 글쓰기'를 했습니다. 글쓰기를 두려워할 필요가 없었죠. 문장이 이상하면 나중에 고쳐 쓰거나 지우면 되었습니다. 쓰면서 이제껏 안 가졌던 생각들이 꽤 떠올랐습니다.

쓰지 않으면 내가 미쳐버릴 것 같았습니다. 새로운 나라와 도시를 여행해서 쓸 내용이 많이 생겼고, 쓰는 것밖에 달리 할 일이 없었습니다. 낯선 곳으로의 여행은 저에게 꽤나 많은 이야기감을 주었고, 글감을 주었습니다. 생각의 자유는 한계가 없습니다. 장거리 기차여행이 피곤하지만 글쓰는 데는 최고의 여건을 제공했습니다. 이것밖에 할 수 없는 시간을 장시간 제공하니까 말이죠. 혼자만의 적적한 여행, 달리는 열차 안의 아늑한 공간, 적막한 여행객의 숙소는 글을 쓸 수밖에 없는 환경을 제공해 줍니다. 그때는 정말 작가가 된 기분이었습니다! 제 생각엔 작가는 모름지기 여행을 떠나야 글감이 생깁니다. 작가가 되는 것도 나쁘지 않습니다. 여행을 많이 해야 하는 직업이니까요. 여행하명 독서하명 글쓰기, 얼마나 좋을까요?

할 수밖에 없는 상황에 빠뜨리는 것, 이것이 관건인 것 같습니다. 이번 여행이 어쩌면 매일 글쓰기를 실천할 수 있는 초석이 될지 모르겠다는 생각을 했었습니다. 여행 중에 1일 5페이지 쓰기를 실천할 수 있어 기뻤습니다. 여행 외에 제일 큰 수확이었죠. 여행에 돌아와서는 다시 글 안 쓰는 작가로 변했지만 말입니다. 하지만 실패를 두려워하지 않습니다. 실패는 제가 가는 길에 밑거름이 되기 때문이죠. 요즘 다시 '필일오'를 실천하고 있습니다.

여행을 하는 동안 쓴 일기장 양에 놀랐습니다. 하루에 일어난 일을 쭉 적고 생각을 적는데 막힘이 없었습니다. 소설가라면 여행을 하면서 글을 써야 할 것입니다. 더 고무적인 것은 계속해서 쓴 양이 늘어난다는 사실이었습니다. 월요일은 5분의 1장, 화요일은 반 장, 수요일은 한 장, 목요일은 한 장을 넘겼고, 금요일은 한 장 반, 토요일은 벌써 한 장 반이고, 나중에는 두 장을 넘겼습니다. 사람에게는 하루 동안 말해야 할 분량이 있는데, 혼자 여행하다 보니 말할 기회가 없고 혼자 말을 할 때가 가끔 있었습니다. 말을 할 상황이 아니니 일기장에 글로 푸는 것 같았습니다. 평소 같으면 일기장 몇 줄을 채우기 어려운데, 여행 중에는 글이 줄줄 나왔습니다.

여행하는 동안 계속 글을 쓰면서 생각에 생각이 꼬리를 물었습니다. 여행만큼 생각하게 되는 계기가 있을까요? 언제든지 '5분 집중 쓰기'는 가능했습니다. 기차를 타는 시간이 많을 때는 일기장이 2장이 넘었죠. 이런 적이 없었는데 대단하다고 생각했습니다. 여행 중에 하루 하루가 어떻게 전개될지 기대되었습니다. 집과 연구실을 왔다 갔다 하는 삶에서는 이런 글감을 찾기가 쉽지 않습니다. 글을 쓰기 위해서는 떠나야 합니다. 집에 있었다면 아침에 있은 일로 A4용지 한 장을 채울 수 있을까요?

2014년 여름 유럽 여행이 2014년 2학기를 시작하는데 큰 힘이 되었습니다. 새로움과 낯섦을 얻었기 때문입니다. 글쓰기를 인생의 동반자로 삼으면 어떨까요? 글쓰기 관련 책을 구입해 읽고 정리하고, 에세이류의 책을 펴내고 싶습니다! 글쓰기에 대한 간절함이 매일매일 실천되기를 저의 뮤즈에게 간절히 빕니다.

쓸 수밖에 없는 환경이 되면 써집니다. 생각의 자유는 한계가 없습니다. 장거리 기차여행이 피곤하지만 글쓰는 데는 최고의 여건을 제공합니다. 쓸 수밖에 없는 시간을 장시간 제공합니다. 글이란 걸 써보니 두 가지가 꼭 필요합니다.

글을 쓸 수 있는 자료와 글을 쓸 수밖에 없는 환경!

초고는 초고일 뿐이에요

초고는 초고일 뿐입니다. 초고가 완벽할 것을 요구하지 마세요. 초고를 쓴 후에 몇 번을 수정해야 하는지 모릅니다. 처음부터 잘 쓰려고 하지 마세요. 나중에 고치면 되고 살을 붙이면 됩니다. 퇴고의 과정에서 초고가 완전히 바뀔 수도 있습니다. 거침없이 써내려간 다음에, 긴 퇴고의 과정을 거치세요. 초고가 완벽해야 한다는 부담에서 벗어나 가벼운 마음으로 초고를 완성하세요.

하루키는 자신의 초고가 엉망진창이어서 네다섯 번을 고쳐야 한다고 말했습니다. 그는 초고를 쓰는데 6개월, 수정하는데 6-7개월을 보냈습니다. 헤밍웨이는 《무기여 잘 있거라》 마지막 페이지를 39번이나 고쳐 썼습니다. 마르케스는 《파리 리뷰 인터뷰》에서 글쓰기를 목수의 일에 비유했습니다. 나무로 모양을 만든 다음 계속 다듬어야 하는 것이 초고를 다듬어야 하는 것과 비슷합니다. 초고를 읽으면서 다듬으면 엄청난 양의 불필요한 나무 조각들이 떨어져 나가면서 점점 모양이 갖추어집니다.

헤밍웨이의 말처럼, 모든 초고는 쓰레기라는 점을 기억하세요. 글재주가 없다고, 글 수준을 한탄하며 글쓰기를 중단해서는 안 됩니다. 멋진 글을 써야 한다는 부담에서 벗어나세요. 자신의 생각을 토대로 존재하는 자료를 적절하게 조합해서 글을 펼쳐내는 게 우선입니다. 어떤 훌륭한 작가도 초고로 글을 끝맺지 않습니다.

"위대한 글쓰기는 존재하지 않는다. 오직 위대한 고쳐 쓰기만 존재할 뿐이다." ─ E. B. 화이트

초고는 초고일 뿐입니다. 글을 생산하는 데에 집중해야 합니다. 초고 내용을 비판하고 지적하는 내면의 목소리에는 귀 기울이지 마세요. 마음속의 검열관을 지우세요. 초고는 아무도 읽지 않으니까 자유롭게 써야 합니다. 일단 초고를 쓰는 것이 우선입니다. 매일 글을 쓰면 어느덧 초고가 만들어집니다. 써놓은 글들을 모으기도 하죠. 작은 퍼즐 조각을 조합하면 퍼즐로 된 초고는 만들어집니다. 글 쓸 시간은 너무 많습니다. 글이 안 써지는 것은 글 쓸 마음이 없어서죠. 핑계대서는 안 됩니다. 포기해야 할 것은 포기해야 합니다. 이것저것 다하고 글을 쓰겠다는 것은 쓰지 않겠다는 겁니다. 글쓰기가 최우선이 되어야 하죠. prima writing!

많은 사람들이 글쓰기에 필요한 것은 재능이 아니라 '기술'이라고 합니다. 바버라 베이그Barbara Baig는 《하버드 글쓰기 강의How to be a Writer》

에서 글을 쓰기 위해 필요한 것은 기술이라고 했습니다. 할 말이 있는 사람은 그 말을 하게 되고, 쓸 것이 있는 사람은 쓰게 됩니다. 확신이 있는 사람은 글을 쓰게 됩니다. 결국 중요한 것은 콘텐츠입니다. 자신의 이야기에 확신을 갖고 초고를 만드세요.

원하는 분량의 초고가 완성되면, 몇 번에 걸쳐서 수정합니다. 초고 중에 아마 반 이상을 버려야 할지 모릅니다. 초보는 초고를 버리지 못합니다. 적게 쓰고 적게 버리죠. 하지만 작가들은 많이 쓰고 많이 버립니다. 몇몇 예외인 천재는 적게 쓰고 버리지 않죠. 우리는 예외가 아닙니다. 초고를 정리하면서 다시 써야 하고, 새로운 자료를 투입해야 합니다. 초고가 뼈대를 만드는 일이라면, 퇴고는 여기에 살을 붙이는 과정입니다. 가끔은 뼈대가 무너지기도 하죠. 일정 시간 묵혀 두는 방법도 좋습니다.

퇴고에 퇴고를 거듭하세요. 그러면 초고는 점점 좋아집니다. 글이란 리듬을 타야 제 맛이죠. 교정할 것이 없을 때까지 몇 번을 다시 보고 수정해야 합니다. 좋은 글의 탄생은 초고에 있지 않고 퇴고에 있습니다.

남송의 사방득謝枋得이 쓴《문장궤범》에 나오는 말이 적절합니다.

'처음에는 대담하게, 끝은 소심하게, 쓰기는 자유롭게, 퇴고는 꼼꼼히'

글쓰기가 주저됩니다

글쓰기가 주저됩니다. 하지만 절망하거나 포기하지 않습니다. 초서는 자료를 모으는 것이고, 초고는 쓰레기일 뿐이라는 생각으로 하루에 몇 글자라도 글을 쓰려 합니다. 저는 무슨 대단한 책을 써낼 생각은 없습니다. 아니 생각이 없는 것이 아니라 그럴 능력이 없습니다. 전 그저 읽은 내용을 초서하고, 이를 제 관점에서 정리하는 책을 내고 싶습니다. 물론 학문에 있어 이정표가 될 수 있는 책 한 권을 상상해 봅니다. 상상은 자유입니다.

독서한 책에서 중요한 부분을 발췌하는 '초서'의 습관은 어느 정도 제 몸에 자리 잡았습니다. 제 초서 블로그인 '고봉진의 초서재'에는 그간 읽은 책들의 중요 부분을 옮겨 적은 초서가 꽤 많습니다. 글쓰기 습관도 정착되기를 소망합니다(요즘은 그런 대로 쓰는 것 같은데 내용이 영 마음에 들지 않습니다). "펜을 들어라. 펜을 들고 너의 일상을 기록하라. 심각하게 고민하지 말라. 글쓰기는 생각하는 것이 아니라 행하는 것이다. 손을 먼저 움직이고, 떠오르면 즉시 써라. 절대 절망하지 말고, 절대 포기하지 말라!" 제게 주문을 걸어 봅니다.

지금 이 시간에 한 문장을 쓸 수 있다는 것에 감사합니다. 독창적인 것은 아니지만 세상 누구도 만나지 않았던 문장입니다. 내용은 비슷비슷하지만 글자의 조합은 유일무이합니다. 지난 9년간 쓰기보다는 읽기에 치중했습니다. 이제 새로운 9년은 읽기보다는 쓰기에 집중하고 싶습니다. 저는 절망과 슬픔에 빠져 있을 때 글이 써졌습니다. 글이 제게 친구가 되어 주었습니다. 글이 저를 위로했습니다. 제가 쓴 글이었지만 그 글이 저를 위로했습니다.

매일 글쓰기는 작가의 숙명입니다. A4 한 장을 목표로 할 수 있습니다. 200자 원고지로 10장이고, 1000자 원고지로 2장입니다. 자신의 생각을 그냥 풀어낸 평범한 글이라도 좋습니다. 맞춤법이나 띄어쓰기, 철자도 틀릴 수 있습니다. 매일 한 장씩 쓰면 한 달이면 30장입니다. 그 중에 10장 정도만 건지면 됩니다. 교정 작업을 하면 더 줄어들 것입니다. 매일 한 장을 쓸 수만 있다면 수확을 기대할 수 있습니다. 매일 한 장은 글쓰는 힘을 키워줄 것입니다. 계속 쓰고 있을 때 뭔가 나옵니다. 생각만 하고 게으름에 빠져 있으면 아무 것도 아닙니다. 매일 한 장 쓰기가 생활화되면 두 장, 세 장, 열 장을 쓰는 날도 옵니다. 2014년 유럽 여행에서 느낀 바이죠.

여러 경로를 이용해 글을 쓰세요. 뛰어노는 아이들을 보고 글감이 떠오를 수 있고, 퇴근하는 사람들의 행렬을 보고 글을 쓸 수 있습니다. 일상의 모든 사사로운 일도 글과 연결됩니다. 언제 어디서나 글로 연결되는 통로를 항상 열어두세요. 언제든 쓸 수 있게 메모지를 항상 갖고 있어야 합니다. 먼저 쓰세요. 쓰면서 계획하고 쓰면서 생각하세요. 어느 선에 도달하면 쓰는 행위가 읽는 행위를 앞섭니다.

작가의 기질에 대표적인 것이 무엇일까요? 삶과 글이 함께한다는 점이라고 생각됩니다. 삶이 곧 글이고, 글이 곧 삶이 됩니다. 글을 쓰기 위해 살고, 살면서 글을 씁니다. 작가는 학자이어야 합니다. 쓰기 위해 배워야 하고, 쓰면서 배웁니다. 사람은 쓰면서 정리하고, 쓰면서 배우고, 쓰면서 부족함을 깨닫습니다. 써보면 압니다. 독일어 표현 중에 'sich klar schreiben'이라는 표현이 있습니다. '써서 명확해진다'는 표현인데, 쓰는 행위를 통해 우리의 생각과 주장이 명확해진다는 의미입니다.

강의해 본 사람은 압니다. 강의를 통해 배우는 사람은 듣는 사람이 아니라 강의를 하는 본인이라는 것을. 강의하면서 명확히 알게 되고 강의하면서 몰랐던 것을 배우게 됩니다. 우리는 가르치면서 배웁니다. 가르치고 배우면서 더불어 성장합니다敎學相長. 강의하기 위해서 준비하고, 가르치면서 배우는 것처럼, 글을 쓰면서 알아가는 것입니다. 자신이 얼마만큼 알고, 얼마만큼 정통한지를. 쓰는 동안 그만큼의 진보는 있으니 모른다고 쓰는 것을 멈춰서는 안 됩니다.

작가의 삶은 두 가지로 구성됩니다. 글이 잘 풀릴 때와 안 풀릴 때. 매일 글쓰기를 하면 어느 지점에서 비행기가 이륙하듯이 일종의 도약이 일어난다고 합니다(제인 스마일리). 저에게도 이런 일이 일어났으면 합니다. 비행기의 도약을 경험한 후에 직접 들려주고 싶습니다.

순자는 "길이 가깝다고 해도 가지 않으면 도달하지 못하며, 일이 작다고 해도 행하지 않으면 성취되지 않는다"고 말했습니다. "천리마도 한 번 뛰어서는 십 보의 거리를 갈 수가 없고, 더딘 말도 열흘 가면 천리에 도달하느니, 성공은 그만두지 않음에 달려 있다." 순자의 '권학勸學' 편에 나오는 이 말은 글쓰기에도 해당됩니다.

강아지를 키우세요

처음 쓴 책이 아무에게도 읽히지 않고 쓰레기통으로 갈 수도 있습니다. 심혈을 기울였지만 아무도 관심 갖지 않는 버림받은 책이 될 수도 있습니다. 하지만 그것이 자양분이 되어 두 번째, 세 번째 책이 싹틉니다. 이는 유명한 작가들도 마찬가지입니다. '쓰레기통에 던져버렸던 소설 때문에' 글을 쓰게 되었다는 표정훈처럼, 제대로 된 글을 쓰기 전에 쓰레기통에 던져져야 할 수많은 글이 필요합니다. 두려워할 필요 없습니다.

제니퍼 이건Jennifer Egan도 첫 작품의 원고를 버려야 했지만 아이디어는 버리지 않았고, 이는 《디 인비저블 서커스》라는 작품으로 다시 태어났습니다. 최근 작고한 노벨문학상 수상자인 가브리엘 가르시아 마르케스Gabriel Garcia Marquez가 다섯 권의 책을 출판한 마흔 살이 될 때까지

인세를 한 푼도 받지 못했다는 사실이 믿어지세요?

작가는 글쓰기가 자신의 호흡이라는 절실함을 안고 사는 사람들입니다. "쓰면 작가, 안 쓰면 백수"라고 이외수는 말합니다. 글쓰기가 없으면 작가는 죽습니다. 물고기에게 물입니다. 글쓰기가 자신의 전부라고 생각하고 글을 중심으로 살아야 하는 것이 작가의 숙명입니다. 작가는 생각하고 읽고 보고 체험한 것을 글로 표현하는 삶입니다. 엘리자베스 길버트는 자신에게 작가가 되는 것은 수도사나 수녀가 되는 것과 같다고 말했습니다.

바바라 애버크롬비의 말은 어떤가요?

"외과 의사를 생각해보아라. 그들은 내키지 않아도 아침 7시에 관상동맥 우회술을 해야 한다. 트럭 운전사는 정말 하기 싫어도 새벽 4시에 덴버에 가야 할 때가 있으며 목장 주인은 원하든 원치 않든 얼음장 같은 12월 아침에 소들을 먹일 건초를 끌어내야 한다. 우리도 내키든 안 내키든 앉아서 글을 써야 한다."

김윤식이 에토 준江藤淳에게 들었던 '강아지를 키우라'는 선문답 같은 말은 어떤가요?

"'글쓰기란 무엇인가'라고 에토 준에게 물은 적이 있어요. 그랬더니 강아지를 키우라는 겁니다. 그게 무슨 말인가 했어요. 선문답 같은 이야기인데, 그게 강아지를 키우는 시간 외에는 모든 시간을 글쓰기에 전념하라는 뜻이었습니다. 글쓰기가 전부라는 것, 나머지도 송두리째 글쓰기뿐이라는 것, 그 글의 내용이란 극우든 극좌든 또 무엇이든 조금도 중요치 않다는 것이었어요. 요컨대 강아지 기르는 시간만 빼면 숨쉬기

조차도 글쓰기에 복무시켜야 한다고 하니, 진짜로 숨이 꽉 막힙니다."

와타나베 쇼이치의 책 《지적생활의 발견知的生活發見》에는 제게 큰 감명을 준 몇 단어가 있는데, '조용한 지속'도 그중의 한 단어입니다.

"사람들은 나에게 어떻게 그처럼 많은 책을 집필할 수 있었는지, 그리고 수많은 고문서들을 번역할 수 있었는지 질문할 때가 많습니다. 이에 대한 나의 대답은 간단합니다. 나는 모든 시간을 그 일을 위해 바쳤습니다. 그것 외에 다른 할 일은 없었습니다. 나는 매일 같은 주제에 몇 시간씩 매달렸습니다. 그런 식으로 일 년 내내 매일 꾸준히 시간을 투자한다면 얼마나 많은 일을 할 수 있을지 짐작할 것입니다. 내가 그토록 많은 업적을 쌓을 수 있었던 것은 어쩌면 당연한 일입니다. 또한 나는 언제나 인류의 지식 증진을 위해 공헌하고 있다는 자부심을 가지고 있었습니다. 그래서 어떠한 일을 하더라도 무척 즐거웠습니다."

마리안네 베버Marianne Weber는 남편 막스 베버의 생활을 다음과 같이 썼습니다.

"강의를 끝내고 곧바로 프랑크푸르트로 가서 저녁에 강연을 하고 밤에 집으로 돌아와 새벽까지 책상 앞에 앉아서 그 다음날 과제를 준비하면서 해가 뜨는 것을 보는 경우도 있었다. 그의 노동력은 배가된 것처럼 보였고 어떠한 일이라도 잘 해냈다. 보통 새벽 1시까지 일을 하고는 곧바로 깊은 잠에 빠졌다."

막스 베버 자신도 다음과 같이 말했다.

"만약 1시까지 일을 하지 않는다면 나는 교수가 될 수 없는 것이라오."

'조용한 지속'은 대가들에 어울리는 말인데, 특히 떠오르는 한 사람이 있습니다. 니클라스 루만Niklas Luhmann입니다. 다른 사람들에게는 24시간밖에 주어지지 않지만, 루만 자신에게는 30시간이 주어지면 좋겠다는 생각을 할 정도였습니다. 루만은 "하루에 몇 시간을 저술합니까?"라는 질문을 받고 나서 다음과 같이 답했습니다.

"더 이상 특별히 할 일이 없다면, 나는 하루 종일 글을 씁니다. 오전 8시 30분부터 정오까지 글을 쓰고 나서, 잠깐 개와 함께 산책을 합니다. 그리고 다시 오후 2시부터 4시까지 글을 쓰지요. 때때로 나는 15분 동안 누워 있기도 합니다. 아주 집중해서 쉬는 것이 몸에 배어 있기 때문에 잠시 쉬고 난 다음에는 다시 작업을 할 수 있습니다. 11시에는 침대에 누워 한두 권의 책을 읽습니다. 나는 무엇이든지 억지로 하지는 않습니다. 언제나 편안하게 생각되는 것만을 하지요. 나는 (내가 관심을 두고 있는 대상이) 어떻게 되고 있는가를 알게 될 때만 글을 씁니다. 그러다가 한순간 막히게 되면, 그 일을 제쳐놓고 다른 일을 하기도 합니다."

'엉덩이로 글을 쓴다'는 표현에서 알 수 있듯이, 글쓰기에서 가장 중요한 것은 '지속성'입니다. 지속되기 위해서는 (다른 모든 것이 그렇듯이) 글쓰기가 '습관'이 되어야 합니다. 습관의 힘이 때로는 뮤즈를 재촉해서 저를 도구로 삼아 글과 이야기를 풀어 나갔으면 합니다.

메모의 메모

'메모 습관'은 생활에 활력을 불어넣고 목표를 향해 전진하게 하죠. 당신의 지갑 안에 목표를 적어두었나요? 책상 앞에 올해의 목표를 붙여두셨나요? 목표는 마감기한이 있는 꿈임을 기억하고, 목표를 기록하는 것을 습관으로 삼으세요. 정보를 접하면 바로바로 메모하고 수시로 정리하는 습관을 가져보세요. 무엇이든 적으면 이루어집니다. 이상하게도 쓰면 이루어집니다. 메모의 놀라운 힘이죠. 쓰지 않으면 이룰 수 없습니다. 메모를 해서 하나하나 실행하면 못할 것이 없죠. 당장은 실행하지 못해도 이후의 과제로 남겨둘 수 있습니다. 종이에 만날 사람과 시간을 기록하면 못 만날 리 없습니다. 쓰면 이루어집니다. 소망하는 바를 기록해두고 계속 가까이 하면 그 소망의 간절함 때문에 이루어집니다. 간절한 기도가 실제로 이루어지는 것도 같은 원리이지 않을까요?

'메모 습관'이 생활 전반에 유용하지만, 여기서 저는 '메모 습관'이 글쓰기에 큰 도움이 된다는 점을 강조하고 싶습니다. 메모는 글쓰기에 큰 도움이 됩니다. 가령 쓰고 싶은 논문 주제를 쓴다든가, 사고 싶은 책제목을 옮긴다든가, 관심있는 작가군의 책을 조사하는 작업을 할 수 있습니다. 주제와 관련된 메모를 꾸준히 쓰고 모으면 좋은 글감으로 발전합니다.

무엇인가 생각나면 메모하고 적고 붙이고 정리하세요. 하나둘씩 생겨나는 의문을 중심으로 메모하고 질문하고 글을 쓰세요. 메모를 기초로 삼아 아이디어를 글로 발전시켜 보세요. 찰스 킨들버거 교수는 '메모의 메모memo on memo'가 책을 만든다고 말했습니다.

"연구의 비결은 책이나 자료를 읽는 방법에 있습니다. 이거다 싶은 책이나 자료를 곰곰이 읽습니다. 그리고 중요한 부분에는 밑줄을 그어놓습니다. 또 머릿속에 어떤 생각이 떠오르거나 의문이 생기면 책의 여백에 메모해 둡니다. 한 권을 다 읽으면 이번에는 밑줄 그은 내용과 여백에 쓴 메모를 모아 따로 행간을 띄우지 않고 타자를 칩니다. 이렇게 해서 하나의 어엿한 메모가 만들어지지요. 그렇게 계속 작업하다 보면 처음 읽을 때마다 거기에 맞춰 메모가 늘어납니다. 어느 정도 메모가 쌓이면 이번에는 내가 쓴 메모를 밑줄을 그으면서 읽습니다. 아이디어가 떠오르거나 의문점이 생기면 메모의 여백에 적습니다. 즉 메모의 메모memo on memo지요. 이렇게 작업을 계속하면 메모는 제법 많은 분량이 되고, 거기에 따라 메모의 메모도 늘어납니다. 메모의 메모를 읽으면 메모의 메모의 메모memo on memo on memo가 생깁니다. 이쯤 되면 한 권의 책을 쓸 준비가 끝납니다."

다산 정약용은 책의 아래 위 여백에 꼼꼼하게 메모를 기록해 두었습니다. 생각을 놓치지 않고 끊임없이 메모하는 '수사차록隨思箚錄'의 습관이 다산 선생의 작업을 가능하게 했습니다. 연암 박지원이 《열하일기》를 쓸 수 있었던 것도 그의 메모 습관 때문이었습니다. 그는 중국을 다니면서 메모하는 것을 게을리 하지 않았습니다. '간서치' 이덕무는 책을 읽으면서 메모하기를 멈추지 않았고, 그의 메모는 《이목구심서耳目口心書》라는 책으로 탄생했습니다. 《이목구심서》는 귀로 들은 것, 눈으로 본 것, 입으로 말한 것, 마음으로 생각한 것을 적은 것입니다. 니체는 매일 몇 시간씩 걸으면서 사유했고, 사유한 내용을 메모했습니다. 이는 니체의 방대한 저작의 토대가 되었죠. 레오나르도 다 빈치는 항상 공책을 들고 다니면서 메모하고, 스케치했습니다. 발터 벤야민Walter Benjamin은 생각이 떠오르면 지체 없이 손에 잡히는 가장 가까이에 있는 것 위에 써내려갔습니다. 찰스 다윈은 일지 쓰는 것을 제2의 천성으로 여겼고, 사유한 것을 노트에 기록하기를 계속해 《종의 기원》의 토대를 마련했습니다.

메모를 계속 해보세요. 계속 적어야 합니다. 메모지는 항상 열어두고 언제든지 적어야 합니다. 메모가 생활화되면, 메모하는 자신을 늘 발견하게 됩니다. 많은 저자들이 메모광이었다는 사실을 기억하세요. 그들은 하루의 일정, 편지, 독서 내용 등을 매일 메모하고 점검하는 메모광이었습니다. 메모를 사랑하세요! 메모하는 것만으로도 중요한 것 하나를 얻은 것이죠. 그때그때 생각나는 것을 메모하세요. 생각나는 대로 기록하세요. 언제 어디서나 메모할 수 있도록 작은 수첩과 펜을 휴대하세요. 스마트폰 메모장을 활용해 보세요. 신문, 잡지, 인터넷에서 좋은 문구가 있으면 그때그때 바로 기록하세요. 순간 떠오르는 착상을 그냥 흘러 보내지 마세요. 하던 일을 멈추고 펜을 들어 메모하세요. 아이디어는 휘발성을 띠고 있습니다. 아이디어는 장소와 시간을 가리지 않기 때문에, 메모 작업을 이에 맞춰야 합니다. 샤워 중에 아이디어가 떠오른다면 비누로 벽에다 쓰고, 식사 중에 떠오른다면 냅킨에라도 쓰세요.

우연찮게 좋은 문장을 만날 때가 있습니다. 미용실에서 머리를 깎기 전 기다리는 시간에 우연찮게 집어든 여성잡지에서 좋은 문장을 만납니다. 신문에서 좋은 문장을 발견했을 때도 종이에 바로 옮기거나, 신문을 잘라내어 나중에 옮깁니다. 화장실에서 볼일을 보고 있다가도 벽에 붙어 있는 좋은 문장이 눈에 확 들어올 때가 있습니다. '보왕삼매론'은 화장실에서 볼일을 보다가 만났죠. 길을 가다가 건물 앞에 씌어진 문구에 마음을 빼앗기기도 합니다. 이제껏 이렇게 모은 문구가 꽤 많습니다. 종이나 스마트폰에 옮겨진 메모는 다시 제 블로그인 '고봉진의 초서재'에 옮겨져 지금은 꽤나 쌓여 있습니다. '천개의 메모'도 그 중의 일부이죠. 이렇게 쌓인 메모에서 '사서재'도 탄생했습니다. "메모지를 묶으니 책이 됐다."

이 문구들은 이미 제 사유의 일부를 구성하는 것들이죠. 나중에 어설픈 문체지만 제 문체로 재탄생하리라 믿습니다.

발로 써라

산책은 건강에 도움을 주는 것 외에도 여러 장점이 있습니다. 산책을 하는 동안 발을 계속 움직이기 때문에 몸과 더불어 생각도 함께 움직입니다. 몸이 자유로운 것처럼 생각 또한 자유롭게 됩니다. 책상머리에서 떠오르지 않던 아이디어와 영감이 산책 중에 떠오르는 것은 이 때문입니다. 책상에 앉아 있을 때는 제자리걸음을 하던 머리가 산책 중에는 앞으로 성큼성큼 나아가 불현듯 좋은 아이디어가 떠오릅니다. 많은 이들은 산책 중에 떠오르는 생각을 놓치지 않기 위해 메모지나 수첩을 가지고 산책을 합니다. 걸으면서 자신과 대화를 끊임없이 나누며, 운이 좋으면 뮤즈를 만나게 됩니다. 산책은 워밍업이고 기도입니다. 하루에 필요한 에너지를 얻는 일용할 양식입니다. 산책 중에 떠오른 생각은 메모장에 적혀집니다. 산책 중에 떠오르는 생각은 살이 되고 피가 됩니다. 하루에 필요한 에너지를 얻고 하루를 계획할 수 있으니 이보다 좋을 수가 있나요? 얽힌 일도 정리됩니다. 다니면서 더 많은 아이디어가 떠오르고 더 많은 의욕이 생겨납니다. 책상머리 만으로는 한계가 있습니다.

많은 사상가들과 저자들에게 산책은 걷는 것 이상이었습니다. 그들에게 산책은 활동의 조건이었죠. 니체와 루소는 산책하는 것을 좋아했고, 산책 중에 떠오른 아이디어를 글로 써내려갔습니다. 그들에게 산책은 곧 공부였죠. 니체는 자신의 발로 글을 쓴다고, 나의 발 역시 저자라고 말했습니다.

"나는 손만 가지고 쓰는 것이 아니다. 내 발도 항상 한몫을 하고 싶어한다. 때로는 들판을 가로질러서, 때로는 종이 위에서 발은 자유롭고 견실한 그의 역할을 당당히 해낸다."

루소는 "나는 산책할 때만 사색할 수 있으므로 걸음을 멈추면 사색의 두뇌작용도 정지한다. 두뇌는 발과 더불어서만 작용하는 것이다"고 말했습니다. 키에르케고르Søren Aabye Kierkegaard도 "나는 걸으면서 내 가장 풍요로운 생각들을 얻게 되었다. 걸으면서 쫓아 버릴 수 없을 만큼 무거운 생각이란 하나도 없다"고 말했습니다. 소로Henry David Thoreau도 산책 중에 일어나는 모든 일을 사랑했고, 걷기에 걸리는 시간과 똑같은 시간을 글쓰기에 할애하는 것을 원칙으로 삼았습니다.

도행지이성(道行之而成)

'도는 걸어다닌 뒤 만들어진다' (장자)

매일 매일 틈나는 대로 걸으세요. 걷다 보면 생각이 정리됩니다. 자신의 저술에 손뿐만 아니라, 발 또한 기여를 많이 했다고 하는 니체의 말이나, 산책 중에 일어나는 모든 일을 사랑한다는 소로우의 말을 기억하세요. 쓰면서 걸으면서 사유하세요. 흐르는 땀방울에 즐거움을 느낄 수 있습니다. 걸으면서 힘을 얻으세요! 적어도 매일 한 번쯤은 산책을 하세요. 산책을 하면 기분도 맑아지고 새로운 마음도 생기고 집에 죽치고 앉아 있는 것보다는 훨씬 낫습니다.

"이제 이야기 초고를 꺼내 들고 산책에 나서라."

쓰기를 갈망하세요

"될 거라는 확신이 있는가?"

제가 보기에 이현세가 쓴 '인생이란 나를 믿고 가는 것이다'의 첫 구절은 '인생 공부'의 큰 진리를 담고 있습니다. 그룹 퀸의 리더인 프레디 머큐리Freddie Mercury는 자신의 성공을 확신했습니다.

"처음 시작할 때 나는 굶어 죽을 각오가 되어 있었고 실제로 굶주리기도 했지만 그래도 반드시 성공하고야 말겠다고 마음먹었다. 시간이 얼마나 걸리든 나 자신을 믿어야 했다."

스티브 잡스는 우리의 심장과 직관을 믿으라고 외칩니다.

"다른 사람들의 생각에 얽매이지 마십시오. 타인의 소리들이 여러분 내면의 목소리를 방해하지 못하게 하십시오. 그리고 가장 중요한 것은, 여러분의 심장과 직관이 이끄는 대로 살아갈 수 있는 용기를 가지는 것입니다. 이미 여러분의 심장과 직관은 당신이 진짜로 원하는 것이 무엇인지를 알고 있습니다. 나머지는 다 부차적인 것입니다."

손정의는 확신을 가지고 멀리 바라볼 것을 주문합니다.

"눈앞을 보기 때문에 멀미를 느끼는 것이다. 몇백 킬로미터 앞을 보라. 그곳은 잔잔한 물결처럼 평온하다. 나는 그런 장소에 서서 오늘을 지켜보고 사업을 하고 있기 때문에 전혀 걱정하지 않는다."

확신은 행동을 낳지만, 간절함은 행동을 잉태하죠. 이것 아니면 안 된다! 간절하게 일을 추진하면 하늘이 실행해 줍니다. 하늘은 스스로 돕는 자를 돕는다고 하지 않았습니까(The heavens help the ones that help themselves)! 루터Martin Luther는 오늘 할 일이 너무 많기 때문에 그만큼 더 많은 기도를 한다고 했습니다. 간절함에 매달리는 사람은 숙연한 자세가 되고 종교인이 아니어도 기도하는 자세로 임하게 됩니다. 파울로 코엘료Paulo Coelho의 《연금술사》에서, 주인공 산티아고에게 연금술사는 다음과 같은 인상적인 말을 합니다.

"이 세상에는 위대한 전설이 하나 있어. 무언가를 온마음을 다해 원한다면 반드시 그렇게 된다는 거야. 온 우주는 자네의 소망이 실현되도록 도와준다네. 그리고 그것을 실현하는 게 이 땅에서 자네가 맡은 임무라네."

확신보다 더 절박한 단어가 있다면 '간절함'이고, '간절함'보다 더 확신에 찬 언어가 있다면 '절박함'입니다. 때론 절박함에서 실행의 힘이 나옵니다. 절박함에서 나오는 실행은 강력합니다. 물론 절박함에는 크나큰 단점이 하나 있습니다. 절박한 나머지 일의 수행에만 신경 써서 실수할 여지가 많다는 점입니다. 절박할 때는 실수할 여지가 많으니 조심해야 합니다.

소망하고 확신하고 간절히 바라는 일이라면 그 일이 이루어지는 날까지 목표를 바꾸지 마세요. 하루하루 꾸준히 길을 가다 보면 꽤 멀리까지 간 자신을 발견할 것입니다. 무슨 일이든 간절히 소망하고 꾸준히 실천하면 반드시 이루어집니다. 간절하게 소망하고, 끝까지 부딪쳐 보세요. 절대로 포기하지 마세요! Never give up! 지금은 길이 잘 보이지 않지만 꾸준히 하다 보면 윤곽이 드러나고 마침내는 길이 보이게 됩니다. 아무에게나 간절함이 주어지는 게 아닙니다. 간절함이 있다면 거기서부터 시작해 보세요.

"사막은 변하지 않았다. 내 생각만 변했다. 생각을 돌리면 비참한 경험이 가장 흥미로운 경험으로 변할 수 있다는 걸 깨달았다."(김상운, 왓칭, 정신세계사, 235면)

확신과 간절함에 대한 여러 이야기는 글쓰기에도 그대로 적용됩니다. 글쓰기에 대한 확신을 가지고, 절박하게 글쓰기에 매달려보세요. 글쓰기를 갈망하세요! 글을 쓸 수 있는 최상의 환경이라도 직접 글을 쓰지 않으면 아무 일도 생기지 않습니다. 글을 직접 쓴 사람만이 글을 남길 수 있고, 글을 직접 쓴 사람만이 자신의 이름이 찍힌 책을 출판하는 기쁨을 누립니다.

쓰는 작가가 됩시다

글을 쓸 수 있다는 것이 얼마나 행복한 일인지 모릅니다. 2016년 11월 19일 이전까지만 해도 그것을 잘 알지 못했습니다. '필일일'이 시작되고 이것이 습관이 되면서 글쓰는 행복에 푹 젖어 삽니다. 글을 쓰는 것이 별로 부담이 되지 않죠. 오히려 글을 쓰지 않으면 초조함을 느낍니다. 글쟁이로 사는 것이 이런 건가 봅니다.

글로 먹고살려고 했으면 더 강한 부담을 안고 살았겠죠. 그 부담만큼 더 좋고 많은 글이 나왔을지 모르겠습니다. 하지만 지금의 상태, 글쓰기를 생활로 즐기는 상태는 제게 크나큰 행복을 줍니다. 내 삶을 인도하는 글쓰기이고, 내 삶을 즐겁게 하는 글쓰기입니다.

시카고 여행 중에 글쓰기를 본격화하자는 생각을 가졌습니다. '강아지를 키워라'는 말이 있죠. 김윤식이 에토 준이라는 사람에게 들은 말인데, 강아지를 키우고 그 강아지를 키우는 시간 외에는 글쓰기에 전념하라는 뜻입니다. 저에게는 '정훈이를 키워라'는 말이 어울려 보입니다. 정훈이를 키우는 시간 외에는 글쓰기에 전념하면 어떨까 생각되었죠. 하루 온 종일 시간날 때마다 글을 남기면 어떨까? '필일오'가 다시 떠올랐습니다. 하루 A4 용지 기준 5장 쓰기, 2016년 11월 19일부터 시작된 '필일일'은 습관이 되었습니다. 1장을 쓸 때도 있고, 2장을 쓸 때도 있고, 3장을 쓸 때도 있었죠.

하루 5장을 쓴다는 것은 부담이 되지만, 나누어서 1장을 5번 쓴다고 생각하면 아주 어렵지만은 않습니다. 저서 저술과 비슷합니다. 300페이지 저술을 한꺼번에 쓰려고 하면 어렵지만, 30페이지를 10장으로 나누어 쓰면 그래도 좀 낫죠. 제게 하루는 5장을 채우는 시간입니다. '필일오'는 하루 종일 떠오르는 생각과 하루 생활을 온전히 하루 다섯 장에 기록하는 삶을 말합니다. '필일오'는 글이기도 하지만 삶 자체입니다. '필일오'를 통해 쓰는 존재로 거듭나고 이제 모든 것을 쓰게 됩니다.

2017년 2월 21일 미국 연수를 샌디에고에서 시작한 이후, 처음에는 낯설던 것들이 이제는 점점 익숙해집니다. 집과 UCSD, 집과 Del Mar Heights School을 오가는 길이 훨씬 수월해졌습니다. 긴장하며 지내던 것이 편안해졌습니다. 본 궤도에 올랐지만 본 궤도라 함은 일상 루틴의 연속일 뿐입니다. 오히려 본 궤도에 오르기 전에 고생하고 수고했던 때가 더 짜릿하고 실감하는 연수생활일지 모르겠네요. 매순간 일상의 무던함을 글쓰기에 대한 열정으로 이겨내기를 제 자신에게 주문합니다.

'필일오'를 결심한 이후 무엇보다 글쓰는 시간을 확보하는 것이 중요해졌습니다. 이전에 느끼지 못한 간절함입니다. 새벽 글쓰기, 30분 글쓰기, 논문 글쓰기, 메모 글쓰기 등 여러 방법을 통해 글을 씁니다. 시간이 있으면 언제든지 그 시간을 활용해 글을 써둡니다. 언제 무슨 일이 생겨 더 이상 못 쓸 수 있기 때문이죠.

이전에 전 '글을 쓰지 않는 작가'였습니다. 작가로 살고 싶었지만 글을 쓰지 않았죠. 이제는 잘 못쓰는 글이라도 쓰겠다고 마음먹었습니다. 글을 쓰겠다는 진지한 결심이 서면 글쓰는 시간을 확보하는 것은 어렵지 않습니다. 풍족함이 글을 쓰게도 하지만 부족함이 더 글을 쓰게 합니다. 시간이 너무 많으면 그 시간을 그냥 낭비하게 되죠.

물론 그 많은 시간 제대로 집중하기는 사실상 어렵습니다. 공부도 너무 조용한 분위기보다는 약간은 소리나는 곳이 더 잘 되는 법이죠. 사람이 많은 카페가 공부하기에 더 좋고 글쓰기에 집중하게 됩니다. 모든 일이 그런 것 같아요. 약간은 부족해야 더 집중해서 하게 됩니다. 요즘은 나름 풍족해져서 헝그리 정신이 부족할 때가 많네요. 나이가 들면 들수록 헝그리 정신이 부족해집니다. 나이가 든 지금 헝그리 정신을 대신하는 것은 즐기는 것이라고 생각됩니다. 즐길 수만 있다면 잠시 잠깐의 어려움은 아무 것도 아니죠. 전 요즘 글쓰는 것을 매우 즐기고 있습니다.

계속 묻게 됩니다. 왜 미국에 와 있는지를, 이 먼 곳에 와서 무엇을 하고 있는지를. 생각해보니 그토록 바라던 글을 쓸 수밖에 없는 구조와 환경이 되었습니다. 매일 글을 쓰고 있고 '필일오'까지 하게 되었습니다. 이 하나만으로도 감사합니다. 글쓰는 사람으로 살아가는 하루하루가 행복한가? 이 질문에도 자신있게 그렇다 말할 수 있기를 바랍니다. 글과 삶은 달라서 글이 된다고 삶이 만족스러운 것은 아닌 듯 싶네요. 그래도 미국이라는 사회를 모험하는 여행으로 여기고 만족합니다. 어쨌든 제 자신이 글의 감옥에 빠진 이상 성과물을 기대해도 될지 모르겠습니다.

이제부터 평온함의 연속인데, 어쩐지 평온한 하루하루가 더 무섭습니다. 이방인으로 이곳에 살아가는 것이 쉽지만은 않습니다. 어찌 보면 여행객의 마음으로 사는 것이 더 나을지 모르겠네요. 여러 마음이 교차합니다. 두려움을 글로 소화해 내야겠다는 생각이 듭니다. '필일오'를 할 수밖에 없는 구조 속에 갇혀 버렸습니다.

글을 쓸 수밖에 없는 구조와 환경! 제가 늘 꿈꾸던 것인데 이곳 샌디에고에서 이루어졌습니다. 이 환경과 구조를 잘 활용해서 글을 많이 남기고 싶네요. 작가의 삶은 별게 아닙니다. 쓰면 작가고 안 쓰면 작가가 아니죠. 쓰는 작가가 되어야 합니다.

기
다
리
는
시
간

　요즘 이상하게 글이 잘 써지는 공간이 있습니다. '차 안'입니다. 글쓰기에 집중하기에 좋은 환경입니다. 오늘 UCSD 가이젤 도서관에서 글이 잘 안 써져 일찍 나왔습니다. 대신 내 자동차 안에서 글을 쓰기 시작했습니다. 이곳은 글을 쓸 수밖에 없는 환경이어서 글이 자동적으로 나옵니다. 어느덧 차 안이 제가 좋아하는 공간이 되었습니다. 대단한 글도 아니고 졸렬한 글도 많지만 그래도 좋습니다. 글이 써지는 것 자체로 행복합니다.

　글쓰기에 집중할 수 있는 시간, 글쓰기 외에 다른 것을 할 수 없는 시간입니다. 도서관이 공부하기에 제일 좋은 공간인 것 같아도 꼭 그렇지는 않습니다. 공부에 대한 압박이 강하지 않기에 다른 것에 자주 생각을 빼앗깁니다. 도서관이 더 쾌적한 환경인데도 글쓰기에 적합하지 않

을 때가 많습니다. 차이는 한 가지입니다. 쓸 수밖에 없는 구조가 되었
는가 안 되었는가 하는 점입니다. TV를 봐도 되고 인터넷을 봐도 되면
글쓰기는 뒤로 밀립니다.

도서관에서 글이 잘 안 써지면 일부러 일찍 정훈이를 찾으러 갑니다.
정훈이 학교에서 매일 2시 30분(수요일에는 12시 30분)에 정훈이를 찾
습니다. 아내와 내가 번갈아 찾는데, 찾는 날에는 30분 일찍 가서 차 안
에서 글을 씁니다. 차 안에서 글쓰는 시간이 반갑고 즐겁습니다. 언제
든지 이 시간을 환영합니다. 기다리는 시간을 활용해 글을 씁니다. 남
에게 주고 싶지 않은 혼자만의 시간입니다.

글을 쓸 수밖에 없을 때 글을 쓰게 됩니다. 글을 쓰지 않으면 미친 것
같은 환경과 구조를 만들 필요가 있습니다. 2014년 유럽 여행 때 이런
느낌이 들었습니다. 주변에 아무도 없다는 사실, 홀로 남겨진 느낌, 한
달 넘는 시간을 혼자 여행해야 한다는 것이 미칠 것 같았습니다. 그때
친구가 되어준 것이 글쓰기입니다. 글을 통해 나와 대화했습니다.

정훈이가 수영장에서 레슨을 받는 날도 글쓰기에 좋습니다. 수영 레
슨을 받는 동안 전 옆에서 글쓰기 삼매경에 빠져듭니다. 아내를 기다리
는 시간도 좋습니다. 빨래방coin laundry에서 빨래를 세탁기에 넣어두고
차 안에서 글을 씁니다.

독서하기에 딱 좋았던 '비행기 안'과 '시험감독 시간'이 머리에 떠오
릅니다. 시험감독 시간, 비행기 탑승시간에 이어 '차 안에서 기다리는
시간'이 양보하기 싫은 시간이 되었습니다. '기다리는 시간'이 기다려
집니다.

삶이 담긴 글쓰기

가벼운 글쓰기로는 충분하지 않습니다. 어떤 특정 주제를 깊게, 독특한 시각으로 풀어내는 작가의 능력이 필요합니다. 제 자신이 작가로서 부족함을 느낍니다. 특별한 경험이 필요하다는 점을 각성하는 순간입니다. 특별한 경험을 글로 표현하면 독특한 글이 됩니다. 글 이전에 삶이고, 글 이전에 체험입니다. 색다른 체험에 자신을 맡겨야 글이 나옵니다.

'칩거'라는 단어 뜻을 찾아보니 두문불출, '나가서 활동하지 아니하고 집 안에만 틀어박혀 있음'입니다. 칩거는 부정적인 의미의 단어입니다. 하지만 이를 긍정적으로 바꾸어 보면 작가의 삶을 표현하는 말도 됩니다. 단어 뜻은 경우에 따라 다시 살펴야 합니다. '아류'의 뜻을 살펴보니 '문학, 예술, 학문 등에서 독창성이 없이, 뛰어난 것을 모방함'입니다. 제 글쓰기가 '아류의 글쓰기'를 닮았습니다. 철학자 니체는 초서 글쓰기를 무척 경계했습니다. 다른 책만을 토대로 쓰는 것을 무척 싫어했습니다. 그는 방 안에 있는 것을 포기하고 방 밖으로 나갔습니다. 산책을 글쓰기의 도구로 이용했죠. 산책은 그의 체험이었습니다.

집에서 글을 쓰는 동시에 밖으로 나가야 합니다. 산책이든, 여행이든 경험의 세계로 들어가야 합니다. 체험을 바탕으로 자신의 글을 써야 합니다. 황대권은 잡초라는 말을 쓰지 않고 야초라는 단어를 씁니다. 그의 경험에서 나온 단어 선택입니다. 저 또한 그처럼 다른 언어로 말할 수 있으면 좋겠습니다.

작가가 되려면 자신의 치부도 드러낼 수 있어야 합니다. 글감을 얻을 수 있다면 자신의 영혼도 팔 준비가 되어 있어야 하죠. 글을 얻기 위해 무엇이든 해야 합니다. 글쟁이가 되려면 삶을 글에 종속시켜야 합니다. 살기 위해 글을 쓰는 것이 아니라 쓰기 위해 사는 것입니다.

2016년은 1986년 《태백산맥》 1권이 세상에 나온 지 30년이 되는 해입니다. 소설가 조정래는 "전두환 정권 시절 언제라도 정치적 위해가 가해질 수 있다는 점을 각오하고 긴장 속에서 썼기 때문에 소설이 더 탄력있지 않았나 하는 생각도 든다"고 말했습니다. 글을 쓰기 위해 살았던 소설가의 모습입니다.

니체는 말했습니다.

"나는 모든 글 중에서 자신의 피로 쓴 글을 가장 많이 사랑한다."

그의 말 앞에 한없이 부끄러워집니다. 제 글쓰기가 형편없다는 것이 여지없이 드러납니다.

꾸준한 둔재가 글을 씁니다

체험이 글을 씁니다. 몸소 경험하고 느낀 바를 쓰기는 어렵지 않습니다. 그래서인지 글쓰기보다는 체험이 우선이라는 생각이 듭니다. 적절한 경험과 체험이 있으면 글은 저절로 써집니다. 몸과 마음이 느끼면 손은 따라갑니다.

착상 하나가 글을 씁니다. 적절한 생각 하나를 떠올리고 글을 써내려 갑니다. 어떤 주제를 떠올리고 단숨에 쭉 쓸 때가 가끔 있습니다. 경험을 토대로 한 주제일 때, 이미 알고 있는 내용을 쭉 나열할 때 글이 잘 써집니다.

스토리가 글을 씁니다. 그냥 이야기하듯 쭉 풀려나가죠. 글은 스토리텔링이라고 할 수 있습니다. 스토리가 있으면 시간 가는 줄 모르고 글이 써집니다. 글쓰기에 온전히 집중할 수 있습니다. 반면에 스토리가 없으면 글은 써지지 않습니다. 같은 말을 반복하게 되고 평범해집니다. 속도가 붙지 않고 먼 산만 보게 됩니다.

체험, 착상, 스토리 등 적절한 글감이 있으면 글은 써집니다. 하지만 대부분의 시간은 글이 잘 안 써집니다. 천재 작가가 아닌 이상 글은 어렵습니다. 둔재의 글쓰기 방법에는 어떤 것이 있을까요?

일단 글을 써야 합니다. 체험, 착상, 스토리가 없어도 자판을 두드려야 합니다. 그러다 보면 어느새 글이 잘 써질 때가 종종 있습니다. 쓰기 전에는 모릅니다. 처음에는 한두 글자 쓰는 것이 힘들다가 어느새 글이 편하게 느껴지면서 써집니다. 그러다가 글이 잘 써질 때가 있습니다. 내가 어느 시점에 있는지는 글을 써야 알 수 있습니다. 쓰다 보면 이런 저런 생각이 나서 다시 써집니다. 그 가운데 기발한 아이디어가 떠오르기도 합니다.

언제 어디서든 글을 써야 합니다. 문장을 떠오르면 그 문장을 이용해 한 단락을 씁니다. 한 글자가 떠오르면 그 글자로 한 문장을 만들면 됩니다. 늘 노트와 메모를 가까이에 두고 써야 합니다. 누구를 기다리는 시간에 쓰고, 5분이라는 시간을 정해 '5분 글쓰기'도 해야 합니다. 대단한 내용은 아니어도 메모지에 메모를 수시로 남겨야 합니다.

일정 분량의 글을 써야 합니다. 하루에 일정량을 채워야 합니다. 그중에 건질 만한 것이 반드시 있습니다. 그 목표량이 적어도 안 되고 너무 많아도 안 됩니다. 너무 적으면 쌓이는 것이 별로 없고, 너무 많으면 그 양에 압도되어 매일 실천하기 어렵습니다. 매일 실천할 수 있을 만큼, 습관이 될 만큼 '하루 목표량'을 정해야 합니다. 글쓰기는 이론이 아니라 실천입니다. 나탈리 골드버그는 한 달에 한 권의 노트를 채우는 것을 목표로 했습니다. 25일이 지났는데도 몇 장 쓰지 못했다면 남은 5일을 이용해 어떻게든 채웠다고 합니다.

'글을 쓸 수밖에 없는 환경'을 애써 찾아 나서야 합니다. 카페에 가서 글을 쓰면 왠지 모르게 집중하게 됩니다. 카페가 주는 무슨 힘이 있는 것 같습니다. 요즘은 정훈이를 학교에서 찾기 전 차 안에서 글을 씁니다. 차 안에서 글쓰는 시간을 기다릴 정도입니다. 정훈이가 수영 레슨을 받을 때도 그 옆에서 글쓰기에 온전히 빠져듭니다. 누구를 기다리는 시간은 글쓰기에 아주 좋은 시간입니다. 글쓰기밖에 할 것이 없기 때문입니다.

글이 잘 써질 때가 있고 안 써질 때가 있습니다. 안 써진다고 해서 글쓰기를 멈추면 안 됩니다. 그때도 써야 합니다. 계속 쓰는 가운데 괜찮은 글이 나오는 것이지, 괜찮은 글이 그냥 나오지 않습니다.

글쓰기의 힘

글쓰기에는 무시할 수 없는 힘이 있습니다. 생각을 정리할 수도 있고, 계획을 수립할 수도 있습니다. 더 큰 엄청난 일이 벌어질 수도 있습니다. 글에는 힘이 있습니다. (물론 글로 인해 스트레스를 받을 때도 많습니다. 글이 잘 안 써지거나 평범하기 그지 없는 글이 연속될 때가 그렇습니다. 대부분의 것처럼 양면이 있습니다.)

글을 쓰면 머리 속에 있던 생각이 정리됩니다. 두루뭉실하게 있던 것들이 글을 씀으로 해서 구체화되고 정리되죠. 이것은 이렇게 되는구나 하며 길을 보게 됩니다. 계획이 구체화되고 무엇을 해야 할지가 보입니다. 쓰는 것은 명확하게 하는 힘이 있습니다. 막연한 계획은 종이에 쓰는 순간 구체화됩니다. 쓰면서 구체화하고, 쓰면서 마음속에 다짐을 합니다. 무엇보다 필요한 것은 쓰는 것입니다. 버킷 리스트도 이런 원리에 기초해 있습니다. 물론 중요한 것은 실천입니다. 실천이 따르지 않는 생각과 글은 그냥 생각과 글에 머뭅니다. 행동으로 옮겨져야 변화가 나타납니다. 변화를 일으키는 글쓰기에는 행동이 필요합니다. 책상머리 글쓰기로는 항상 한계가 있죠.

글을 쓰면서 힐링되는 게 있습니다. 전 힘이 들 때 제 블로그('고봉진의 초서재')를 찾습니다. 마음이 힘들고 어려울 때 초서재는 제게 힘을 줍니다. 초서재야말로 제 친구이자 제 쉼터입니다. '고봉진의 초서재'를 만든 지 10년이 넘었습니다. 독일 유학 막바지 힘든 시기에 독서한 내용을 초서해 둔 것을 인터넷에 올리는 공간으로 처음 만들었습니다. 그 이후 독서, 초서, 글쓰기를 모두 할 수 있는 공간이 되었습니다.

다람쥐 쳇바퀴 돌아가는 삶 속에서 글은 활력소가 됩니다. 글에는 똑같은 일상을 다르게 보게 하는 힘이 있습니다. 어떤 글은 연기자의 배역과 같습니다. 전혀 다른 삶을 살게 해주기도 합니다.

쓰는 행위 자체가 생각하는 행위입니다. 오늘날 시각에 노출된 세대에 살고 있어 쓰는 행위가 매우 드뭅니다. 말하고 보는 행위가 전면에 있는 세상이죠. 쓰는 행위는 모든 사람에게 개방되어 있지만 많은 사람들이 그 길을 잘 모릅니다. 아주 적은 수가 선택하는 좁은 문인지 모르겠습니다. 여러 살아가는 방식 중 한 가지 방식이겠죠.

쓰는 행위에 의미를 두는 삶, 쓴 것에 기쁨을 누리는 삶, 세상에 써진 것들에 관심을 두는 삶, 써진 것을 실행하는 삶, 이런 삶이 제가 바라는 삶입니다.

"공부의 뜻이 참으로 돈독하다면 어찌 공부가 제대로 되지 않을 것이며,

사람의 길이 무엇인지 알기 어렵겠습니까?"

— 퇴계 이황

IV. 무자서
無字書

인생이라는 큰 책'을 쓰세요

평온한 바다는 유능한 뱃사람을 만들어낼 수 없듯이, 안정적이기만 한 삶은 노련한 사람을 만들 수 없습니다. 인생을 찰지게 하려면 안정과 더불어 변화를 가져오는 불확정성이 필요합니다. 불확실성, 불안정, 불안만이 가득한 세상 또한 바람직하지 않습니다. 마음의 중심을 잡지 못한 채 불안정이 삶을 덮친다면 이런 삶은 안정적인 삶보다 훨씬 안 좋습니다. 마음의 중심을 잡은 채 인생의 불확실성에 베팅하는 여유가 필요합니다. 안정과 불확실성 반반입니다.

무엇보다 의미를 발견하세요! 의미가 당신을 행동하게 하고 살아있게 합니다. 삶의 의미를 간직하지 않은 사람이라면 삶이 그리 즐겁지 않을 겁니다. 삶의 의미를 품고 있다면 오늘의 실패나 좌절을 능히 극복할 수 있습니다. 우리를 절망에 빠뜨리는 것은 실제로 존재하지 않은

허상일 수 있습니다. 너무 비관적으로 인생과 주변을 살피지 마세요! 그 틀에서 벗어나 밖에서 한번 바라보세요! 인생에는 잃은 것과 얻은 것이 동시에 있습니다. 어느 쪽을 보는가에 따라 인생의 결과는 판이하게 달라집니다. 잃은 것보다 얻은 것을 보세요. 잃은 것보다 얻은 것에 감사하며 거기에 인생의 의미를 두세요.

인생은 이미 행복으로 가득 차 있습니다. 당신이 발견하지 못할 뿐이지 행복은 그 자리에 여전히 놓여 있습니다. 당신이 행복하다는 사실을 깨닫지 못하는 것은 불행한 일입니다. 주변에 있는 책, 장소, 만나는 사람, 보이는 것, 말해지는 것에 집중해 보세요. 이는 무엇보다 제 자신에게 부탁하는 말입니다. 요즘은 인생에 대해 생각을 자주 합니다. 죽음에 대해서, 삶에 대해 상념에 빠집니다. 삶을 의미있게 하기 위해서 무엇을 해야 할까요?

제 인생에는 자랑할 만한 것이 별로 없습니다. 경험도 부족합니다. 시간이 지날수록 제 장점보다는 단점이 더 커 보입니다. '인생 공부 초짜'라고 저를 표현하곤 합니다(저를 비하하는 말은 절대 아닙니다. 좀 더 나아지기를 바라는 마음에서 하는 말입니다). 우리 인생의 모습이 실제로 어떤지는 최근 자신을 돌아보면 알 수 있습니다. 왜 이리 쫓기는 것일까? 마음이 편치 않습니다. 저를 돌아볼 시점이 되었습니다. 나아질 겁니다. 다시 새로운 장을 써내려 갈 것입니다.

인생은 한 권의 책과 같다.
어리석은 이는 그것을 마구 넘겨버리지만

현명한 인간은 열심히 읽는다.

단 한 번밖에 인생을 읽지 못한다는 것을 알고 있기 때문이다. (상 파울)

인생이라는 책은 장편소설과도 같습니다. 그 책에는 인생의 굴곡이 있고 희로애락이 다 들어 있죠. 인생이라는 책은 덕으로 읽는 책이고, 삶으로 쓰는 책입니다. '인생이라는 큰 책' 읽기와 쓰기를 게을리 해서는 안 됩니다. 인생의 여정은 나무의 나이테처럼 새겨지지요. 없어지는 것이 아닙니다. 여기에 인생을 신중하게 살아야 할 이유가 있습니다. '인생이라는 책'은 세상에서 유일한 책이고, 제일 중요한 책입니다. 인생은 그 누구도 대신할 수 없는 그 사람 고유의 영역입니다. 자신의 인생을 흥미진진한 연작소설로 작성해 보세요. 자신의 스토리를 읽고, 자신의 이야기를 써보세요. 여전히 '인생 하수 학문 아류'에 머물러 있는 제 삶과 학문이지만 비상飛上의 날개를 펴고 날아보렵니다.

공부하는 인생

'공부'야말로 우리 삶의 좌표가 되어야 합니다. 책상머리 공부, 세상 공부도 중요하지만 인생 공부는 더 중요합니다. 지식이 많다고 해서 지혜가 많은 것이 아닙니다. 인생 공부가 제대로 되어 있는 사람만이 지혜로운 사람입니다.

괴테는 유능한 사람은 언제나 배우는 사람이라고 말합니다. 공부를 통하지 않으면 발전을 기대하기 어렵습니다. 벤저민 프랭클린이 말했듯이, 어떤 사람들은 25세 때 이미 죽었는데, 장례식은 75세에 치릅니다. 공부야말로 삶을 풍성하게 합니다. 공부와 삶은 하나가 되어야 합니다. 퇴계 이황은 말했습니다.

"공부하는 사람에게 병통이 생기는 것은 뜻을 세우지 않았기 때문입니다. 공부의 뜻이 참으로 돈독하다면 어찌 공부가 제대로 되지 않을 것이며, 사람의 길이 무엇인지 알기 어렵겠습니까?"

공부하고자 하는 뜻을 세우세요.

"뜻을 세우는 입지가 확고하지 않으면 어떻게 공부하겠습니까?" — 주희

공부에 대한 뜻이 섰다면 자신의 관심사를 좇아 지속적으로 공부해 나가야 합니다. 공부에 대한 뜻이 확고하고 공부가 지속될 때에야 공부는 즐겁습니다. 맹자는 공부를 우물 파는 것에 비유했습니다.

"하고자 함이 있는 사람은 우물을 파는 것과 비슷하다. 샘솟는 데에 까지 이르지 못했다면, 그것은 오히려 우물을 포기한 것이나 마찬가지 이다. (맹자 진심장구 상편)"

"깊이 팠는데도 물이 안 나온다 해서 우물 파기를 포기하지 마라(掘井 九軔, 而不及泉, 猶爲棄井也)."

스스로 하는 공부는 삶을 인도하기에 충분한 추진력이 있습니다. 자기 스스로 공부하는 삶을 살기로 작정하고, 주도적으로 공부하는 것, 그것이 핵심입니다. 다른 사람의 날개가 아닌, 자신의 날개로 날아야 합니다.

삶 자체가 공부하는 과정입니다. 세상 만물 모든 것이 공부 재료이고, 옆에 있는 사람이 스승이 될 수 있습니다. 늘 다니는 출퇴근길에서도 매일 만나는 사람을 통해서도 배울 수 있습니다. 사람을 만나 이야기하는 것도 공부요, 무엇을 하나 생각하는 것도 공부요, 여행하는 것도 공부요, 삶 자체가 공부입니다. 하루 하루가 공부의 연속이죠. 주변에 사소한 것은 없습니다. 주위에 있는 모든 것이 공부거리입니다. '지적

생활'은 사소한 것은 없다는 삶의 태도일지 모릅니다.

'세상이라는 큰 책' 읽기를 소홀히 하지 말아야 합니다. 데카르트René Descartes는 학교 공부보다는 세상 공부가 더 가치있다고 판단하고 세상 속으로 공부 여행을 떠났습니다.

"나는 글로 하는 공부를 완전히 그만두었다. 내 자신 안에서 찾을 수 있는 지식이나, 세상이라는 큰 책에서 찾을 수 있는 지식 외에는 추구하지 않기로 했다. 나는 나의 청춘을 여러 곳을 여행하고, 궁정을 방문하고, 군대에 참가하며, 각양각색의 사람들과 어울리며 다양한 경험을 쌓으며 보냈다. 운명이 나에게 허락하는 모든 상황에서 나 자신을 시험했다."

아들 정훈이에게 전 늘 말합니다. "전 세계를 누리렴!" 전 세계에 대한 관심이 많습니다. 외국 여행을 좋아하고, 기회가 되면 떠날 준비가 되어 있죠. 세계의 역사와 문화, 지리를 늘 살펴봅니다. 지구본과 세계지도를 엄청 좋아하죠. 다큐멘터리 프로그램을 좋아하고, 세계 여행 프로그램을 수시로 봅니다. 전 세계를 자신의 연구대상으로 삼는 것, 지적 생활의 발명입니다. 세계에 떠돌아다니는 저를 상상해 봤습니다.

살면 살수록 배우면 배울수록 모르는 것이 많고 공부해야 할 것이 너무도 많다는 사실을 실감합니다. 인생은 배움의 연속이며, 어려움의 연속입니다. 배우는 즐거움으로 인생의 어려움을 극복하고 인생을 즐길 줄 알면 좋겠습니다. 무엇인가를 알아가고, 알아가는 과정의 어려움을 애써 외면하지 않고 즐거움으로 받아들이며, 무던히 인내하는 것, 힘든 과정을 거쳐 얻은 지식에 즐거워하고 감사하는 것, 배우고 행하는 일에

100% 책임지는 것, 그것이 인생입니다.

저 자신의 모습이 실망스러울 때가 많습니다. 학문에 철저하지도 꼼꼼하지도 않고, 생활에 겸손하지도 바르지도 않습니다. 더 철저하게 학문을 추구하고 생활에서 신조를 지켜 나갔으면……. 공부에만 전념하고 싶습니다! 공부와 삶은 별개의 것이 아닙니다. 학문에 빠져 그 넓은 바다를 헤엄쳐 보고 싶다는 소망은 기본기를 익히는 데서 시작됩니다. 수영을 제대로 못하면서 바다를 횡단하겠다는 꿈은 헛된 꿈에 불과하죠. 학문을 하는 사실 하나로 만족했던 초심으로 돌아가고 싶습니다!

부족함을 느껴야
공부하게 됩니다

    부족함을 절실하게 느끼면 공부하게 됩니다. 부족함을 알고 이를 채우는 노력이 있어야 합니다. 부족함을 느낀다면 변해야 합니다. 궁窮과 변變이 함께하면 통하고 오래 갑니다. '窮卽變, 變卽通, 通卽久(궁하면 변하게 되고, 변하면 통하게 되고, 통하면 오래 가게 된다)'

    시련 앞에 부족함을 절감할 때가 있습니다. 시련 때문에 자신의 부족함을 깨닫고, 태도를 바로잡게 됩니다. 역경을 헤쳐 나가고자 기도하는 마음으로 정신을 집중합니다. 부족함을 절감한다면 부족함은 실失이 아니라 득得이 될 수 있습니다. 부족함이 있어야 귀한 줄도 알고 아낄 줄도 알고 겸허한 자세로 다가설 수 있습니다.

    반면에 잘 나갈 때 부족함을 느끼기는 쉽지 않습니다. 위기는 오히려 풍족함에서 나옵니다. 자신의 재능을 뽐내지만 그에 어울리는 노력을 다하지 않는 사람은 더 이상 성장하지 못하고 주저앉습니다. 자신의 부족함을 절감할 때 공부는 비로소 시작됩니다. "공부하고 싶은 때가 온다. 뼈저리게 모자람을 느낄 때." 공부는 철저한 반성과 성찰에서 시작해야 합니다.

배움이 있은 후에야
부족함을 알게 되고
가르침이 있은 후에야
모자람을 알게 된다.
부족함을 알고서야
스스로 반성하고
모자람을 알고서야
스스로 노력한다. (논어)

위기감을 느낍니다. 부족함을 한없이 느낍니다. 그렇기에 매순간마다 최선을 다할 수밖에 없습니다. 간절함을 가지고 치열하게 공부해야 합니다. 연구 성과를 계속 내야 '학자'라 할 수 있죠. 훌륭한 성과물이면 더 없이 좋습니다. 제 성격상 정치를 할 수는 없습니다. 사회운동에도 참여해 봤지만 제 분야는 아닌 것 같습니다. 천상 연구자의 길, 작가의 길을 갈 수밖에 없죠. 앞으로 20년 정도의 시간을 대학에서 연구자로, 교육자로 살아갈 것입니다.

연구자의 길, 작가의 길을 가기 위해 필요한 것은 무엇일까? 나에게 진정 부족한 것이 무엇인가? 열정! 실행력! 몰입! 사명! 작가의 꿈은 포기한 것인가? 노력하지 않는 제 모습이 한심합니다. 인터넷만 이리저리 뒤지다가 하루를 날릴 때도 있습니다. 반쪽자리 공부를 피하고 집중해야 합니다. 읽기와 공부가 정신과 삶이 되도록 해야 합니다.

공부와 삶이 분리되어서는 안 됩니다. 《공부하는 삶》의 저자 앙토냉 질베르 세르티양주의 말처럼, 공부만을 생각하는 사람은 오히려 공부를 서투르게 합니다. 공부가 아닌 다른 삶에도 늘 관심을 가져야 합니다. 삶이 우선이지 공부가 우선이 아닙니다. 삶에 도움이 되는 공부를 늘 해야 합니다.

더운 날씨에 소포를 운반하는 택배 기사 아저씨들의 삶에서, 아침 일찍 삶의 현장을 청소하는 아주머니의 모습에서, 집 앞 건축 현장에서 일하는 인부들의 삶에서 "삶을 느껴야 합니다." 이것이 바로 책상머리 공부의 이유입니다.

공부하는 즐거움

알아가는 즐거움이 있으신지요? 공부의 즐거움에 빠지면 손에서 책이 떠나지 않고, 책을 구입하고, 공부하는 시간을 즐깁니다. 글을 쓰고자 하는 욕구가 생겨나 관련 자료를 찾고 기록하게 됩니다. 신문에서 좋은 글귀를 만나면 즉시 스크랩합니다. 길가에 좋은 문구가 있으면 카메라로 찍습니다. 파일을 만들어 각종 스크랩, 메모, 관련 자료들을 철해 두고 책으로 엮어낼 궁리를 합니다.

"아는 자는 좋아하는 자에게 미치지 못하고, 좋아하는 자는 즐기는 자에게 미치지 못한다(知之者 不如好之者 好之者 不如樂之者, 논어 옹야편)."

공부의 즐거움을 누리는 사람이면 누구나 학자가 될 수 있습니다. 학자는 배우는 사람이요, 즐기는 사람입니다. 학자는 박사나 전문직종의 타이틀이 있는 사람이 아니고, 자신의 관심사를 좀 더 알고자 즐겁게 자료를 뒤지는 사람입니다. 이디시어로 학자라는 말은 헤브라이어의 '람단'에서 유래하는데, 이는 '알고 있는 사람'이 아니라 '배우는 사람'이란 뜻을 가지고 있습니다. 학자로 살고 있는 저로서는 꽤나 흥미롭습니다. 교수라서 학자인 것이 아니고, 늘 배우는 사람이기에 학자인 것입니다. 제가 학자인지 다시 물을 수밖에 없습니다. 공부하면서 즐길 수 있다는 축복! 제게 주어진 가장 큰 축복입니다. 제가 매일 열심히 살고 열심히 연구해야 하는 이유입니다. 그런데 왜 학문의 즐거움에 빠져 있지 않는지? 왜 공부에 집중하지 않는지? 제 모습이 부끄럽습니다.

배우 이순재의 말이 제게 인상적이었습니다.

"공부 좀 했으면 좋겠어요. 슬픔 하나에도 수십 가지 표정이 있다고. 흉내를 내는 게 아니고 스스로 단련해서 창조할 수 있어야 해요. 예를 들면 영조를 연기한다면 영조의 정치철학 등 지적 수준은 어떤지, 인간적인 고민에 장단점은 뭔지 공부를 해야 하는 거죠. 아들을 죽인 왕, 도대체 어떤 고통과 회한이 있었을까 자기 몸으로 느끼려고 해봐야 하는 거요. 그렇게 하려면 뭔가를 알아야지, 머리가 텅텅 비면 뭘 할 수 있겠냐고! 나도 아직도 공부해. 인문학을 알아야 표현을 할 수 있는 거야. 내가 40대 때 했던 '세일즈맨의 죽음'과 환갑 넘어서 한 '세일즈맨의 죽음'이 달랐어요. 공부해서 깨달은 거야. 많이 보고, 많이 읽고, 많이 생각해야 해."

저같은 교수에게 학문은 삶 그 자체입니다. 아침부터 저녁까지 매시간 책상머리에서 책과 씨름해야 하고, 성과물을 계속 내야 합니다. 교수는 강의가 공부임을 깨닫고 자신의 연구물을 발표하는 기회로 삼아야 합니다. 평유란의 말처럼, 교수는 강의와 연구가 순환하면서 힘든 수업도 즐길 줄 알아야 합니다.

"가르치는 과목이 바로 자신의 연구 제목이었고, 교수는 언제라도 그가 연구한 새로운 성과를 커리큘럼의 내용 안에 보충할 수 있었으며, 또 강의를 하면서 발견한 문제점들은 그의 연구를 발전시키는 데 이용할 수도 있었다. 강의는 바로 교수의 연구물을 발표할 기회였고, 연구는 곧 그의 수업 내용을 충족시켜주었다. 이와 같은 교수법으로 인해 교수들은 강의를 하면서도 마음이 탁 트이는 것을 느꼈고, 강의가 부담이 되는 일이 없었다. 마찬가지로 학생들도 강의를 들으면서 활발한 생동감을 느끼게 되었고, 수업을 듣는 것이 부담이 되지 않았다. 이러한 방식으로 연구와 수업이 통일되었다."

'밀리언 달러 베이비'에 나오는 대사 하나가 제 마음을 울립니다.

"권투는 너무 힘든 스포츠야. 네 몸이 망가지고 코뼈도 부러지지. 그러나 네가 그 고통을 무서워하지 않고 즐긴다면 네 몸에서는 신비한 힘이 솟아날거야!"

호기심이 새로운 길을 만들어요

호기심과 관련해 찰스 다윈은 재미있는 이야기를 들려줍니다. 그는 딱정벌레를 채집하는 것만큼 대단한 열정을 보였거나 큰 기쁨을 경험한 적은 없다고 말합니다. 딱정벌레 수집 취미는 나중에 성공할 수 있게 해주는 일종의 보증수표 같은 것이었죠.

"어느 날 나는 오래된 나무껍질을 벗기다가 희귀한 딱정벌레 두 마리를 발견했다. 그래서 한 손에 한 마리씩 집어 들었는데, 다음 순간 세 번째 새로운 종류의 딱정벌레가 눈에 들어왔다. 나는 그놈도 놓칠 수 없었기에 오른손에 들고 있던 놈을 얼른 입에 집어넣었다. 아뿔싸, 놈이 지독히 역한 냄새의 분비액을 배설했다. 순간 혀가 타들어가는 것만 같아서 나는 딱정벌레를 뱉어내야만 했다. 그 바람에 그놈을 놓친 것은 물론이고 세 번째 놈도 놓치고 말았다."

다윈은 일기장에 다음과 같이 썼습니다. "어떠한 박물학자라도 아름다운 새들과 원숭이와 나무늘보들이 살고 있는 숲과 기니피그와 악어들이 살고 있는 호수를 답사한다면, 브라질 사람의 발에 묻은 흙조차도 핥게 될 것이다."

호기심을 가지고 남들이 개척하지 못한 부분을 개척해 보세요! 하버드 비즈니스 스쿨의 한 문서는 훌륭한 연구를 밀고나가는 동력인 '호기심'을 다음과 같이 표현했습니다.

"계속 관찰하고 연구하고 숙고한 뒤 뭔가에 부딪히고 나서, '이해가 안 되는데. 기존이론과 내가 본 현실 사이에 뭔가가 어긋나는군. 맞지가 않아. 이건 중요한 문제 같아. 내가 잘못 보았든 현실이 잘못 되었든 둘 중 하나겠지. 알아봐야겠어'라는 것이다."

미셸 푸코는 《성의 역사》 제2권 서문에서 자기 작업을 이끌었던 호기심에 대해 밝혔습니다. 호기심은 미셸 푸코를 남들과 다른 사유로 이끌었죠.

"내 작업의 동기는 간단했다. …… 그토록 끈질기게 작업에 몰두했던 나의 수고는 단지 호기심, 그렇다. 일종의 호기심 때문이었다. 반드시 알아야 할 지식을 자기 것으로 만들려고 하는 그런 호기심이 아니라 자기가 자신으로부터 멀어지는 것을 허용해주는 그런 호기심 말이다. 지식의 습득만을 보장해주고 인식 주체로 하여금 길을 잃고 방황하도록 도와주지 않는 그런 지식욕이란 무슨 필요가 있을까. 우리 인생에는 '성찰과 관찰을 계속하기 위해서 자기가 현재 생각하는 것과 다르게 생각할 수도 있으며, 자기가 지금 보고 있는 것과 다르게 지각할 수도 있다'

는 의문이 반드시 필요한 순간이 있다. …… 그렇다면 철학(철학적 행동)이란 도대체 무엇일까……. 그것은 자기가 이미 알고 있는 걸 정당화시키는 게 아니라 어떻게, 그리고 어디까지 우리가 이미 알고 있는 것과 다르게 생각할 수 있는가를 알아내려는 노력, 바로 그것이 아닐까."

어린 아이들은 상상력이 풍부합니다. 연결고리가 없어 보이는 것도 연결고리를 만들어냅니다. 어른이 도무지 생각할 수 없는 것을 생각해냅니다. 그러고 보면 어린이는 혁신가이고 창조자이고 학자입니다. 어린아이들은 놀이를 즐깁니다. 돈에 대한 생각이 아직 없습니다. 그만큼 순수합니다. 하루 온종일 놀 수 있다면 그것으로 충분합니다. 아들 정훈이도 매일 순간순간을 어떻게 놀까를 궁리합니다. 장난감을 사달라고 조르고, 장난감으로 신나게 놉니다. 제 마음속 어린아이가 다시 놀았으면 합니다. 정훈이가 장난감 놀이에 빠져 있듯이, 전 제 공부로 놀고 싶습니다.

호기심을 가지고 기존 자료들을 넘는 연구를 해보세요. 그렇지 않으면 아류에 불과할 뿐입니다. 대부분 흉내내다 맙니다(저 또한 그러한 아류입니다). 호기심을 가지고 연구하다 보면 언젠가 뮤즈가 당신에게 나타납니다. 가장 위대한 업적은 '왜'라는 아이 같은 호기심에서 탄생합니다. 마음 속 어린아이를 포기하지 마세요(스티브 스필버그).

오늘의 땀이 내일의 열매가 돼요

"신이시여, 당신은 노력으로 값을 치르는 이에게 모든 것을 파시나이다." — 레오나르도 다 빈치

'실행력'이야말로 인생을 결정짓습니다. 하지 않는 것이지 하지 못하는 것이 아닙니다(不爲也 非不能也). 생각이 아무리 거창하고 장대해도 행하지 않으면 소용이 없죠. 훌륭한 꿈과 올바른 전략이 있다 해도 실행력이 없으면 한낮의 꿈에 불과합니다. 잠언 21장 25절은 게으른 사람은 손 하나 까딱 않고 포부만 키우다가 죽는다고 말합니다.

실행력을 갖춘 사람들이 인생에서 성공했습니다. 작고 소박한 꿈이어도 실행력을 갖춘 꿈이 진짜 꿈입니다. 목표는 최종 시간이 정해진 꿈입니다(레오 B. 헬첼). 작은 꿈이 현실이 될 때 더 큰 꿈이 영글죠. 실패가 불가능한 것처럼 행동해야 합니다(Act as if it were impossible to fail). 해 보세

요(Just do it!). 어떤 문제에 부딪히면 남보다 시간을 두세 곱절 더 투자할 각오를 한다는 '학문의 즐거움'의 저자 히로나카 헤이스케広中平祐의 자세는 어떤가요?

많은 사람들이 실행의 중요성을 설파했습니다. 정주영 회장은 "해보기나 했어?" 한마디를 뚝 던집니다. 카뮈는 미래를 향한 진정한 관용은 현재 존재하는 것에 모든 것을 다 바치는 것이라고 했고, 볼프강 조프스키Wolfgang Sofsky는 이념이 현실에서 힘을 가지려면 선포만으로 되는 게 아니라 구속력과 실행력이 뒷받침되어야 한다고 강조했습니다. '작가 수업'의 저자 도로시아 브랜드Dorothea Brande도 "꿈을 현실로 바꾸려면 그저 꿈을 꾸는 데 머물러서는 안 된다. 꿈을 현실로 바꾸려면 그 꿈이 지니는 매력이 무색할 정도로 눈물겨운 노력이 뒤따라야 한다"고 말했습니다.

당신의 두 발로 거뜬히 일어나 줄기차게 걸어가세요. 한 걸음 한 걸음 걷다 보면 언젠가는 당신이 바라는 곳에 이를 수 있습니다. 너무 조급해 하지 말고, 너무 느긋해 하지도 마세요. 인생은 마라톤과 같은 것이니 페이스를 조절할 필요가 있습니다. 중요한 일이라면 충분한 시간을 들여 간절함으로 임하세요. 당신이 처한 상황에 불평하기보다는, 당신에게 주어진 일에 최선을 다하세요. 오늘 하루의 시간을 어떻게 보냈나요? 하루를 정리하고 잠자리에 들 때 행복한 느낌이 드는가요? 중요하지 않은 일에 시간을 뺏기고, 쓸데없이 시간을 낭비하지는 않았나요? '남는 게 시간'이라는 자세로 살지 않았나요? 하지만 기억하십시오. 그 어떤 미래도 당신이 현재 소홀히 한 것을 만회시켜주지는 못한다(슈바이처).

아이젠하워Dwight Eisenhower 어머니가 한 말이 핵심을 말해주는 듯합니다.

"인생도 마찬가지다. 카드는 하나님이 분배하며 어떤 카드를 들었든 너는 반드시 그 카드를 쥐어야 한다. 할 수 있는 일은 최선을 다하여 최선의 효과를 거두는 것이다."

하루하루 농민의 심정으로 땀 흘리며 수고하면 풍성한 결실을 볼 수 있습니다. 보다 적극적으로 최선을 다해 최상의 방법을 찾는다면 풍성한 결실로 나타날 것입니다. 저는 최선을 다하는 삶을 늘 소망하고 갈망합니다. 제게는 단순하지만 소중한 신념이 있습니다. 학자는 농부라는 것입니다. 학자는 덫을 놓고 짐승이 잡히기를 기다리는 사냥꾼이 아니라, 매일 땀 흘리며 어떻게 하면 밭을 잘 가꿀 수 있을지를 궁리하며 살아가는 농부입니다. 오늘의 땀 없이는 내일의 수확을 기대할 수 없습니다. 이어령 선생의 말처럼, 오늘 살고 오늘 죽는 자세가 필요합니다. 매일 매일이 또 다른 하루의 시작입니다. 일상은 똑같은 날로 시작되는 것이 아니라, 새로움으로 시작됩니다. 어떻게 충실하게 하루를 채워갈지는 그날의 노력에 좌우됩니다.

"모든 것은 젊을 때 구해야 한다. 젊음은 그 자체가 하나의 빛이다.
빛이 흐려지기 전에 열심히 구해야 한다.
젊은 시절에 열심히 찾고 구한 사람은 늙어서 풍성하다." — 괴테

切磋琢磨 大器晚成
절차탁마 대기만성

대기만성大器晚成은 아버지가 제게 늘 해주신 말씀입니다. "큰 그릇은 늦게 이루어진다." 큰 그릇을 만드는 데는 오랜 시간이 걸리며, 큰 그릇이 되기 위해서는 많은 노력을 쏟아야 합니다. '대기만성' 앞에 '절차탁마'를 붙이면 뜻이 더 분명해집니다. 절차탁마 대기만성切磋琢磨 大器晚成! '절차탁마'는 골각骨角 또는 옥석玉石을 자르고 갈고 쪼고 닦는다는 뜻으로切-뼈를 자르듯, 磋-상아를 깎는 듯, 琢-옥을 쪼는 듯, 磨-돌을 가는 듯, 부단히 노력한다는 의미입니다.

대기만성과 대비되는 말로 '소년등과少年登科'가 있습니다. '대기만성'이 초반에는 별볼일 없더라도 중반을 거쳐 말년에 피어나는 인생이라면, '소년등과'는 초반에 반짝 했다가 말년에는 별볼일 없이 끝나는 인생입니다. 맛없는 개살구가 맛있는 참살구보다 먼저 익는 법입니다.

아주 이른 시기의 성공은 축복이 아니라 저주가 될 수 있죠. 이른 나이에 큰 성공을 거두었다면 그의 전성기는 이미 지나갔는지도 모릅니다. 벼는 익을수록 고개를 숙이는데, 이른 벼가 고개를 숙이는 것은 매우 드뭅니다.

그래서 옛사람들은 '소년등과'를 큰 불행으로 꼽았습니다. '소년등과'는 인생삼불행人生三不幸 중에 첫 번째로 뽑힙니다. 송나라 학자 정이程頤는 행복이라고 생각되는 것이 오히려 불행이 될 수 있다는 뜻에서 '인생삼불행'으로 소년등과少年登科, 석부형제지세席父兄弟之勢, 유고재능문장有高才能文章을 들었습니다. 어린 나이에 너무 빨리 과거에 급제하는 것, 부모와 형제를 너무 잘 만난 것, 뛰어난 재주와 문장력을 타고난 것이 인생의 세 가지 불행입니다. 인생삼불행은 자신을 최고라고 착각하고 오만방자해져 게으름에 빠질 때 생깁니다. 조영래의 말처럼, 허명虛名이 실명實名을 능가하는 사람은 단명하기 마련입니다.

타고난 것이 최고인 것이 오히려 족쇄가 됩니다. 진정한 최고는 최상의 노력을 할 뿐입니다.

"그게 전부다. 덧붙이자면 최고 중의 최고는 그냥 열심히 하는 게 아니라 훨씬 더 열심히 한다." — 말콤 글래드웰

최고 중의 최고였던 마이클 조던Michael Jordan은 "실패하는 것이 두려운 것이 아니라, 노력하지 않는 것이 두렵다"라고 말했습니다. 진정한 천재는 노력하는 천재입니다. 변영주 감독은 배우 윤계상에게 천재가 있다면 너는 노력의 천재가 되어야 한다고 당부했습니다.

우리는 지금 100세 시대, 정년 후에도 30-40년을 더 사는 시대에 살

고 있습니다. 평균수명이 짧았던 시대에는 인생에서 일찍 성공해야 하는 조급함이 있었겠지만, 평균수명이 100세인 시대에는 인생 후반부에 승부수를 던지는 사람이 되어야 합니다. 인생은 인생 후반에 결정되지, 결코 인생 초반에 결정되지 않습니다.

저는 이현세가 쓴 《천재와 싸워 이기는 법》이 매우 흥미로웠습니다.

"인간이 절대로 넘을 수 없는 신의 벽을 만나면 천재는 좌절하고 방황하고 스스로를 파괴한다. 그리고 종내는 할 일을 잃고 멈춰 서버린다. 이처럼 천재를 먼저 보내놓고 10년이든 20년이든 나는 할 수 있다는 생각으로 하루하루를 꾸준히 걷다 보면 어느 날 멈춰버린 그 천재를 추월해서 지나가는 자신을 보게 된다. 산다는 것은 긴긴 세월에 걸쳐 하는 장거리 승부지 절대로 단거리 승부가 아니다."

왕국유王國維의 '인간사화人間詞話'에서도 '절차탁마 대기만성'을 느낄 수 있습니다.

"고금을 통틀어 큰 사업이나 큰 학문을 이룬 사람은 반드시 세 가지 경지를 거쳤다. 어젯밤 가을 바람에 푸른 나무 시들었네. 홀로 높은 누대에 올라 하늘 끝닿은 길을 하염없이 바라보네. 이것이 첫 번째 경지이고, 허리띠 점점 느슨해져도 끝내 후회하지 않으리니 그댈 위해서라면 초췌해질 만하다네. 이것이 두 번째 경지다. 그리고 무리 속을 그대 찾아 천번 백번 헤매었지. 문득 고개 돌려보니 그대는 오히려 꺼져 가는 등불 아래 있더라. 이것이 세 번째 경지다."

열정, 미친 듯이 쓰세요

제가 특별히 좋아하는 문구가 있습니다. 몇 년 전에 작고한 구본형 작가의 말입니다.

"세상이 시들해 보이는 이유는, 세상이 시들해서 그런 것이 아니다. 자신의 일과 삶에 대한 열정을 잃었기 때문이다. 세상은 늘 거기에 그렇게 눈부시게 서 있다."

열정은 사람을 춤추게 합니다. 막스 베버는 정치가가 갖추어야 할 것으로 일에 몰두하는 정열, 일에 대한 책임감, 있는 그대로 현실을 보는 관찰력을 꼽았습니다.

"정치라는 것은 정열과 판단력 두 가지를 구사하면서, 단단한 판자에 힘을 모아 서서히 구멍을 뚫어가는 작업입니다."

막스 베버는 《직업으로서의 학문》에서 열정과 소명이 없다면 학문을 단념하는 것이 낫다고 충고합니다.

"오늘날 진실로 결정적이며 유용한 업적은 항상 전문적 업적입니다. 그러므로 말하자면 일단 눈가리개를 하고서, 어느 고대 필사본의 한 구절을 옳게 판독해내는 것에 자기 영혼의 운명이 달려 있다는 생각에 침잠할 능력이 없는 사람은 아예 학문을 단념하십시오. 이런 능력이 없는 사람은 우리가 학문의 '체험'이라고 부를 수 있는 것을 결코 자기 내면에서 경험하지 못할 것입니다. 학문에 문외한인 모든 사람들로부터 조롱당하는 저 기이한 도취, 저 열정, '네가 태어나기까지 수천 년이 경과할 수밖에 없었으며', 네가 그 판독에 성공할지를 '또 다른 수천 년이 침묵하면서 기다리고 있다'고 생각할 수 없는 사람은 학문에 대한 소명이 없는 것이니 다른 일을 하십시오."

찰스 다윈은 어릴 적부터 수집에 대한 열정에 사로잡혔고, 스티브 잡스는 세상을 바꾸는 놀라운 컴퓨터를 만들겠다는 열정으로 일했습니다. 레오나르도 다빈치와 괴테는 호기심을 가지고 열정적으로 연구하여 다방면에서 뛰어난 성과를 냈습니다. 물론 찰스 다윈, 스티브 잡스, 레오나르도 다빈치, 괴테는 보통 사람이 따라갈 수 없는 천재들입니다. 하지만 천재라고 해서 열정적인 노력 없이 성과를 내는 경우는 드뭅니다. 노력하는 천재, 열정적인 천재만이 세상이 부러워할 성과를 낳습니다. 진정한 천재는 천재에 어울리는 노력을 기울이며, 자신의 일에 열정적으로 달려듭니다. 천재가 아닌 보통 사람이라면 열정은 더더욱 중요하죠. 열정을 가지고 하루하루 꾸준히 길을 걷다 보면 오랜 시간이 지난 후에 천재를 뛰어넘은 자신을 발견하게 됩니다. 물론 천재를 이기는 것은 열정적인 소수의 사람에게만 해당되는 일입니다. 2014년 브라질 월드컵에서 독일의 클로제Miroslav Klose가 브라질의 호나우두Ronaldo Luiz Nazario De Lima를 넘어 월드컵 최다골을 수립하는 것을 보지 않았나요?

일생일업一生一業! '미련하다'는 말을 들을 정도로 하나에 집중해야 합니다. 벽이 있다는 말을 들을 정도여야 합니다. 철저함과 깊이, 그것을 가져야만 훌륭하게 제 역할을 해낼 수 있습니다.

"홀로 걸어가는 정신을 갖추고 전문의 기예를 익히는 것은 왕왕 벽이 있는 자만이 능히 할 수 있다."— 박제가

"중독되지 않으면 지금까지 드러나지 않는 세상과 삶을 보고 느낄 수 없을 것이다."— 김영갑

가능하다면 좋은 쪽으로 미쳐야 합니다. '불광불급不狂不及', 미쳐야 미칩니다! 세상 어느 누구도 자신의 일에 미친 자를 당해낼 수 없죠. 당신의 인생이 어디까지 갈 수 있는지 도전해 보세요. 미쳤다는 말을 들어야 후회없는 인생입니다(김경수).

부족함을 한없이 느낍니다. 무엇을 공부해야 하고, 어떻게 공부해야 하나 절망감에 빠집니다. 철두철미하게 학문영역으로 정한 부분을 파고들자! 이것저것 약간 하고 아는 체 하지 말고, 한 우물을 계속 파자! 시간을 여유있게 두고, 매일매일 꾸준하게 노력하자! 매일매일 꼼꼼하게 읽고, 깊게 생각하며, 생각한 바를 묻자! 새로운 지식을 전달해 주거나, 관점의 변화를 유도하거나 기존의 생각을 정리할 수 있는 글을 쓰자! 돌아오지 않는 각오의 메아리만 가득합니다.

재
미
와
의
미

재미와 의미가 있다면 될 거라는 확신이 자연스럽게 생기고, 열정이 절로 생깁니다. 재미와 의미는 이차적인 것이 아닙니다. 일차적으로 중요합니다.

재미를 생각하면 제일 먼저 떠오르는 것은 아들 정훈이입니다. 신나게 뛰어노는 것이 좋고 즐거우니까 매일 놀이터로 갑니다. 아내와 전신나게 뛰어노는 정훈이를 보면서 서로에게 이렇게 말합니다. "우리도 저렇게 살아야 하는데!" 정훈이에게 늦었으니 집에 가자고 하면 좀 더 놀겠다는 말이 항상 돌아옵니다. 처음 만난 친구들과도 잘 어울리고, 아무런 제한이 없습니다. 어른의 눈에서 보면 별게 아닌 놀이인데 뭐가 그리 재미있는지 신기할 뿐입니다.

마음을 다잡는 데 필요한 가장 중요한 조언이 있다면 자신이 좋아하

가족들과 단란한 한때

는 일을 선택하라는 겁니다. "무슨 일이건 지금 하고 있는 일을 좋아해야 한다. 그리고 나서는 마음가는 대로 하라." 정말 하고 싶어야 하고, 재미가 느껴져야 합니다. 열정적이어야 한다는 명제만으로는 열정을 채울 수 없습니다. 천성적으로 열정을 타고난 사람도 있겠지만 대다수의 사람에게 열정은 열정 이외의 무엇을 필요로 합니다. 소명, 간절함, 재미, 의미 같은 것이 필요하죠. 축구천재 메시는 축구를 단순히 자신의 직업으로 생각하지 않고, 열정이라고 표현했습니다. 축구를 하는 동안 즐겁기 때문에 그에게 훈련은 즐겁고 경기도 즐겁습니다.

'의미'는 어떤가요? 인생은 의미를 찾아가는 과정입니다. 의미를 만들어 가는 과정입니다. 제가 읽은 책 중에는 '의미'에 대해 이야기하는 부분이 꽤 있습니다. 알베르 카뮈Albert Camus의 《시지프스의 신화》, 빅터 프랭클Viktor Frankl의 《죽음의 수용소에서》, 니클라스 루만Niklas Luhmann

의 《체계이론》이 대표적입니다.

알베르 카뮈의 《시지프스의 신화》는 오래 전에 읽은 책입니다. 시지프스는 산 위에 바위를 옮겨다가 떨어뜨리는 일을 반복하는 저주를 받죠. 《시지프스의 신화》는 무의미한 일을 반복해야 한다는 것, 삶에서 의미를 발견하지 못하고 의미를 만들지 못한다는 것, 그것이 우리에게 형벌이라는 것을 가르쳐 줍니다.

《죽음의 수용소에서》 작가 빅터 프랭클은 나치수용소에서 극적으로 살아남아 '로고테라피' 이론을 창시한 사람입니다. 로고스Logos는 의미를 뜻하는 그리스어입니다. 빅터 프랭클은 이 책에서 자신이 나치수용소에 수용되었던 구체적인 체험을 통해 가장 비참한 상황에서도 삶이 의미를 가진다는 점을 설파했습니다. "왜 살아야 하는지 아는 사람은 그 어떤 상황도 견딜 수 있다(니체)."

루만의 체계이론은 제가 평소에 관심을 갖고 공부하는 분야입니다. 체계이론 또한 '의미'에 대해 중요한 이야기를 하는데, '의미, 차이, 정보'의 관계가 그것이죠. 이에 따르면 체계는 자신의 의미 기준에 따라 차이를 경험하고, 차이를 토대로 정보를 획득하고 정보를 처리합니다.

재미와 의미가 교차하는 곳에 행복이 있습니다탈벤사르. 물론 재미와 의미를 모두 갖춘 일을 찾기는 쉽지 않습니다. 자신의 인생에서 그 일을 이미 찾았다면 행운아입니다. 자신의 길이라고 생각했는데, 막상 해보니 자신의 적성에 맞지 않을 수 있습니다. 자신에게 맞지 않다는 것을 인생 초반에 발견하면 다행이지만, 중반 이후에 발견한다면 낭패입니다. 재미있고 의미있는 일을 하는 사람은 그 일이 될 거라는 확신을 강하게 느낍니다. 재미와 의미를 겸비한 일을 발견해야 하는 주된 이유는 그래야만 확신을 갖고 열정적으로 일할 수 있기 때문이죠.

재미와 의미가 있는 일을 찾으십시오. 이것은 당신에게 주어진 절대 명령입니다. 당신의 삶에 집중해 보세요. 당신의 삶에 몰입해 보세요. 당신의 삶에서 어떤 부분이 재미있는지 확인하고 몰입해 보세요. 지금 삶에 재미가 없는 것은 지금 삶에 집중하지 않기 때문인지 모릅니다.

재미있고 즐거운 일에 몰입할 때 창조력이 생겨납니다. 당신이 즐기고 기뻐할 때, 기꺼이 고생을 감수할 때 창조의 뮤즈는 당신에게 모습을 드러냅니다. 창조의 뮤즈는 한 가지 일에 몰입하는 사람을 사랑합니다. 몰입하면 그 순간만큼은 세상 어느 누구도 부럽지 않죠. 재미있고 의미있는 일에 미쳐 몰입해 보세요. 재미와 의미를 느끼는 것에 몰입할 때 위기를 극복할 수 있고, 자신의 아픔도 극복할 수 있습니다.

당신은 언제 살아있음을 느끼나요? 의미있는 것에 재미를 느끼며 몰입할 때가 아닌가요?

큰 사막이
큰 여행자를 키워요

　영국 속담에 평온한 바다는 결코 유능한 뱃사람을 만들 수 없다고 했습니다. 크게 실패하는 것을 겁내지 않는 사람만이 큰 성취를 이룰 수 있습니다(Only those who dare to fail greatly can ever achieve greatly). 일을 추진하다가 실패하더라도 거기에 좌절하지 말고 다시 도전해 보세요. "다시 시도하라. 또 실패하라. 더 낫게 실패하라."(사무엘 베케트) 실패는 무無나 마이너스가 아니라 미래의 플러스를 위한 좋은 밑거름이 됩니다. 토머스 에디슨Thomas Alva Edison은 말했습니다.

　"나는 천 번 실패한 것이 아니다. 전구는 천 개의 단계를 거친 발명품이었다."

　실패를 새로운 도전의 계기로 삼는 사람은 많습니다. 막스 베버는 정치가로 활동할 수 없게 되고 대학교수의 직분도 감당할 수 없게 되었을 때, 학자의 조용한 일상에 몰입했습니다. 다산 정약용도 정치로부터 배제되고 유배되었을 때, 학자로서 학문에 열중했습니다. 추사 김정희는 55세의 늦은 나이에 제주도로 유배를 떠나, 열정을 발휘해 추사체를 유배지에서 완성했습니다.

"내 70 평생에 벼루 열 개를 갈아 닳게 했고 천 자루의 붓을 다 닳게 했으니 당신도 그렇게 노력하시오."

스티브 잡스는 자신이 세운 애플에서 쫓겨났지만 훗날에 이 실패를 인생 최고의 사건으로 꼽았습니다.

"그때는 몰랐지만 애플에서 해고당한 것은 제 인생 최고의 사건이었습니다. 애플에서 나오면서 성공에 대한 중압감을 다시 시작할 수 있다는 가벼움으로 대체할 수 있었죠. 그 시기는 내 인생에서 가장 창조적인 시간이었습니다. 애플에서 쫓겨난 경험은 매우 쓴 약이었지만 어떤 면에서 환자였던 제게는 정말로 필요한 약이었죠."

맹자는 말했습니다.

"사람은 언제나 잘못을 저지른 뒤에야 바로잡을 수 있고, 곤란을 당하고 뜻대로 잘 되지 않은 다음에야 분발하고 상황을 알게 되며, 잘못된 신호가 나타난 뒤에야 비로소 깨닫게 된다."

조앤 롤링의 말도 맹자의 말씀과 일치합니다.

"실패는 삶에서 불필요한 것들을 제거해준다. 나는 내게 가장 중요한 작업을 마치는 데에 온 힘을 쏟아부었다. 그런 견고한 바탕 위에서 나는 인생을 재건하기 시작했다. 스스로를 기만하는 일을 그만두고 정말 중요한 일을 시작하라."

넘어지면 다시 일어나면 됩니다. 실패를 통해 중요한 교훈을 배울 수 있습니다. 현재의 작은 실패는 실패도 아닙니다. 저는 일이 잘 안 풀릴 때마다 '전화위복轉禍爲福'이란 말을 떠올립니다. 현재의 실패가 성공을 향한 초석이 될 것이라 믿으며, 절망 가운데서 희망의 끈을 발견하곤 하죠. 사람은 어떤 곳을 지향하는가에 따라 절망을 볼 수도 있고 희망을 볼 수도 있습니다. 실패나 위기는 힘들고 괴로운 일이지만, 실패를 통해 기회로 나아가면 중장기적으로는 작은 성공이나 작은 기회보다 훨씬 낫습니다. 마음을 크게 먹으세요!

"나는 계속 실패하고, 실패하고, 또 실패했다. 그것이 내가 성공한 원인이다." — 마이클 조던

당신에게 젊음이 있다면 더 늦기 전에 도전해볼 것을 당부합니다. 도전은 젊은이의 특권입니다. 하지만 젊은 사람의 것만은 결코 아니죠. 가슴을 흥분시키는, 한 번 밖에 없는 인생을 불태울 수 있는 것에 도전해 보세요. 도전이 없는 인생은 무미건조합니다. 나만의 스토리를 만들어 보세요! 당장 시작하세요! '일단 시작해보라'는 리처드 브랜슨Richard Branson이 사는 동안 익힌 최고의 교훈이었습니다. "용기를 내서 일단 해보자!"

이렇게 생각해보면 어떨까요? 잃을 것은 아무 것도 없다고, 내 인생은 모두가 플러스라고. "내 회계 방법은 아주 간단하다. 이 모든 것을 더한 것에서 그 바지와 신발만큼을 빼면 나머지가 모두 이윤이란다." 불치병을 앓았다가 낫았다고 상상해 볼까요? 아무 것도 없다고 생각하고 다시 시작합시다.

모든 것을 갖추고 있는 사람들을 그리 부러워할 필요가 없습니다. 그들 중 많은 사람들은 물질적으로 너무 풍요하다 보니 감사할 줄 모르고, 새롭고 힘든 일에 도전할 줄도 모르죠. 많은 경우 권태에 빠져 살고, 현실에 안주합니다. 당신의 상황을 뛰어넘는 일에 도전해 보세요. 포장도로를 가려 하지 말고 비포장도로를 애써 찾고, 황무지를 개간해 보세요. 황무지가 당신을 도전하는 개척자로 키울 것입니다. 가장 큰 사막이 가장 큰 여행자를 키우는 법입니다(이현세, 인생이란 나를 믿고 가는 것이다, ORNADO, 2014, 15면).

현재의 상황을 비교하는 마음을 접고, 가능성을 향한 안목을 기르세요. 당신이 가능성을 믿는다면 그 가능성을 믿고 도전해 보세요. 낙관주의자가 되어 어려움 속에서도 기회를 보세요(The optimist sees the opportunity in every difficulty).

"성공하기를 원하는가? 그렇다면 이미 개척해놓은 성공의 길이 아니라 그 누구도 가지 않는 새로운 길을 개척해야만 한다." ─ 로드 파머스턴

도전하고 도전하십시오. 절대 포기하지 마세요. 실패를 두려워 마세요! 멀리, 크게 보세요!

"20년 후 당신은, 했던 일보다 하지 않았던 일로 인해 더 실망할 것이다. 그러므로 돛줄을 던져라. 안전한 항구를 떠나 항해하라. 당신의 돛에 무역풍을 가득 담아라. 탐험하라. 꿈꾸라. 발견하라." ─ 마크 트웨인

남들과 다른 새로운 길을 개척하세요. 무소의 뿔처럼 혼자서 가세요!

오늘 하루가 어떻게 전개될지 기대됩니다. 중국 탕왕의 옥조에는 다음과 같이 새겨져 있었습니다.

"날마다 그대 자신을 완전히 새롭게 하라. 날이면 날마다 새롭게 하고, 영원히 새롭게 하라."

용감하라! 엄청난 힘이 널 도울 것이다. (괴테)

이 세상에는 추구해야 할 목표도 많고, 이뤄야 할 일도 많습니다. 하지만 끝이 있다는 것을 진정으로 알면 모든 것이 달라 보입니다. 삶을 대하는 자세가 바뀝니다. 사람은 누구나 죽지만, 어떻게 죽는가가 중요하죠. 제 나이 이십대일 때는 죽음에 대해 생각할 기회가 많지 않았습니다. 사람은 언젠가 죽는다는 사실을 알면서도 그것은 나와는 무관한 일이었습니다. 이십대의 청춘은 이십대 이후의 삶을 어떻게 살아갈 것인가를 두고 치열하게 살았습니다. 하지만 이는 영원할 것 같은 삶을 치열하게 준비한 것이었고, 삶의 끝을 생각하기는 어려웠죠. 하지만 사십대가 되니 생각이 많이 달라집니다. 죽음에 대해 생각하게 되고, 삶의 끝에 대해서도 생각하게 되었습니다. 특히 부모님이 연로하시고 주위 친척들과 지인들의 부모님들이 돌아가시는 걸 보니 더더욱 죽음에 대해 생각하게 됩니다. 나이가 들수록 죽음에 대해 더 생각하는 것 같습니다.

삶의 지혜는 어디에서 올까요? 삶의 지혜는 세상을 열정적으로 사는 데서도 오지만, 그보다는 누구에게나 끝이 있다는 것을 자각하는 데서 오지 않을까 싶습니다. 잘 나갈 때 어려울 때를 생각해야 합니다. 잘 나갈 때 죽을 때를 떠올려야 합니다. 고대 로마에서는 전쟁에서 승리하고 귀환하는 장군에게 '당신도 죽는다는 것을 잊지 말라'는 뜻의 라틴어 '모멘토 모리Momento Mori'를 반복해서 말하는 하인이 있었다고 합니다. 지금은 비록 영웅으로 추앙받는다 하더라도 결국 모든 사람과 마찬가지로 죽을 수밖에 없는 인생이기에 자만하지 말고 살아가라는 뜻으로 'Momento Mori'를 상기시키는 것입니다. 지금 승리에 도취해 있지만 언젠가는 죽는다는 것을 알려 자만심을 경계하는 것이죠.

《공부하다 죽어라》라는 책에서 현각 스님이 한 말이 떠오릅니다. 이 책은 2014년 유럽 여행 때 제네바의 유스호스텔에서 우연하게 발견한 책인데, 그 당시 마음에 와닿는 점이 무척 많았습니다. 무상에 관해 명상하라. 무상을 직시하라! 숭산 스님의 말처럼, 이 세상이 무상하다고 보지 않는 것이 무지한 것입니다. 힘들고 어려운 일이 있을 때 '인생무상'을 기억하고, 즐겁고 기쁠 때도 '인생무상'을 기억하세요! 《무소유》, 《산에는 꽃이 피네》 등 법정 스님의 글을 읽으면, 한없이 초라해지는 저 자신을 발견하게 됩니다. 늘 무엇인가를 얻으려고 발버둥치는 제 자신의 모습을 깨뜨리는 글들입니다. 참 보배로운 글이죠. 프란치스코 교황도 불꽃놀이가 지속되는 것은 잠시뿐이고 인생이 유한함을 성찰해야 한다고 강조했습니다.

지혜로운 사람은 삶의 끝이 있음을 인지하고, 자신의 끝을, 자신의 죽음을 준비하는 사람입니다. 영원히 살 것 같이 살지 마세요! 지금의 행복과 즐거움이 계속될 것이라고 생각하지 마세요! 당신이 처한 장소와 시간에서 최선을 다해 주어진 삶을 성실하게 살아가세요! 모든 사람이 스티브 잡스같이 창조적인 사람일 수 없고, 버락 오바마Barack Obama같이 권력자일 수 없고, 하버마스Jurgen Habermas나 루만Niklas Luhmann과 같은 대학자일 수 없습니다. 그들은 세상을 주도하는 소수의 아주 특별한 사람들입니다. 그들은 우리가 살아가는 세상의 틀을 정하는 사람들이고, 우리가 살아갈 미래를 창조하는 사람들입니다. 주어진 삶을 최선을 다해 살았다면 나름 만족한 인생입니다. 나중에 인생을 돌아보면서 내 인생이 헛되지 않았구나 회상할 수 있으면 좋겠습니다. 인생을 불평하거나, 노여워하지 마세요! 당신의 죽음을 생각하고, 살아가세요!

진정한 열정은 무상을 인지할 때 완성됩니다. 영원히 열정적으로 할 만큼 가치 있고 즐거운 일은 없으며, 어떤 형태의 삶도 영원히 지속된다면 매력을 잃을 것입니다. 끝이 있기에 가치 있는 것이죠. 찰리 채플린은 인생이란 멀리서 보면 희극이지만, 가까이서 보면 비극이라고 했습니다. 모든 것이 덧없기에 열정을 포기하거나 삶을 포기하라는 것이 결코 아닙니다. 주어진 삶에 만족하며, 주어진 한계 내에서 최선을 다해 열정적으로 살라는 뜻입니다. 삶의 한계를 깨달을 때 우리는 삶의 여백을 사랑하게 됩니다. 삶의 한계를 알게 될 때 자신의 단점과 부족함도 사랑하게 되죠. 열정을 발휘하되, 열정의 한계를 인지하세요.

자신의 날수를 세어 보세요!

사람은 무엇으로 사는 걸까요? 인생을 어떻게 살 것인가에 대한 진지한 고민과 성찰이 필요합니다. 현재를 어떻게 살아가는가에 따라 내일을 이야기할 수 있죠. 성공한 사람이든 성공하지 못한 사람이든 누구에게나 정해진 시간이 있습니다. 그 누구도 자신에게 주어진 시간을 변경할 수 없습니다. 돈이 많은 사람이 돈으로 가장 사고 싶은 것이 무엇일까요? 분명 '시간'일 것입니다. 1년을 10억을 주고 살 수 있다면 살 사람이 꽤 있을 것 같아요. 돈이면 안 되는 것이 없는 자본주의 사회에서도 돈으로 자신의 청춘을 살 수 없고, 죽음의 시간을 늦출 수도 없습니다. 돈많은 사람이 죽을 때 과연 더 많은 돈을 가졌으면 하고 소원을 빌까요?

"사물은 마음의 삶을 향유할 수 있도록 지원하는 한에서만 좋은 것이다."

시간이 넉넉하지 않는데 우리는 무한히 주어져 있는 것처럼 행동합니다. 돈은 매우 아까워하면서도 시간은 아까워할 줄 모르죠. 우리들은 짧은 인생을 받은 것이 아니라 우리들이 짧게 하는 것입니다(세네카). 지혜는 자신의 시간을 잘 고려하는 것입니다.

"저희의 날수를 셀 줄 알도록 가르치소서. 저희가 슬기로운 마음을 얻으리이다." — 시편 90편 12절

스티브 잡스도 "사망선고는 외부의 기대, 자부심, 실패에 대한 두려움 등을 사라져 버리게 했다. 내 인생에서 진정으로 중요한 것을 깨닫게 해주었다"라고 말했습니다. 자신의 나이 연령에 맞게 삶의 태도는 달라져야 합니다. 예컨대 당신이 팔십대의 돈 많은 갑부라고 해보세요. 팔십대의 돈 많은 갑부인데도 돈을 꽉 잡고 있다면 어리석은 일입니다. 당신이 이십대의 청춘이라고 해보세요. 지금 가진 얼마 안 되는 돈을 유흥에 탕진하면 이 또한 어리석습니다.

자신의 환경을 지혜롭게 생각하세요. 이십대에는 무엇이든 할 수 있을 것 같은데, 사십대가 되면 그렇지 않습니다. 각 연령대에서 그에 적합한 삶에 대한 열정을 가지고 살되, 인생을 노여워해서는 안 됩니다. 사십대에 열정이 있다고 해서 직업을 마음대로 바꿀 수는 없죠. 이십대와 삼십대 삶의 결과로 주어진 것을 사십대의 한 순간에 바꿀 수 없습니다. 자신에게 있는 것을 가지고 최선을 다해 열정적으로 살아갈 때 그 안에 행복이 깃들게 되죠.

2014년 유럽 여행 중 오스트리아 빈 중앙묘지Zentralfriedenshof에 가

오스트리아 빈 중앙묘지의 음악가 묘지

서 베토벤Ludwig van Beethoven, 요한 스트라우스Johann Baptist Strauss, 브람스Johannes Brahms, 슈베르트Franz Peter Schubert 묘지와 모짜르트Wolfgang Amadeus Mozart 상을 본 적이 있습니다. 이전부터 가고 싶었던 곳이어서 기대가 컸습니다. 근데 생각은 다른 데서 왔습니다. 이제껏 그렇게 무덤이 많은 곳에 가본 적이 없었습니다. 묘지 사이를 걸으면서 상념에 잠겼죠. 어떤 것은 최근에 생긴 것이고, 어떤 것은 이제 아무도 찾지 않아 폐허가 되어 있었습니다. 묘지의 규모에서도 빈부 차가 느껴졌습니다. 하지만 죽음의 문제 앞에서 모두가 평등하다는 사실을, 나 또한 나중에 저렇게 묻혀 잊혀질 것이라는 사실이 확 다가왔습니다. 지금이 2060년이라고 생각해 봤습니다. 프랑스 니스 시내를 거닐면서 젊은이들 틈 속에서 2명의 할머니가 지나가는 것을 봤죠. 연세가 너무 많으셔서 얼굴 표정이 뭐랄까, 우리 인간은 언젠가는 죽을 운명이라고 말하는 것 같았습니다. 순간 팔십대의 나를 상상해 보았습니다. 언제부턴가 20대의 젊은 모습은 없어졌습니다. 지금의 사십대 모습도 곧 사라질 겁니다. 언젠가는 백발의 노인이 되겠죠. 이십대와 삼십대에는 이런 생각을 못했는데, 사십대가 되니 종종 하게 됩니다. 팔십대의 나는 무슨 열정을 가지고 살아가고 있을까? 아마도 팔십대의 삶은 그 이전의 삶이 기초가 되어 살고 있을 겁니다. 앞으로 팔십대의 모습을 더 자주 생각해 봐야겠습니다. 그래야만 팔십대 이전의 삶을 더 알차게 보내지 않을까요? 아니면 지금 나는 팔십대이고 오늘의 나로 시간여행을 온 것으로 생각하면 어떨까요? 제한된 삶이기에, 죽을 수밖에 없는 인생이기에 열정적으로 살아야 합니다. 열정은 모두에게 숙명인 셈이죠. 인생을 한 번 살아본 사람이라면 지금 이 생을 좀 더 잘 살 수 있지 않을까요? 삶이 덤으로 주어졌으니 지난 생애에서 하지 못한 모험을 시도해 보지 않을까요?

두 번째 인생을 사는 사람처럼 살 수 없을까요?

절망에서서 희망을 보세요

인생 그릇에는 채워야 할 고생의 양이 있습니다. 고생을 언제 하는가가 문제인데, 인생의 초반기에 그 고생을 기꺼이 감당한다면 후반기는 좀 낫지 않을까 싶네요. 청춘의 고생을 기꺼이 감당하세요! 젊어서 고생은 사서도 한다는 말이 있습니다. 청춘의 고생은 당신 인생의 거름이 되어 당신이라는 나무를 무럭무럭 자라게 할 것입니다. 제가 너무 낭만적인 이야기를 하는 것은 아니겠죠?

제 인생에 대해 이야기할 것이 그리 많지 않지만, 이 시점에서 한번 해보고 싶습니다. 전 이십대 초반과 중반에 부모님의 도움으로 대학을 다닐 수 있었습니다. 대학과 대학원까지 학비 내는 데 문제가 없었죠. 제가 나름 풍요롭게 지낼 때 몇몇 친구들은 학비를 벌기 위해서 과외를 해야 했고, 알바를 뛰어야 했습니다. 이 사실을 그 당시는 제대로 인지

하지 못했죠. 이십대 후반은 IMF가 일어났던 1997년쯤인데, 전 공군장교가 되어 있었습니다. 제 이십대는 미래에 대해 불안했지만, 물질적으로는 어려운 것이 없었습니다.

　제가 고생을 좀 한 것은 삼십대였습니다. 군대를 마친 해인 2000년, 저는 독일로 유학을 떠났습니다. 제 나이 서른이었죠. 장학금이 안 되서 고생을 좀 했습니다. 상사주재원 자녀들의 영어와 수학 과외로 생활비를 벌며 유학생활을 했죠. 지금도 기억나는 게, 뮌헨대학교 부속 독일어 어학원에서 전 남이 마신 코카콜라 캔에 남은 콜라를 일부러 마신 적이 있습니다. 고백하기 부끄러운 일일 수 있지만, 제 다짐을 확인할 수 있는 좋은 장면입니다. 헝그리 정신으로 살았던 시기였습니다. 모든 것이 부족했기에 제가 가진 것으로 최선을 다해 살았습니다. 뒤돌아보니 삼십대 초반과 중반의 고생은 내 인생의 거름이었습니다. 이십대에 고생을 해본 적이 없었기 때문에 저에게 삼십대의 고생은 절대적으로 필요했었죠. 이런 고생이 없었다면 저는 인생 후반부에 더 큰 고생을 하고 있을지 모릅니다. 인생에는 고난의 시기가 있는데 그 시기가긴 사람이 있는가 하면, 짧은 사람도 있습니다. 인생의 긴 시간을 놓고볼 때, 고난의 시기가 없는 것이 과연 축복이라고 할 수 있을까요? 고난이나 고생은 인생을 살아가는데 어느 정도는 꼭 필요하다는 것이 제 생각입니다. 당신이 인생의 굴곡을 아는 사람이었으면 좋겠습니다. 인생은 좋을 때도 있고, 나쁠 때도 있습니다.

　"범사에 기한이 있고 천하 만사에 다 때가 있나니 날 때가 있고 죽을때가 있으며 심을 때가 있고 심은 것을 뽑을 때가 있으며 죽일 때가 있고 치료할 때가 있으며 헐 때가 있고 세울 때가 있으며 울 때가 있고 웃을 때가 있으며 슬퍼할 때가 있고 춤출 때가 있으며 돌을 던져 버릴 때가 있고 돌을 거둘 때가 있으며 안을 때가 있고 안는 일을 멀리 할 때가 있으며 찾을 때가 있고 잃을 때가 있으며 지킬 때가 있고 버릴 때가 있으며 사랑할 때가 있고 미워할 때가 있으며 전쟁할 때가 있고 평화할 때가 있느니라." — 전도서 3장 1절-8절

이 전도서의 말씀을 무척 좋아합니다. 항상 좋은 때만 있는 사람도 없고, 항상 나쁜 때만 있는 사람도 없습니다. 인생은 롤러코스터와 같습니다. 인생의 롤러코스터를 잘 타는 사람이 되길 바랍니다. 전세는 불리할 수도 있고 유리할 수도 있죠. 불리하다가도 유리하게 될 수 있고, 유리하다가도 불리하게 역전될 수 있습니다. 인생 굴곡에 저점이 있습니다. 이 순간을 잘 견디면 상승의 순간이 있고 한참을 올라가는 순간도 생깁니다. 잘 나간다 싶을 때 별안간 추락하기도 합니다. 인생이란 알 수 없는 것이죠. 인생 굴곡을 이해하고 잘 대응하는 사람이 되어야 합니다.

인생을 노여워하거나, 낙심하지 마세요. 인생에 어찌 얻는 것만 있고 잃는 것이 없겠습니까? 안 되는 일이 있더라도 그 중에 되는 일이 있고, 되는 일 가운데 안 되는 일도 있는 법, 하루하루 꾸준히 열심히 살아가는 중에 만족을 누리면 되지 않을까요! 너무 잘되는 곳에서 실패의 싹이 싹트기도 합니다. 지금 한 대 세게 맞는 것이 오히려 약이 됩니다. 절망 가운데서 희망의 끈을 발견하세요. 어떤 곳을 지향하는가에 따라 절망할 수도 있지만 희망을 발견할 수도 있습니다. 희망을 바라보세요!

프랑크푸르트 영어 과외 선생

지금부터 15년 전, 전 독일 프랑크푸르트 영어 과외 선생이었습니다. 2001년 독일 뮌헨대학 부속 어학원에서 독일어 어학연수를 1년 약간 넘게 하고 어학시험DSH시험을 합격한 후였습니다. 독일 프랑크푸르트대학 법과대학에서 '지도교수Doktorvater, 독일에서는 박사과정 지도교수를 재밌게도 '박사아버지'라 부릅니다'를 찾은 후, 전 DAAD 장학생이 되기 위한 면접을 하러 한국에 1년 반 만에 돌아왔습니다. 2000년 7월 공군 장교 중위로 전역한 후, 3일 만에 독일 유학을 떠나 독일어 어학에 매진해 나름 소기의 성과를 거두었습니다. 기대에 부풀어 있었죠. 뮌헨에서의 1년은 독일어 어학시험에 붙을지 여부가 불분명한 불안의 시기였습니다. 1년 반 만에 다시 만날 부모님 생각에 기뻤지만, 마음 한 구석에는 장학금 면접 걱정으로 가득 했죠. 장학생이 되면 독일 박사

252

과정에 집중할 수 있기에 저에겐 매우 중요한 일이었습니다. 주한 독일대사관에서 있었던 면접에 응했지만 슬프게도 장학생이 되지 못했습니다.

장학생이 안 됐다는 비보를 안고 독일행 비행기에 다시 올랐습니다. 독일 대학 박사과정생의 자격이 되었지만, 마음은 처음 독일행 비행기를 탔을 때보다 더 무거웠습니다. 지난 1년 반 동안은 공군장교 때 모은 돈으로 그럭저럭 버텼는데, 앞으로 어떻게 살아야 할지 앞이 막막했습니다. 어떻게 공부할까 보다 어떻게 살아야 할지가 더 걱정스러웠죠. 때마침 수중에 돈이 그리 많지 않았습니다. 한두 달 살 정도의 돈이었습니다.

독일 프랑크푸르트에 살 집을 구하고 최저생계비로 견뎠습니다. 이리저리 일자리를 알아봤죠. 프랑크푸르트에서 알게 된 유학생들에게 아르바이트를 알아봐 달라고 부탁했습니다. 많은 사람의 도움을 받았습니다. 다행히 영어학원 강사 자리를 구할 수 있었죠. 2002년은 독일 마르크화에서 유로화로 전면적으로 바뀐 해였는데 수중에 1유로가 아쉬웠습니다. 돈이 없어 집 밖을 나갈 수 없었고, 미역국에 밥을 말아 먹으며 버텼습니다. 금전 문제가 저를 압박했죠. 돈 문제로 고민하는 민중의 삶이 이해되는 순간이었습니다. 돈 걱정 뿐만 아니라 미래에 대한 암울함이 함께했죠.

영어학원 강사로 아르바이트 자리를 구했기에, 영어 공부에 집중할 수밖에 없었습니다. 프랑크푸르트는 독일 주재 상사원이 꽤 많아 상사원 주재 자녀를 대상으로 과외를 하는 아르바이트가 유학생들에게는 꽤 인기가 좋았습니다. 전 운이 좋았습니다. 상사원 주재 자녀를 대상으로 한 영어학원이 막 생겼고, 영어학원 강사가 될 수 있었으니까요. 국제학교International school에서 영어로 수업하고 영어로 대화하는 학생들이어서 수업 준비를 꼼꼼히 해야 했습니다. 예전에 봤던 vocabulary 책을 구해서 하나하나 타이핑하면서 교재를 만들었습니다. 독일어 공부는 뒷전이고 CNN 방송을 들으며 한 달 반 동안 영어에만 집중했죠. 미역국에 밥 말아 먹으면서.

영어학원 강사 수입은 꽤 좋은 편이었습니다. 일주일에 두세 번 정도 학원 강사로 일했는데 오전 내내 강의 준비에 매달렸습니다. 하루 준비하고 하루 강의하는 강사 일을 일주일에 두세 번 하다 보니 영어가 꽤 나아졌다는 느낌이 어느 순간 들었습니다. 일년 정도 학원 강사로 아르바이트를 했습니다. 이후 학원 강사를 그만두고 영어 과외에 나섰죠. 학원 강사로 일한 것이 계기가 되어 하나둘 연결된 것이죠. 생계비를 벌기 위해 영어 과외 선생으로 나섰지만, 이왕 하는 것 나에게 도움이 되게 하자고 생각했습니다. 나중에는 수학 과외도 함께 하게 되었지만, 전 수학 과외보다는 영어 과외하는 것을 선호했습니다. 중학생 수학 과외는 한번만 제대로 보면 가르치는 것이 수월했죠. 그에 비해 영어 과외는 지루하지 않게 하려면 나름 준비를 철저히 해야 했습니다. 과외할 때 만났던 친구들은 지금은 대학을 졸업하고 사회에 진출했을 터인데, 아무튼 그때를 다시 생각하니 웃음이 나옵니다.

힘들기도 했지만 그때 아니면 할 수 없는 경험이었습니다. 제 인생에서 이십대는 고생을 몰랐고 삼십대에야 비로소 고생을 좀 했습니다. 유학을 떠나기 바로 전에는 공군장교 헌병소대장, 중대장으로 대우받다가 식당에서 접시를 닦는 독일 유학생이 된 것입니다(식당 아르바이트를 10일 정도 했습니다). 단기장교이긴 했지만 중대장으로 생활했던 20대 후반이 제 인생 최고의 순간이었다고 말하곤 합니다. 언제 다시 그때처럼 헌병대 초병의 경례를 받아 볼 수 있을까요! 지금은 법학전문대학원 교수지만 무심코 지나가는 학생에게 말을 걸기 어렵고, 대충 인사하는 학생도 씩 웃어야 하는 현실입니다.

2002년 초에서 2006년 초까지 5년을 영어 과외 선생으로 살았습니다. 32살에서 36살이 될 때까지였죠. 그렇게 사는 동안 법학박사 학위과정은 진행되었습니다. 법학박사가 목표였기에, 한국으로 돌아가 대학교수가 되는 것이 목표였기에 독일에서 최저생계비로 살 수 있었습니다. 영어 과외로 생활비를 벌어야 했기에, 더 긴장된 마음으로 공부했는지 모릅니다. 과외 아르바이트 후에 개인 공부를 전혀 못한 날도 많았습니다. 그럴 때는 힘들다는 느낌이 무척 들었죠. 이것저것 할 것은 많고, 되는 것은 별로 없는 것 같았습니다. 다시 한번 마음을 모아 집중했습니다. 그러다가 어느 순간 내일 과외 때까지 시간을 벌었고 지금 내게 주어진 시간을 최대한 잘 활용하겠다는 생각으로 바뀌었습니다. 시간이 무한정 많다고 공부가 되는 것이 아닙니다. 무슨 큰 장애가 있어야 그 한계를 뛰어넘기 위해 악착같이 공부하게 되죠. 그때가 제겐 그랬습니다. 그때 저를 키운 것의 8할은 '헝그리정신'이었죠.

그런데 지금은 꽤 풍족해져 '헝그리정신'을 잊어버렸다는 생각이 듭니다. 대학교수로 방학이 두세 달 주어지는데 방학 때 뭘 했나 뒤돌아보면 한심할 때가 많습니다. 아니 하루에도 몇 번씩 그런 생각이 듭니다. 배부른 소리일지 모르지만 때론 이런 생각도 해보네요. 독일 유학 시절 아무 것도 없었던 시절로 돌아가고 싶다는…….

만하임과 하노버

유학을 마무리할 때가 제일 힘든 시기였습니다. 2006년이었습니다. 프랑크푸르트 대학에 박사학위논문을 제출하고 독일 만하임 대학에 있는 '독일 유럽 국제 의료법, 보건법, 생명윤리 연구소IMGB'에 객원연구원으로 잠시 가게 되었죠. 8월 중에 박사학위논문 심사일이 잡히기를 바라며, 방문학자Gastwissenschaftler 자리를 얻었습니다. 짐을 정리해 한국에 부치고, 만하임 대학 게스트 하우스Guest House에 방을 하나 얻었습니다. 박사학위논문을 중심으로 논문 초안을 작성하고, 박사학위논문 심사를 준비할 생각이었죠. 공부만 할 생각이었습니다. 초반엔 공부할 마음에 마음이 꽤 설레었습니다. 공부와 과외를 병행해야 했던 프랑크푸르트 생활에 비해, 3-4개월 정도의 생활비를 확보했던 만하임 시절은 공부에만 집중이 가능했습니다. 그냥 행복한 시간이었죠.

4월 1일에 시작된 만하임 생활은 7월 중순에 끝났습니다. 프랑크푸르트로 돌아와 박사학위논문 심사를 준비했습니다. 그런데 일정이 도무지 잡히지 않았습니다. 한국으로 돌아갈 생각에 마음 급한 제 입장과 달리 지도교수의 입장은 그리 바쁠 게 없었습니다. 프랑크푸르트 선배 집에 며칠 신세를 졌고, 다니던 교회당 기도실에서 숙박했습니다. 교회에 있는 동안 교회에 있는 책을 읽기 시작했습니다. 일기를 매일 쓰면서 저 자신을 추스렸습니다. 이왕 이렇게 된 것 논문심사를 더 철저하게 준비하자고 마음먹었죠. 위기는 또 다른 기회라는 생각을 하다가도, 며칠 동안 무기력함에 빠져들었습니다. 논문심사가 9월 말 쯤 잡힐 것 같다는 연락에 인내하며 준비하기로 했습니다.

하노버 극장에 취업한 교회 후배의 도움으로 9월 초에 하노버로 거처를 옮겼습니다. 2, 3주 정도 있으면서 논문심사를 준비할 생각이었죠. 아는 사람도 없어 쓸쓸했습니다. 점점 더 미궁에 빠져드는 느낌이었죠. 제 박사학위 제출논문을 다시 자세히 읽으며 불필요한 부분을 빼기 시작했습니다. 다시 찬찬히 읽으니 손봐야 할 곳이 한두 곳이 아니었죠. 그러던 중 논문심사 일정이 다시 연기되었습니다. 언제 잡힐지도 알 수 없는 상황이었죠. 돈은 다 떨어지고 후배에게 더 신세지기가 미안했습니다. 5년 넘게 한국에 가지 않은 상황이어서 부모님이 무척 그리웠습니다. 몸도 마음도 지쳐갔습니다. 향수병에 걸릴 지경이었죠. 뭔가를 얻으려고 쫓아갔지만 손에 들어오는 게 없었습니다. 쫓기고 있는 느낌이 들었죠. 이런저런 걱정거리와 부질없는 자신감 상실이 그때의 저를 따라다녔습니다. 비자가 만료되어 비자도 연장해야 했습니다. 지도교수에게 제 형편을 적나라하게 적은 메일을 보냈습니다. 누나가 돈을 보내준 것이 제일 큰 위안이었죠.

한달 간의 하노버 생활을 마치고, 프랑크푸르트로 돌아왔습니다. 교회 권사님 댁에 잠시 머물렀습니다. 참으로 여러 사람의 신세를 졌습니다. 논문심사 일정이 잡히길 기다렸죠. 10월도 지나고 11월이 다가오고 있었습니다. 불안해서 잠을 설치기도 했구요. 10월 마지막 날, 드디어 지도교수 판정서Erstgutachten를 받았습니다. 지도교수님이 정말 상세하게 읽고 판정서를 메일로 보내왔습니다. 그간의 고생이 위로되는 시간이었습니다.

몸과 마음이 다 피폐해져 빨리 구두시험이 끝나 한국으로 돌아갔으면 하는 바람이 간절했습니다. 2006년 12월 6일 수요일, 구두심사를 마쳤고 박사학위논문이 통과되었습니다. 그간의 마음고생을 생각하니 끔찍했습니다. 거처를 교회 기도실로 다시 옮겼습니다. 겨울이라 추웠고, 마음은 한국으로 돌아갈 생각에 향수병이 더해졌죠. 박사논문 출판계약 문제로 2007년 2월 14일 수요일 한국으로 출국할 때까지 교회 기도실에 머물렀습니다. 이때 책읽기를 하면서 초서하는 버릇이 생겼습니다. 억류되어 있었던 지난 5개월 동안에 생긴 아주 좋은 버릇임에 틀림없습니다. 그 기간 동안 논문을 깔끔하게 수정하였고, 이대 법대에 있는 생명윤리정책연구센터에 박사후과정 연구원 자리를 얻기도 했습니다. 힘든 일만 있었던 게 아니고 전화위복, 새옹지마의 시간이었습니다. 한국으로 돌아가는 비행기에서 책을 보다가 시간이 아까워 책보기를 멈췄습니다. 그 순간을 즐기고 싶었죠. 약 10일간 부모님과 가족의

품에서 꿈같은 휴식을 취했습니다. 몸의 피곤함이 사라지고, 새로운 기운을 얻었죠.

2000년 7월에 독일에 와서 2007년 2월까지 6년이 넘는 시간을 박사학위를 위해 견뎠습니다. 유럽의 한 문화를 젊은 시기에 경험하고, 독일 학문을 접할 수 있었다는 점은 저에게 큰 행운이었습니다. 유학 말기에 잠시 힘들기도 했지만, 이때를 이겨낸 힘은 이후 제 삶에 위기가 닥쳤을 때 밑거름이 되리라 확신합니다. 힘들고 어려울 때 미래를 생각하며 이겨낸 시간들은 저에게 매우 소중합니다. 2006년 후반기가 제게 제일 힘든 시기였는데, 지금 돌이켜보면 만하임과 하노버는 가장 힘든 시기에 주어진 선물이었구나 하는 생각이 듭니다.

한 걸음 물러나 쓰세요

2007년 11월에 입도했습니다(육지에서 제주로 왔다는 표현입니다). 처음 제주로 올 때는 제주도라는 섬에 갇히지 않을지 걱정되었습니다. 제주에 온지 1년이 지나 아내를 만났습니다. 아내도 저처럼 제주대학교 교수로 오게 되었습니다. 아내는 현재 제주대 의학전문대학교 교수로 제주대 병원에서 근무하고 있습니다. 아내를 처음 만났을 때 굉장히 신기했던 것은 아내가 제주를 너무 좋아한다는 점이었습니다. 서울에서 계속 살았는데 자신은 서울이 싫다고 하면서 제주가 너무 좋다는 것입니다. 서울에서 만원이 된 지하철을 탈 때 인간존엄이 침해된다는 느낌이 든다고 했죠. 자연을 좋아하는 아내의 모습에서 새로움을 느꼈습니다. 전 제주가 좋았지만 그 정도까지는 아니었거든요. 아내는 역사보다는 자연이었고, 전 자연보다는 역사였습니다. 점점 아내가 좋아하는

제주대학교 전경

것에 함께 동화되는 듯합니다.

　아무래도 제주의 가장 큰 장점은 손닿을 곳에 자연이 있다는 점입니다. 약간만 나가면 초록의 향연을 즐길 수 있습니다. 가끔 아내와 아들 정훈이와 자연 속을 드라이브하며, 길을 거닙니다. 제주대학교 박물관 옥상에서 숲으로 덮힌 제주대 전경을 보고, 제주대 법학전문대학원에 서 바다를 보거나, 중산간도로나 해안도로를 드라이브하면 제주를 약 간이나마 느낄 수 있습니다. 서귀포 바다와 한라산 자연의 아름다움은 이루 말할 수 없죠. 산방산, 송악산, 성산 일출봉, 섭지코지, 외돌개 등 아름다운 곳이 널려 있습니다. 추사유배지와 같이 자연과 인문을 함께 느낄 수 있는 곳도 있구요. 이중섭 미술관, 기당 미술관(제주의 바람을 소재로 한 변시지의 작품이 전시되어 있습니다) 등 제주의 자연을 그린 그림에 빠져 들 수도 있죠. 옛날 제주는 귀향살이를 하던 곳이었지만,

아름다운 제주 해변

지금은 이주민이 증가할 정도로 살고 싶은 곳이 되었습니다. 제주에 살아보니 제주 이민이 그리 쉬운 것은 아닙니다. 제주 섬사람의 텃새도 있고, 제주의 독특한 문화도 있고, 제주의 비바람도 만만치 않죠. 제주가 관광지로는 좋지만, 생활 이주지로 적합할지는 사람마다 평가가 다양합니다. 너무 좋다고 하는 사람이 있는 반면에, 너무 불편하다는 사람도 있죠.

우리 가족 모두 제주도민입니다. 제 조상님이 이곳에 묻혀 있고 친척들 대부분이 제주에 살고 있습니다. 부모님 모두 제주에서 태어나셨습니다. 고, 부, 양 제주도 3성姓 중에 2개나 속합니다. 제주는 부모님의 고향이자, 아들의 고향이죠. 전 부산에서 태어났지만 원 고향은 제주입니다.

제주도는 작가로 살기에 최적의 조건을 갖춘 곳입니다. 작가로 살아가려는 나, '지금 현재'에 감사합니다. 이제 제 정체성을 귀향살이하면서 학문에 정진한 다산에 맞추어야 할 것 같습니다. 정약용이 18년 귀향살이에서 수많은 저서를 남겼듯이, 저 또한 정년까지 18년 남았는데 몇 권의 저서를 쓰고 싶습니다. '쓰는 인간'으로 탄생할 겁니다.

이전에는 제주를 떠나고 싶었고 지금도 그런 생각이 가끔 듭니다. 30-40대 젊을 때는 서울에서 활동하는 것이 좋지만 50대 중반 이후에는 제주처럼 자연환경이 좋은 곳이 더 살기 좋을 거라는 생각을 자주 했었습니다. 아직은 40대 후반이어서 그런지 제주가 좁아 보이지만 50대 후반 이후가 되면 제주가 넓어 보일 거라 생각됩니다. 50대 후반쯤 되면 이런저런 마음의 욕심을 약간은 내려놓을 것 같습니다. 50대 후반이 되면 당당히 말할 수 있을 거예요. "제주가 좋아 제주에 삽니다." 아마 제 지인의 심정과 비슷하지 않을까 싶습니다. 제 지인 중에 독일 프랑크푸르트 대학 도서관 사서로 일하시는 분이 있는데, 이분 이야기가 이랬습니다. 자신이 20-30대 도서관 사서로 일할 때는 하는 일에 만족하지 못했는데, 지금 50대가 되고 보니 지금 하는 일이 그렇게 좋다고 했습니다. 나이가 들고 보니 딱 맞는 일이라는 것을 알게 된 거죠.

감사와 행운아 마인드

《보왕삼매론》은 제가 독일에서 과외를 할 때 과외를 하던 학생의 집 화장실에서 만났습니다. 마음에 바로 와 닿았고, 지금은 제 책상 앞에 붙여져 있습니다. 《보왕삼매론》은 인생살이가 그리 녹록하지 않음을 가르쳐 주고, 삶의 겸양謙讓을 가르쳐 줍니다. 삶의 지혜로운 말씀이죠.

몸에 병이 없기를 바라지 말라.

몸에 병이 없으면 탐욕이 생기기 쉽나니, 그래서 '병으로써 양약을 삼으라' 하셨느니라.

세상살이에 곤란 없기를 바라지 마라.

세상살이에 곤란이 없으면 업신여기는 마음과 사치하는 마음이 생기나니, 그래서 '근심과 곤란으로써 세상을 살아가라' 하셨느니라.

공부하는 데 마음에 장애가 없기를 바라지 말라.

마음에 장애가 없으면 배우는 것이 넘치게 되나니, 그래서 '장애 속에서 해탈을 얻으라' 하셨느니라.

수행하는 데 마(魔)가 없기를 바라지 말라.

수행하는 데 마가 없으면 서원(誓願)이 굳게 되지 못하나니, 그래서 '모든 마군(魔軍)으로써 수행을 도와주는 벗으로 삼으라' 하셨느니라.

일을 꾀하되 쉽게 되기를 바라지 말라.

일이 쉽게 되면 뜻을 경솔한 데 두게 되나니, 그래서 '여러 겁을 겪어 일을 성취하라' 하셨느니라.

친구를 사귀되 내가 이롭기를 바라지 말라.

내가 이롭고자 하면 의리를 상하게 되나니, 그래서 '순결로써 사귐을 길게 하라' 하셨느니라.

남이 내 뜻대로 순종해 주기를 바라지 말라.

남이 내 뜻대로 순종해 주면 마음이 스스로 교만해지나니, 그래서 '내 뜻에 맞지 않는 사람들로 원림(園林)을 삼으라' 하셨느니라.

공덕을 베풀려면 과보(果報)를 바라지 말라.

과보를 바라면 도모하는 뜻을 가지게 되나니, 그래서 '덕 베푼 것을 헌신처럼 버리라' 하셨느니라.

이익을 분에 넘치게 바라지 말라.

이익이 분에 넘치면 어리석은 마음이 생기나니, 그래서 '적은 이익으로써 부자가 되라' 하셨느니라.

억울함을 당해 밝히려고 하지 말라.

억울함을 밝히면 원망하는 마음을 돕게 되나니, 그래서 '억울함을 당하는 것으로 수행하는 본분을 삼으라' 하셨느니라.

지혜에는 '힘'이 있습니다.

"그를 높이라. 그리하면 그가 너를 높이 들리라. 만일 그를 품으면 그가 너를 영화롭게 하리라." — 잠언 4장 7절

지혜를 추구하세요. 당신이 지혜를 높이면, 지혜는 당신을 높입니다.

감사를 진심으로 느끼고 많이 표현할수록 삶은 풍성해집니다. 작은 일에도 감사하세요! 감사에 감사를 더하세요! 지그 지글러Zig Ziglar는 감사할 줄 모르면서 행복한 사람을 한 번도 보지 못했다고 말했습니다. 제가 존경하는 슈바이처는 아프리카 가봉 랑바레네에서 의사로 봉사하는 것에 감사하면서, 자신의 마음을 동하게 하는 사상을 형성할 뿐 아니라, 병원 일 외의 시간에 바흐의 오르간 곡 등 음악에 시간을 바칠 수 있다는 사실에 감사했습니다. 한국의 슈바이처 이태석 신부는 작은 것에 기뻐하는 한센병 환자들의 모습에서 진정한 감사의 영성을 배웠다고 고백합니다.

"나환자 분들은 아무 것도 가진 것 없어도 행복하게 살아갔습니다. 작은 것에 기뻐하는 모습을 보면서 나도 그렇게 살아야 하지 않을까 생각했습니다. 사람은 늘 욕심 때문에 다른 곳으로 걸어간다는 느낌을 받았습니다. 한센병 환자분들은 저에게 감사의 깨우침을 주셨습니다. 제가 그분들에게 도움을 준 것이 아니라 그분들이 저에게 진정한 감사의 영성을 가르쳐 주셨습니다."

이태석 신부는 머나먼 아프리카 수단에서 아프리카 아이들을 돌보고 가르치면서 하나님께 감사했습니다. 그는 아프리카 수단에서 맞은 성탄절 미사에서 주체할 수 없는 감동을 느꼈죠.

사람이 얼마나 행복한가는 감사함의 깊이에 달려 있습니다(존 밀러). 하루하루 감사하며 즐겁게 사는 삶! 제가 가야 할 길입니다. 힘들고 어려울 때 미래를 생각하며 이겨낸 시간들, 독일 유학 시절과 비교할 때 지금은 너무 많은 것을 가지고 있습니다. 하지만 마음은 더 빈곤해져 있지 않는지 돌아봅니다. 세상에 어렵고 힘든 사람들이 얼마나 많은데 불평만 하고 있을까요?

인생을 살아가면서 '행운아'라는 생각을 늘 품고 살기를 바랍니다. '행운아 마인드'를 가지고 어떤 어렵고 힘든 환경도 극복해 나가세요. "행운아 마인드는 불리한 조건을 가진 사람도 밝은 미래로 이끈다." 부모님이 돕고, 하늘이 당신을 돕고 있습니다. 당신의 천사가 당신을 보좌하고 있습니다.

전화위복
轉禍爲福의 힘

힘이 들고 어려울 때 '감사와 행운아 마인드'를 떠올렸습니다. 하지만
마음으론 따르지 못했습니다. 그러다가 어느 날 달리 생각해 보았죠.
"최근 몇 년 동안 침체기였지 않나? 그러면 이제 좋은 시절이 시작되지
않을까?"

인생 굴곡에서 저점에 해당하는 시점에 있지 않을까 하는 막연한 생
각을 떠올렸습니다.

행복, 행운아 마인드, 감사……. 이런 좋은 것들이 '당위'가 아닐 수도
있겠다 생각되었습니다. 어찌 보면 '사실'의 측면인 것 같습니다. 슬플
때는 슬프고, 즐거울 때는 즐거운 것이죠. 사실을 당위로 이길 수 있는
사람은 대단한 사람입니다. 이제껏 감사와 행운아 마인드를 마음에 담
자고 다짐했지만 뜻대로 되지 않았습니다. 오히려 때에 따르는 지혜가

필요하지 않을까 생각하게 됩니다. 슬플 때는 슬퍼하고, 우울할 때는 우울하고, 즐거울 때는 즐거워하는, 때에 따라 자신의 감정을 잠시 맡기는 것은 어떨까요? 물론 극단적인 상황으로 나를 내몰아서는 안 되겠죠.

침체되었던 시간이 꽤 길었다면 이제 곧 좋은 때가 올 것입니다. 그런 기대가 우울하고 침체된 저에게 꽤나 희망이 됩니다. 비 온 뒤에 화창한 날이 오고, 땅이 굳는 법입니다. 기나긴 겨울이 지나 화창한 봄이 옵니다. 고난의 시간과 영광의 시간은 정비례 관계에 있는지 모릅니다. 불리할 때도 떳떳하게 가야 합니다!

그간 침체되었던 몸과 마음을 다시 추스리기로 마음먹었습니다. 그간 너무 침체되어 있었습니다. 내가 나를 걱정하고 아껴야 할 시점이 되었습니다. 요즘은 새옹지마, 전화위복의 힘을 믿고 싶습니다. 언젠가 전화위복轉禍爲福의 시점이 있을 겁니다.

최근에는 글쓰기가 제게 가장 큰 위안이 됩니다. 매일 글을 써야겠다는 생각을 이전부터 해왔지만 실천으로 옮기지 못했습니다. 계속 생각만 하고 메모지에 '必日一'을 썼다 지웠다 수십번 반복했습니다. 행하지도 못할 것을 왜 마음에 담아두고 괴로워하는지 한심했습니다. 그러다가 한동안 잊고 지내기도 했죠. 그런데 요즘 침체기에 빠지고 나니 글이 써집니다. A4 종이 한 장이 써집니다. 한 장을 채우는 것을 목표로 했는데 한 장 이상이 채워집니다. 꿈에도 꿈꾸던 '必日一'입니다.

힘들었던 독일 유학 막바지에 '초서' 버릇이 생겼듯이, 힘들었던 미국 연수 전 시점이 '글쓰기' 버릇이 생기기에 딱 좋은 시점이었습니다. 하늘이 제게 준 절호의 기회였습니다.

공부하는 습관을 가지세요

공부하는 습관이 들어야 공부의 토대가 견고해집니다. 토대가 튼튼해야 제대로 섭니다. 시간을 들여 기초를 단단하게 하면 큰 파도에도 쓰러지지 않습니다. 매일매일 공부하지 않으면 성과는 쌓이지 않죠. 정약용 선생이 당부하는 것처럼, 매번 글자를 고증하여 그 근원을 얻고, 글을 짓는 것을 날마다 일과로 삼아야 합니다. 공부가 삶이 되어야 하고, 삶이 공부가 되어야 합니다.

꿈을 실행하는데 습관은 중요한 수단이 됩니다. 확신과 열정을 가지고 있어도 실제로 꿈을 실행하는 것은 행동이고 습관입니다. "친구여, 오랜 시간에 걸친 훈련, 실로 그것이 결국 인간의 본성이 되네."(에우에노스) 습관은 실천의 지름길입니다. 가장 중요한 원칙은 반복이기 때문입니다(키이스 페라지). 습관이란 인간으로 하여금 어떤 일이든지 하게 만듭니다(도스토예프스키). 사람은 반복적으로 행하는 것에 따라 판명된 존재입니다. 우수성이란 단일 행동이 아니라 바로 습관입니다(아리스토텔레스). 습관은 제2의 천성으로 제1의 천성을 파괴하는 힘이 있습니다(파스칼). 습관은 철사를 꼬아 만든 쇠줄과 같습니다. 매일 가느다란 철사를 엮다 보면 끊을 수 없는 쇠줄이 됩니다(호레이스 만). 당신은 하나만 바꾸면 됩니다. 그러면 모든 것이 바뀝니다. 탁월성은 훈련과 습관화에 의해 획득되는 기술입니다(아리스토텔레스). 창조성은 선천적인 것이 아니라 노력을 습관화하는 데서 싹틉니다(트와일라 타프).

탁월성은 천재성의 결과이기도 하지만, 알고 보면 습관의 결과입니다. '1만 시간의 법칙'은 달인이란 반복적 습관의 결과임을 보여주죠. 자기 분야에서 1만 시간을 노력해야 하는데, 1만 시간은 매일 3시간씩 10년이 걸리는 시간입니다. 인생의 첫 삼십 년 동안은 당신이 버릇을 형성하고, 인생의 마지막 삼십 년 동안은 버릇이 당신을 형성합니다(힌두교 경전). 생각이 바뀌면 행동이 바뀌고, 행동이 바뀌면 습관이 바뀌고, 습관이 바뀌면 성격이 바뀌고, 성격이 바뀌면 운명까지도 바뀝니다(윌리엄 제임스). 나쁜 습관은 당신을 잘못된 방향으로 이끌어 갑니다. 좋은 습관을 가지기 전에 나쁜 습관을 과감하게 제거하는 것부터 시작해야 합니다. 먼 길을 가면서 모래주머니를 주렁주렁 달고 갈 수는 없습니다.

"당신이 누군지 아는가? 당신은 당신의 습관이다." ― 지그 테일러

무엇보다 공부하는 습관을 들이세요. 생각하고 읽은 것을 본 것과 연결하는 습관을 가지세요. 다윈은 이 사고습관을 비글호 항해를 하던 5년 내내 지속해 엄청난 발견을 해냈습니다. 관련 자료를 모으고 수집하

는 습관을 가지세요.

"스스로 자료를 찾지 않으면 퇴화해요. 귀찮아도 도서관 가서 논문을 뒤지는 중에 다른 것도 알게 되고 뜻하지 않은 것도 만나게 되니까요. 찾는 게 일과이자 습관인 거죠." — 주강현

공부하는 습관이 들었다면 당신은 학자입니다. 늘 배우는 사람이 학자이고, 그런 사람이 연구하는 것이 학문입니다. 박사학위나 전문가만이 공부할 수 있는 것은 아닙니다. 주변에 관심 가는 것에 천착해 하나하나 연구해 보세요. 물론 직업으로서 학문, 직업으로서 학자는 더한 의미를 가지고 있죠. 사제가 하나님에 대한 헌신을 맹세하듯이, 학자는 학문에 대한 사랑을 다짐합니다. 학자라는 직업을 가진 자들이 더욱 분발해야 할 이유가 여기에 있습니다. 학문이 곧 학자 그 자신이기 때문입니다. 전 학문을 신성시하고 싶지는 않습니다. 하지만 학문의 고상함을 포기하고 싶지는 않습니다. 학문에 제 몸과 마음을 바치기로 결심한 저로서는 학문과 더불어 품격 있는 삶을 지향합니다. 실제의 삶이 따라가지 못할 때가 많지만 포기하지는 않을 겁니다.

책상머리 공부,
세상 공부, 인생 공부

책상머리 공부는 책을 읽고 글을 쓰는 공부입니다. 매일 일정시간 책을 읽고 초서하고 관련 글을 씁니다. 제 경우에는 교수로서 가장 주안점을 두는 공부이죠. 좋은 논문을 써야 하고, 훌륭한 책을 써야 합니다. 부지런히 자료를 모으고 정리하고 엮어내면 됩니다. 작가로 학자로 하루를 살아가면 문제가 없습니다. 정체성이 흔들리고 불안한 것은 하루를 공부로 보내지 않기 때문입니다. 공부하면서 연구하면서 하루를 보내면 불안할 것이 없습니다. '수불석권과 필일오'를 실천하면 됩니다. 이제 마음을 다잡고 한 자라도 읽고 써야 합니다. 대충 해서는 발전이 없습니다. 시간이 갈수록 더 공부에 집중해야 합니다.

세상 공부는 전 세계를 공부대상으로 삼는 공부입니다. 독일 유학 6년 6개월이 세상 공부였고, 지금까지 30개 넘는 국가를 여행한 것도 세상 공부였습니다. 이제 미국으로 연수를 와서 1년 넘게 머물며 미국이라는 곳을 경험하는 것도 세상 공부입니다. 자신을 세계인으로 여기고 가능한 한 세계를 느끼며 살면 어떨까요? TV도 세계를 보는 창구로 활용할 수 있습니다. 세계 정보를 늘 구하며 세계 속 공간을 살아갑니다. 세계인이라는 생각을 늘 마음에 품고, 세계에 대한 정보를 구하세요! 세계에 일어나는 일들은 나와 연관되고 연결된 사건들입니다. 글 속에 이러한 정보들이 녹아들게 하면 어떨까요?

인생 공부에는 매일 매일 접하는 것들이 다 공부 대상이 됩니다. 주변에 사소한 것은 없습니다. 주위에 있는 모든 것이 공부꺼리입니다. '지적 생활'은 사소한 것은 없다는 삶의 태도일지 모릅니다. 성공도 공부고, 실패도 공부입니다. 인생의 여정 자체가 공부입니다. 인생의 굴곡을 잘 타는 것이 공부 잘하는 방법이겠죠. 인생에서 잘 나갈 때도 있고, 안 나갈 때도 있습니다. 세상의 주목을 받을 때도 있지만, 세상의 외면을 받을 때도 있습니다. 인생을 통해 제 자신을 잘 다듬어가야 합니다. 사실 인생 공부는 살면 살수록 어렵다고 느껴집니다. 무엇보다 제 자세와 태도를 바로 해야겠습니다. 남에게 향해 있는 손가락을 나에게 돌려야겠습니다. 비판보다 내 책임을 강조하는 자세로 살았으면 좋겠네요.

마음은 하늘을 날지만 현실은 땅을 깁니다. 그럴수록 '공부'에 마음을 다잡아야겠습니다. 공부에는 머리도 필요하지만 손과 발이 더 필요합니다. 재능도 있어야겠지만 노력이 더 중요하죠. 생각하고 생각하고 생각해야 합니다. 삼사三思를 실천해야 합니다. 어떻게 살지를 생각해야 하고, 어떤 이론을 세울지 생각해야 합니다. 노력하고 노력하고 노력해야 합니다. 삼노三努를 행해야 합니다. 힘써서 추진해야 합니다. 힘써서 글을 써야 합니다. 부지런하고 부지런하고 부지런해야 합니다. 삼근三勤에 힘을 쏟아야 합니다. 부지런하지 않으면 아무 것도 되지 않습니다. 삼사三思와 삼노三努와 삼근三勤을 실천해야 합니다!

언젠가 책상머리 공부, 세상 공부, 인생 공부, 이 모두에 대해 책을 쓰고 싶네요.

Self-reliance

나 자신으로 돌아가야 합니다. 자신에 집중해야 합니다. 할 수 있는 한 최선을 다해야 합니다. 믿음을 갖고 희망으로 나아갑니다. 세상 기준에 의존하지 말고 자신의 잠재성을 믿고 밀어붙여야 합니다. 자신의 기준으로 자기 준거, 자기 생산을 진행해야 합니다. 실패도 나의 몫이요 성공도 나의 몫입니다. 다른 사람의 삶을 살지 말고 다른 이름에 의존하지 말아야 합니다. 오직 내 삶을 성실히 살아야 합니다. 자신의 기준을 거짓 없이 성실하게 실천한다면 세상이 알아줄 날이 올지 모르죠.

저는 눈뜬 장님인지 모릅니다. 진리와 진실은 늘 가까이에 있는데 늘 그곳을 외면했습니다. 발상의 전환이 필요합니다. 각성 대오해야 합니다. 내 삶의 주인이 나 자신인 것을 자각하고, 신 앞에 홀로 선 단독자로 우뚝 서야 합니다. 자신에 대한 믿음을 갖고 자존감으로 자신을 단단하게 해야 합니다. 늘 독자적인 위치에서 해야 할 일을 꾸준하게 실천해야 합니다.

나의 정체성, 나의 장소, 나의 시간을 가장 귀하게 여겨야 합니다. 내게 속한 사람들을 가장 아껴야 합니다. 그 사람들을 사랑하고 그 사람들을 귀하게 존대해야 합니다. 내가 처한 위치와 장소를 경시하지 않아야 합니다. 나는 이곳에 살고 있고 이곳에 묻힐 것이기 때문입니다. 이곳에서 전 인생을 살아갈 것이기 때문입니다. Love where you live!

나 자신은 내가 읽고 쓰고 먹고 마시고 경험하고 살아가는 것입니다. 나는 다른 무엇이 아니라 '지금 여기'에 있는 나입니다. 누구나 이 세상에서 가장 귀하고 존귀한 자입니다. 이 세상에서 나란 존재는 가장 뛰어난 존재입니다. 이런 자신감으로 자신을 가득 채워야 합니다. 그리고 겸손하게 나 자신의 길을 가야 합니다. 진솔한 구도자의 자세로 세상을 능히 이겨야 합니다. 성공과 실패를 뛰어넘는 귀한 존재로 나 자신을 가꾸어야 합니다. 자신을 충만하게 채워야 합니다. 성공과 실패라는 틀안에 가둘 수 없는 고귀한 존재임을 잊지 말아야 합니다. 존귀함으로 이름이 빛나야 합니다.

인생 흥망이 자신의 전망대로 되지는 않습니다. 세상 기준을 뛰어넘는 견고한 성을 자신에 안착시켜야 합니다. 외부의 환경에 흔들리지 않는 나 자신의 고유함을 갖추어야 합니다. 험한 세상의 파도를 뚫고 나갈 나침판을 가져야 합니다.

이 세상을 자신의 관점에서 볼 수 있는 나만의 색채가 필요합니다. 세상은 넓고 크며, 세상 지평은 무한대에 가깝습니다. 이 세상에서 자신의 세계를 구축할 수 있는 나만의 색상을 갖추어야 합니다. 자신의 색을 갖추는데 시간을 들여야 합니다. 누구도 이 세상을 다 가질 수는 없습니다. 잠시 왔다가 그 일부를 잠시 빌려 구성하고 갈 뿐입니다. 인류에 위대한 빛이 되었던 위인들도 이 세상에 작은 족적 하나를 남겼을 뿐입니다. 이 세상에서 출발할 수 없습니다. 자기 자신에서 출발해야 합니다. 모든 것이 나에게서 비롯되고, 나로부터 발생됩니다. 나는 이 세상의 지평에서 세상을 창조해야 합니다. 세상은 늘 가까이에 있습니다. 도전하고 부딪쳐야 합니다. 의미 있고 보람 있는 일에 뛰어들어 자신의 독특한 가치를 창조해야 합니다.

사서재 四書齋

●

초판 1쇄 발행　2018년 04월 20일

●

지은이　　고봉진

●

펴낸이　　김왕기
주간간　　맹한승
편집부　　원선화, 이민형, 조민수, 김한솔
디자인　　푸른영토 디자인실

●

펴낸곳　　(주)푸른영토
　　　　　주소　　경기도 고양시 일산동구 장항동 865 코오롱레이크폴리스1차 A동 908호
　　　　　전화　　(대표)031-925-2327, 070-7477-0386~9　　팩스 | 031-925-2328
　　　　　등록번호　제2005-24호(2005년 4월 15일)
　　　　　홈페이지　www.blueterritory.com
　　　　　전자우편　designkwk@me.com

●

ISBN 979-11-88292-48-6　03810

ⓒ고봉진, 2018